皆が見守る中、クリスは家つくりスキルを発動させた。
一気に集中へ入る。
クリスは瞬時に、家を作り上げる「流れ」を把握した。
どこに釘を打てばいいのか。
必要なものが立体的に浮かんで示してくれる。
「すっげー」
クリス
家つくりスキルで異世界を生き延びろ

「大丈夫！任せなさい！」
「おいおい、
んなに早いのか」

家つくりスキルで異世界を生き延びろ

Ietsukuri skill de isekai wo ikinobiro

小鳥屋エム

ill. 文倉 十

Presented by Emu Kotoriya

Illustration by Juu Ayakura

Contents

Jitsukuri skill de isekai wo ikinobiro

プロローグ

Prologue

Ietsukuri skill de isekai wo ikinobiro

辺境《へんきょう》の地を出奔《しゅっぽん》して二年半。

死ぬかと思うような過酷でつらい旅路を経て、辿り着いた先は希望の地になるはずだった。

――憧れの一人暮らし。自分だけの家を作り、好きなものに囲まれてのんびり過ごす。

夢見ていた落ち着いた生活、それなのに――


「……すみません、もう一度お願いします」

「ですから、新しく家を作ることは許されていません。ペルア国人の資格をお持ちではないんですよね？」

「あ、はい。でも、この迷宮都市《めいきゅうとし》ガレルでは誰もが自由に暮らせると聞いてきたんです」

「あー、まあ……」

女性は鼻で笑った。話の通じない奴が来た、と小馬鹿にしたような態度である。永住審査の受付列なのに、先ほどから話がおかしい。

「この迷宮都市は誰でも受け入れます。ええ、誰でもね。いろいろな方が働いていますよ。ですが、他国の人に永住権の必要な『家』づくりは許可してないんです」

「では、この国の人間になるにはどうすれば――」

「あっ、無理ですね。あなた、旅人ですよね。他国からの移住者は三代目でようやくペルア国人と認められます。その後、審査を経て正式に市民となりましたら、永住資格が得ら

プロローグ

れます」

「永住資格って、だって、三代……」

「ええ。ですから、住み込みで働くなどの方法もありますが、紹介状がないと難しいですね」

それ、どんな無理ゲー。ここまで来て、それはない。そう思ったけれど。

「働くことはできるんですね？」

「他国人が正式に職を得るのは難しいですよ。たとえ迷宮都市といえども、さすがに全ての人を受け入れるのは――」

「冒険者なら問題ないでしょう？」

女性がぽかんとした顔で見る。ようやく彼女の表情を変えることができた。ずっと、人を小馬鹿にしたような態度だったのだ。

「いえ、あの。冒険者？　あなた、からかってる？」

「からかってません。ていうか、今までも冒険者ギルドで仕事を受けながら旅をしてたんですから」

「はっ？」

上から下までジロジロと観察されてしまったが、構わない。胸を張って堂々と答えた。

「二年以上、辺境を旅してきたんです。とりあえず、ここでも働いて路銀《ろぎん》を貯めますよ。せっかく定住できると思ったけど、そこは諦めます」

——ふん、だ。

呆然《ぼうぜん》とする女性を睨《にら》みつけて立ち上がった。立ち上がっても背の高さは変わらない。なにしろ椅子は飛び乗らないと座れないほどだった。高い椅子なんてクソくらえだ。

「じゃあ、受付さん。目的を変更しますので窓口を替えます」

移住目的の列に並んでから受付まで随分《ずいぶん》と待たされたが、話した時間は短い。その話も結局まとまらなかった。仕方なく、次は冒険者として入る列に並び直した。

第一章

少女と迷宮都市ガレル

Episode.1

Seisakuri skill de isekai wo ikinobiro

迷宮都市《めいきゅうとし》ガレルが「都市」と呼ばれるほど発展したのには訳がある。この都市は地下迷宮ピュリニーを抱えているのだ。というよりも、地下迷宮ができたことで一大都市にまで成長した。

ここは元々、海に面した肥沃《ひよく》な土地だったそうだ。そこに地下迷宮が生まれ、価値のある素材が得られるようになった。おかげで、今や大陸でも人気の都市の一つだ。だからこそ、一番住みよい場所だと信じて旅してきた。自分だけの家を作れたらと夢見てきた。でも永住できないのなら仕方ない。

クリスは溜息《ためいき》を零《こぼ》し、さっさと気持ちを切り替えた。

冒険者として村や町、都市に出入りする場合、時間はそれほどかからない。すでに冒険者として登録を済ませており、本人を証明するギルドカードが存在するからだ。

とはいえ、移住目的の列で時間がかかりすぎた。愛馬のペルを預けていたが、なにしろ出入りのための審査を受ける場所だ。とても厩舎《きゅうしゃ》と呼べないような粗末《そまつ》な小屋に詰め込まれている。彼女のためにも、クリスは急いで慣れた手続きを始めた。

そんなこんなでようやく迷宮都市ガレルに入ったクリスだったが、すでに辺りは暗い。先に入った旅人の数を考えると、今からでは宿など取れないだろう。諦めて、外壁近くにある馬車や馬の預かり所でペルと共に過ごすことにした。

お金のない旅人は厩舎で過ごすことも多い。これだけ大きな都市ならば選べるほど厩舎

第一章　少女と迷宮都市ガレル

が乱立している。交渉すれば問題ないとクリスは思っていた。が、

「安全上の問題で断ってるんだ」

と、どこもかしこもこれだ。けんもほろろとはこのことである。

「安全上って！　こんなに平和な都市の中なのに」

「何言ってんだ、お嬢ちゃん。田舎出《いなかで》で知らないのかもしれんがね、都会はそりゃあ怖いところなんだよ」

「おじさん、田舎の方が怖いよ？　問答無用で襲ってくる魔物ばっかりなんだもん。三メートルもある狼の群れに追われた時は死ぬかと思ったんだから。オグルは怒り狂って牙を突き立ててくるし。すぐ逃げられる厩舎にいるのが一番安全なんだからね」

クリスの言葉に管理人や厩務員《きゅうむいん》が絶句する。それはそうだ。オグルは猪《いのしし》に似た魔物で、四メートルにもなる大物さえいた。都市で暮らしていると、オグルが実際に動く姿を見ることなどないだろう。

クリスは更に続けた。

「馬の方が安全だよ。守ってくれるんだもの」

「あー、いや、あのな」

「待て待て。それでもやっぱり、都会は怖いんだ。お嬢ちゃんみたいな小さい女の子を狙う悪い大人もいる」

「だけど、今から宿は取れないでしょ」

「うっ……」

彼等は顔を見合わせて「こりゃ仕方ないか」と諦めてくれた。そして、クリスに合わせて屈《かが》んだ。小声で諭《さと》すように教えてくれる。

「あそこの管理人部屋に近いところを使え。人間用の水場が裏にあるから使って構わん。他の奴には内緒だぞ。……さすがに馬たちと同じ水場を使わせるわけにはいかんしな」

「ありがとう！」

「ああ。藁《わら》は新しいのを用意してやるよ」

つまり、ペルと同じ厩舎で休んでいいということだ。クリスがにこりと笑ってお礼を言うと、彼等は苦笑した。

「お嬢ちゃんに何かあったら寝覚めが悪い。明日の朝までは気にかけておくからな」

「重ね重ね、ありがとう！」

クリスがもう一度お礼を口にすると、微妙な表情が返ってきた。

「……ったく。こんな小さな子が旅してきて、厩舎に泊まるなんざな」

「世も末だ」

「ああ、そうだ。養護施設の場所を教えておいてやろう」

親切な彼等だが、クリスは「いらない」と手を振った。養護施設に入るつもりはない。自由がなくなるではないか。クリスは急いで彼等との話を強引に終わらせた。

第一章　少女と迷宮都市ガレル

新しい藁を整えると、門の前で売っていた硬いパンで食事を済ませる。ペルには申し訳ないが、長旅のために用意していた餌《えさ》の残りを与えた。草だけは旅の間に新鮮なものを探したけれど、雑穀《ざっこく》はいつものだ。文句を言わないペルに、クリスは「明日必ず野菜を買ってくるからね」と約束した。

食事を済ませたら、さっさと寝る。が、その前に「防御」を掛ける必要があった。一定の場所の中に誰も入れなくする仕掛けだ。管理人や厩務員が心配した「幼い少女を狙う犯罪」も怖いが、クリスにとって本当に怖いのは魔物だった。魔物から完全に守ってくれる「防御」の「魔法」は、都市外で生活する者にとって必需品である。

それに大きな都市内であっても、外壁近くは危険だった。大型の魔物の場合、これぐらいの外壁はあっという間に壊してしまうからだ。

魔物が外壁を壊している間に、町のトップや冒険者ギルドが指揮し、迎撃態勢《げいげきたいせい》を整える。その間に外壁近くの家や、それこそ馬の一時預かり所なんてものは尽《ことごと》く潰された。外壁近くとはそういう場所だ。畑といった緩衝地帯《かんしょうちたい》もあるが、それだって荒らされてしまう。

裕福な旅人は中央地区にある預かり所を使うから心配ない。そもそも馬も馬車もまるごと預けられる宿があるのだ。十分に安全対策は取られている。

クリスのような貧乏旅人は、外壁近くの安い預かり所を利用するしかない。当然、安全なんてものはないし、強盗に遭《あ》う可能性だってある。そのための、大は小を兼ねる「防御」の魔法が、か弱い女の子の自衛として必須《ひっす》だった。

この【防御】の魔法は紋様紙《もんようし》を使う。紋様紙とは魔法スキルのない者が、ごく少量の魔力で魔法を使えるようになる「使い捨て」の紙のことだ。使いたい魔法を魔術文字で描いている。絵のようにも見える緻密《ちみつ》な魔術文字が紙面を所狭《ところせま》しと占めるため、描き上げるのに途轍《とてつ》もない集中力と技術が必要だ。当然、大変高価な代物となる。

クリスのような子供が持つのは「普通」ではない。だから、隠れて使う。

使い方は難しくない。胸元のポケットから小さな縦長の紙を取り出し、魔力を通す。すると紙に描かれた模様が順に光った。あっという間の出来事だ。最後の模様まで光り終えると、縦長の小さな紙は消えてしまった。

「相変わらず、一瞬で消えるんだから……」

クリスの表情が苦々しくなるのも無理はない。紋様紙は、買えば高い代物だ。買わずとも、どれだけの労力がかかることか。それほどの大層な紙が一瞬で消えてしまう。

しかし、この紋様紙のおかげでクリスはこれまで助かってきた。ふと、胸元のポケットを確かめると少し心もとない気がした。

「もうすぐ迷宮都市だからって急いで来ちゃったもんね。永住もできそうにないし、お気楽に考えてたらダメかー」

「ブルルルル」

「ペルちゃんも、そう思う？　え、なに、早く寝ろってこと？」

鼻で押されてクリスは藁の上に座った。ペルも隣に横たわる。

ペルは一年前にクリスの仲間となった。彼女は大きな体で強面《こわもて》ながら、心は優しく、まるでクリスを娘のように守ってくれた。こうして、早く寝ろと勧めることもあった。彼女の体温に温められて過ごした夜は多い。

「分かった。もう寝るよ。内職は明日やろう。手持ちはまだあるし、最悪、ポーチの中の売り物に手を付ければいいもんね」

「ブルルル」

荷物の中から毛布だけ取り出し、クリスは包《くる》まった。手の届く範囲に荷物は置く。服は着替えない。ペルのお腹に寄り添うようにして藁の中に潜った。ペルは竜馬《りゅうば》の血を引いているのか魔物の気配に敏《さと》い。大丈夫。ここは少しは安心してもいい場所だ。

早く安全な家でゆっくりと羽を伸ばして過ごす日が来ないだろうか。浅い眠りを繰り返しながら、クリスはいつものようにペルの匂いに包まれて眠った。


早朝、厩舎の馬たちが起き出したのでクリスも目を覚ました。ぐっすり寝た、とは言えない。けれど、昨日までとは違う安心できる場所のおかげで、寝不足はかなり解消できた。

第一章　少女と迷宮都市ガレル

クリスは起きてすぐ、ペルに水と食事を用意した。その後に自分の準備だ。管理人小屋の裏手にある水場からもらう。しかし、顔を洗った時にあまりいい水とは思えなかったため、飲むのは止めた。せめて火を通したい。そう考えていると、管理人も起きた。

「嬢ちゃん、厩舎では大丈夫だったかい」

「うん。藁は新しいし、問題なかったよ。あ、厩舎の外でも火は使っちゃダメだよね？」

「馬が怯《おび》えるからな。火が使いたいのか？」

「朝食を作ろうかと思って」

「だったら、朝市に行きな。お手頃価格だ。嬢ちゃんなら銅貨一枚で十分だろう」

それはいい。クリスは笑顔になった。管理人は更に朝市について教えてくれた。都市内のあちこちで朝市が開いているという。この場所から一番近い朝市は外壁近くにあり、庶民向けで安いそうだ。

他にも思い付いた注意事項を教えてくれる。

「そうだ。嬢ちゃん、ガレルは初めてだろう？　北部の出入り口付近は行くんじゃねえぞ」

「どうして？」

「貧民街があるんだ。あの辺りは作物が育たない土地らしくてな。名ばかりの練兵場だったのが災いして、ちょいと使わないうちに掘っ立て小屋が増えちまったのさ。だもんで、治安が悪いんだよ」

「分かった。ありがとう」

どの町にも貧民街はあったが、都市と呼ばれる場所にもあるらしい。むしろ都市だからこそ、規模が大きいのだろうか。クリスはかつての記憶を思い起こしながら、管理人に朝市の詳しい場所を聞いた。

まずは出掛ける前に身形《みなり》を整える。頑丈な旅装のままだったから埃っぽいし、都市内を歩くのに野暮ったい服装は人目を引く。旅の間なら汚い格好の方が何かと便利だが、町の中では逆だ。綺麗にしていないと店に入れない。

体と服は【清浄】の紋様紙で綺麗にした。贅沢《ぜいたく》だが、旅用のローブは分厚くて洗濯が難しいのだ。長い旅の後ぐらいは使ってもいい。その代わり、紋様紙を使う際には、ついでに自分自身や荷物なども範囲に入れる。すると範囲内のものが全部綺麗になるという寸法だ。

綺麗になって着替え終わると、バサバサだった髪の毛を梳《と》かす。邪魔だからと短くしていたが随分《ずいぶん》伸びた。

クリスの髪は飴色《あめいろ》をしていて毛量が多い。気を抜くと爆発するから、町にいる間は細かに編み込んでいる。旅の間はヘアバンドか紐《ひも》で縛っていた。丁寧に梳《す》くこともなかった。そのせいでかなり傷んでいる。ガレルにいる間はちゃんと手入れをしよう。クリスは溜息を飲み込んで髪を編み込んだ。

第一章　少女と迷宮都市ガレル

クリスは十三歳という年齢よりもずっと幼く見える。ちょっぴり寸胴体型《ずんどうたいけい》なのも拍車《はくしゃ》をかけた。飴色の髪を綺麗に伸ばしていればマシに見えるかもしれないが、いつも編み込んでまとめている。瞳は同じく飴色で、髪よりも少しだけ濃い。まんまるい瞳が可愛いと言えなくもなかった。ただ、全体的に特徴がないというか、素朴《そぼく》な顔をしている。

クリスの客観的な意見だ。この顔は、手を入れないと「可愛く」ならない。でもそれで良かった。可愛い顔だったなら苦労しただろう。女の子の一人旅は想像以上に厳しいのである。

最後に身形を再確認し、クリスは厩舎を後にした。大きな荷物はペルの足元に隠したので問題ない。【防御】の魔法もまだ効いているはずだ。

クリスは緩めのパンツに長いチュニックという服装だったが、通りすがりの人々と比べても違和感はない。ガレルには活動的な女性が多いのだろう。パンツ姿も多かった。

周辺の様子を見ようと、ゆっくり歩き、五分ほどのところで朝市を見付けた。通りの両端に店が並んでいる。端の店では野菜を売っていた。

購入するのは後回しにして、何が売られているのか価格帯も含めて調べていく。クリスはワクワクしながら、大きなリュックを背負って進んだ。

朝市には、これまでの町では見なかったものが多くあった。何よりも野菜の種類が多い。ハーブ類は思ったほど見かけないが、料理に使うだろうから、どこかには売っているはずだ。クリスが質問すると、農家のおばさんは気さくにお店のことを教えてくれた。

途中で、出来合いの食事を売る屋台が続いた。匂いに負けてサンドイッチを買う。厩舎の管理人には銅貨一枚で事足りると言われたが、どうやら彼はクリスのことを少食だと思ったらしい。さすがに銅貨一枚分では足りない。というのも、ハーフサイズのサンドイッチで銅貨一枚だ。小さな子供にはちょうどいい量かもしれないが、残念ながらクリスは「年齢」なりに食べる方だ。成長期でもあるから、この二倍は欲しい。

他にも頼みたいため、ここではハーフサイズにした。チキンらしき肉を削《そ》いだものが挟まれており、甘辛い味付けで美味しかった。

次に串焼きの店で野菜串を買う。玉ねぎやカボチャといった野菜串は五本で銅貨一枚という安さだ。しかも、一本で大満足と言える量だった。残りの四本はホウと呼ばれる葉で包んでもらい、リュックに入れた。

ホウはどこにでも生えている木の葉で、殺菌作用があり無味無臭だ。こうして飲食物を包むのに利用される。特殊な編み方をすれば液体も入れられる。屋台ではスープや飲み物を入れるのにも使われていた。町の子が最初にする仕事が「ホウの葉採取」ということも多いそうだ。これまで辿ってきた町でクリスが聞いた話である。

クリスは辺境《へんきょう》の村で生まれ育ったから、そんな仕事はしたことがない。そもそも、ホウの木さえないような過酷な土地だったのだ。

第一章　少女と迷宮都市ガレル

朝市には屋台も多く、手軽に食べられるものばかりが売られていた。男性でも銅貨五枚あれば十分お腹いっぱいに食べられそうだ。

少し進めば、また素材そのものを売る店が続く。農家も多い。野菜は新鮮だ。加工品も並んでいる。加工品が多いのは、旅人や地下迷宮へ行く冒険者向けだろう。

水分を飛ばした乾パンも見かける。がっちこちに固くしたもので保ちがいい。クリスも以前、町で購入したことがある。歯が欠けるかと思うほど固かった。後に、スープに浸《ひた》して食べるものだと知った。

朝市の端まで行くと食品以外も並んでいた。生活用品、消耗品などだ。旅人や冒険者向けの品が多い。というのも、使い捨て歯ブラシが一個単位で売られているからだ。都市に住む者なら、まとめ買いで安く仕入れるはずだった。


価格調査もしつつの朝市視察は一時間ほどで終了した。朝市は、早朝より三時間から四時間ほどで閉めてしまうそうだ。昼時にも屋台は出るらしいが、場所が違うということだった。冒険者ギルドのある大通り近くや地下迷宮の手前、それから旅人の出入りが多い大門近くである。

確かに昨日も、大門の外にまで屋台が出ていた。都市の者ならば出入りは自由で無料だという。クリスは入る時に銀貨三枚を支払った。自由に出入りするにはギルドの仕事を定期的に受ける必要がある。この都市で働いていますよ、という証をもらうのだ。

視察を終えたクリスは、その足で冒険者ギルドへと向かった。

ちなみに、朝市では世間話として都市の情報を仕入れている。クリスが「こんな大きな都市は初めてだ」と言えば、皆が親切に教えてくれた。

たとえば、個人の馬での移動には許可がいること。その場合は、月に金貨三枚という大金を使用料として行政機関に支払う必要がある。月に一度しか乗らなくてもだ。そのため、一般人は乗合馬車を使う。距離によって違い、銅貨一枚から多くても五枚まで。毎日往復して乗ると月に最大銅貨三百枚。金貨に換算すれば三枚だ。

馬を使う場合は最初に高い登録料を要求される。そうでなくとも、一個人が移動のためだけに馬を飼うというのは、都会ではあまりない。維持費が高くつきすぎるのだ。

クリスはどのみち住民にはなれないし、もちろんペルを手放す気もない。第一、住民になれないのに登録料だけは取るなど納得がいかない。だからクリスの都市内での移動は乗合馬車にして、ペルの運動不足は都市の外へ連れ出すことで解消する。乗らずに馬を引くだけならば目こぼししてもらえるからだ。これも教えてもらった裏技である。

都市ならではの「あるある」情報もあった。中央地区ほど物価が高い、などだ。

迷宮都市ガレルの一等地区は中央地区と南区で、中央地区には行政機関にギルドの本部などが集まっている。大店も多い。単身者や若い夫婦向けの集合住宅が多いのも中央地区

第一章　少女と迷宮都市ガレル

だった。南区は支配階級の人たちの邸宅《ていたく》がある。地下迷宮ピュリニーは都市から見て北北西にあり、それを考慮して南の土地を選んだのだろう。

都市の北部には冒険者向けの宿や店が並んでおり、下町風らしい。外壁近くには貧民街があり、治安が少々悪いという話は朝市でも聞いた。

クリスは西門からガレルに入った。西門は他の地域からの入り口になり、比較的治安はいい。物資の輸送を含めた旅人への印象を良くするため、治安維持隊が頻繁に見回っているからだ。また、内外を問わずに畑が広がっている。農家が多いのが西側ということだった。

東側は商業地区や個人宅などらしい。端に行けば港町があり、魚介類を加工するための小さな店が密集しているそうだ。

迷宮都市ガレルは、地下迷宮ピュリニーが誕生したことで一大都市にまで発展した。が、もともとの素地はあった。恵まれた穀倉地帯と大きな港を持つガレルは、地下迷宮が生まれたことで急激に大都市へと変貌を遂げた。

「その歪《ゆが》みが北側の町ってことかな……」

ギルド本部へ行こうと思ったクリスは、どうせならと中央地区を通り越して乗合馬車を降りた。都市の北側を見てみたかったのだ。

北区は「急激に発展した町並み」そのものだった。通路が細く入り組んでおり、無理な増築も多い。建物と建物の間を繋ぐように、手作りめいた不安定な橋が渡されている。それも、あちこちにだ。しかも屋上の高さが不揃いで、三階建ての屋上に架《か》けられた橋は歪んでいた。そもそも、橋とも呼べないような形である。階段状であったり、斜めに架けられたり。

見上げていると、たまにパラパラとレンガの補強材が落ちてくる。地面には橋の素材と思しきレンガや石が落ちていた。道の端に避けられたゴミを見て、クリスは苦笑するしかない。

ひどいものだ。けれど、個人的には嫌いではなかった。こういう継《つ》ぎ接《は》ぎだらけの町は見ている分には楽しそうだった。ただし、安全なら、だ。ちょっとした衝撃で壊れてしまいそうな建物や橋を見ていると怖い。

それは、クリスが「家つくり」スキルの持ち主だからかもしれない。

あるいは、前世の記憶を持つからかもしれないが。

中央地区にある冒険者ギルドの本部は石造りの頑強な建物で、すぐに見つかった。一大都市にある本部というだけあって、クリスが今まで見たギルドの中でも一際大きい。思わず、ほぅーっと溜息のような声が出た。

第一章　少女と迷宮都市ガレル

ギルドの中は天井が高く取られており、圧迫感がない。外側の重厚感と違って雰囲気も柔らかい。クリスが知っているギルドは、もっと狭くて暑苦しくて埃っぽいものだ。それに煩《うるさ》い。同じような騒がしさがあるのに煩いとは感じなかった。どこか洗練されて見える。白い壁に飴色のカウンターやテーブルがあるせいだろうか。あるいは、受付ごとに並んでいる古めかしいランプがアンティーク調で美しいからか。

ずいぶんと内装にお金をかけている、などと観察しながらクリスは受付に進んだ。

「異動届を出したいんですが」

「はい。え？」

受付の女性がクリスを見てびっくり顔になった。こんな対応には慣れている。クリスはさっさとギルドカードを提出した。ちょっと背伸びをして。

——何故、カウンターを「全ての人種」向けで作らないのか。

背の低いクリスは心の中で文句を言う。その間に受付の女性がギルドカードを確認した。

「クリスニーナさん、ですね？」

クリスは背伸びしたままで頷《うなず》いた。

「はい。街道を通ってきました。メルトとアキスタの町では食料の補給だけして、直近で受けた仕事はスルスドの町が最後です」

クリスの説明を聞いて、受付の女性が精霊樹《せいれいじゅ》の枝の先にある赤い水晶にギルドカードを触れさせた。

「お待ちください。……そのようですね。問題ありません」

実のように見えるから実水晶《みすいしょう》とも呼ばれる赤いそれは、まるでタッチ決済の「機械」のようだ。軽く触れさせるだけでデータの確認ができた。


この世界には精霊樹と呼ばれる不思議な木がある。彼等には独自のネットワークが存在していた。情報共有能力が高く、ギルドは彼等に「お願いして」そのネットワークを借りている。彼等に人間の情報を与えることで情報が蓄積《ちくせき》され、簡易ではあるがデータベースのように情報が出し入れできるようだった。その窓口が実水晶である。

ちなみに、精霊樹に「お願い」できるのは専用のスキル持ちだけだ。特殊なスキルのため滅多《めった》に存在しない。それゆえスキル持ちは大事にされる。しかも、最初の開通作業やメンテナンスの時だけ働けばいいそうだから「当たりスキル」だ。

精霊樹へのお願いには対価も必要らしいが、機密事項ということでクリスのようなペーペー会員には知らされていない。

「銅級ですね。依頼の受注は順調のようですし、ペナルティもなし。あら、もうすぐ銀級に上がれますよ」

女性は実水晶から手を離し、ギルドカードを返してくれた。書類に書き込みながらクリスに視線を向ける。

「迷宮ピュリニーが目的ですか？」

第一章　少女と迷宮都市ガレル

「え、銅級でも入れるんですか？」

質問に質問を返したというのに、女性は嫌な顔をせず教えてくれた。

いわく、ここではギルド階級の一番下「鉄級」からでも迷宮に入れるということ。ただし、階層は制限されるし、入るのに毎回銀貨三枚が必要とのことだ。

銀貨三枚は、鉄級ランクには少々厳しい。いや、銅級でも苦しいのではないだろうか。

少なくともクリスは入りたいと思えない。

だからだろう、低ランクの者はパーティーに入って活動するという。パーティーだと十人までという人数制限があるものの、まとめて金貨一枚で済むからだ。これならば、一人当たり銀貨一枚で入れる。

「荷物持ちや料理人の名目で上級ランクのパーティーが新人を入れるのよ。そうして育てていくの。あなたも迷宮に入るなら、先にパーティーについて調べておくといいわよ」

「ありがとうございます。でも、わたしは都市内や外の仕事を受けようと思ってます」

「そうなの？　だったら、支部へ行くといいわ。ここは本部になるから中央地区の仕事か、迷宮内の斡旋しかしてないのよ」

どうやら中央地区の仕事の依頼は上級ランクのものしかないらしい。クリスは迷宮に入るつもりがないから、ギルド本部に来ることはないだろう。ならばと、質問しておく。

「資料室や無料で読める本はありますか？　それと情報を得ることはできるでしょうか」

「階段を上がって二階の右側に資料室があるわ。自由に読んでも構わないけれど、入り口でギルドカードをかざしてちょうだい。持ち出しは厳禁よ。情報は内容によるけれど、最低でも一つ銀貨三枚からね」

「分かりました。じゃあ――」

クリスが掲示板近くに併設されたカフェをチラッと見ると、女性が笑った。

「ご存じのようね。どうせ銀貨三枚払うなら、あちらで同業者にエールでも奢《おご》りながら質問した方がたくさん教えてもらえるでしょうね。特にあなたなら」

ウインクされる。女性はアナと名乗り、クリスに「情報を得る場合はここだけにしなさいね」と釘を刺した。冒険者ならではの情報交換場所、つまりお酒が飲めるお店には行かないように、という意味だ。

「ここなら、ギルド職員の目もあるから安全よ。分かったわね？」

「はい」

「よろしい。他に簡単なことなら雑談ついでに聞いてもいいわよ。情報料が発生する場合はきちんと前もって伝えるわね」

「ありがとう、アナさん」

「どういたしまして。……でも、あなた本当に十三歳？　もちろん精霊樹は嘘をつかないけれど」

ちゃんと食べるのよ。そう言って、アナは心配そうに手を振る。クリスは苦笑して、カフェへと歩いていった。

クリスのような女の子がエールを奢るというのは、冒険者たちにとって居心地が悪いらしい。どうかすれば自分の子供といってもいい年齢（に見えるの）だ。そんな子供が冒険者から情報を得ようとエールを持ってくる。居心地が悪くなるのも当然だ。それも踏まえて、クリスは「エールをあの人たちに！」と声を上げて注文した。おかげで質問にスラスラと答えてくれる。

最初は、ギルド本部でどのような依頼があるのかを聞いてみた。やはり迷宮ピュリニー内での魔物狩りや植物採取が多い。更に彼等は、その中でも低級ランクにとって旨味《うまみ》のある依頼が何かを教えてくれる。

次に多いのが大店からの依頼だ。珍しい魔物を狩ってきてほしいという指名依頼、あるいは高価な魔物を王都へ運ぶための護衛仕事など。これらは上級ランクでなくては難しい。そしてギルド本部には上級ランクの冒険者が集まっている。

今、クリスに話をしてくれる冒険者たちが「休みであろう日にギルドへ詰めている」理由は、美味しい依頼が飛び込んでくることもあるからだ。先の依頼もそうだが、それだけではない。たとえば迷宮内にて珍しい魔物の出現報告が入れば、誰よりも早く向かう必要がある。何故なら魔物狩りは早いもの勝ちだからだ。依頼が貼り出されるや急いで受け、パーティー仲間を集める。休みだからとダラダラしていてはいけない。

そうした心構えも、彼等は懇切丁寧《こんせつていねい》に教えてくれた。

仕事の話が一通り終わると、都市内での過ごし方や冒険者御用達の店について話題が移った。頑張ればクリスでも買えるような価格帯の店に絞って話してくれる。武器専門店についてはサラリと流された。小さな女の子のクリスが武器を持てると思わなかったのだろう。実際、クリスは武器を持って戦うタイプではない。

「わたし、しばらくは外壁の外にある森で狩りをしようと思ってるんだけど」

「まあ、迷宮ほど危険ではないだろうがなぁ」

「お嬢ちゃん、一人で活動するには、ちょいと若すぎやしないか」

「大丈夫。重種の馬も一緒だから！」

「でも、竜馬の血を引いているわけじゃないんだろ？」

ただの馬なら、荷運び以外で役に立たないだろうと指摘される。しかし、ペルは違う。

「魔物に動じない性格だし」

「ほう」

「それに気配察知ができるよ」

それはスキルを持っている、という意味だ。クリスの説明に冒険者たちの顔が綻《ほころ》んだ。

「そりゃいいな。重種なら体力もあるだろう」

「案外、迷宮へ下りるより外での仕事が向いてるかもしれんぞ」

「それもそうか。ただの馬じゃ迷宮に連れて入れないし、となればソロ活動は厳しい」

「だが、気を付けろよ。西区に拠点を持つ知り合いがいるから、何かあったら頼るんだ」

それぞれがクリスを心配し、あれこれ言ってくれる。一人の冒険者は、相談事を持ち込んでも引き受けてくれそうな知り合いを教えてくれた。

「エイフって名前の鬼人族《きじんぞく》だ。見た目は怖いが、差別なんぞしない良い奴だ」

「ありがとう」

「俺のサインを入れといたからな」

そう言って紙切れをくれる。クリスは内心で驚いた。紙は高い。それに識字率は二割と言われている世界だ。手のひらに収まるサイズとはいえ、紙に字を書いて渡すという行為はかなり珍しかった。

「あ、変なことは書いてないからな。こう書いたんだ。『クリスという女の子の相談に乗ってやってくれ、カイン』ってな」

間違いなく、そう書かれていた。どうやら彼は文字の書ける二割に入っているようだ。依頼書を見る係なのだろうから書けても不思議ではない。あるいは勉強したのかもしれないが。ともあれ、彼等は親切だ。それを知っていたから、アナはここで相談するように勧めてくれたのだろう。クリスはお礼を口にした。

帰りは教えてもらった冒険者向けの店を眺めながら、乗合馬車を使って外壁近くにある厩舎まで戻った。

とうに昼を過ぎていたため、屋台で買った野菜串を食べた。衣を外してペルにも食べさせる。彼女はカボチャやサツマイモなどの野菜が大好きだ。毎日食べさせてあげられないのが申し訳ない。旅の間はクリスもろくな食事ができないので、都市に滞在中ぐらいは互いにしっかり食べたいものだ。

「美味しかった？」

「ブルルル」

「良かった。じゃ、宿を見付けてくるね」

「ブルル」

賢い彼女は良い返事でクリスを見送ってくれた。


宿の当たりは付けている。朝市で農家の人に聞いたのだ。新鮮な野菜や穀物を売る店の納入先なら安心だろう。「あそこは毎日仕入れてくれる」だとか「飼い葉用の仕入れも多い」と聞けば、そこが「良い宿」だと分かる。あとは店構えを確認すればいい。凝った作りの外観なら、回れ右だ。外観はお値段に比例するからだ。

というわけで、クリスが長逗留《ながとうりゆう》することに決めた宿は「精霊の止まり木亭」という名の、こぢんまりとした店だった。西区にあるので今の預かり所からも近い。外壁近くだから宿泊料は安めだったが、厩舎が綺麗で手入れもよくされている。家族経営で温かい雰囲気なのも良かった。こういう宿は安心できる。

クリスは早速、ペルと荷物を持って移動した。

「いらっしゃい。さっきの子だね。馬は空いているところへ繋いでおいで。この札を掛けておくんだよ。そうしたら、うちのがちゃんとお世話するからさ」

どっしり構えた女将から木札をもらい、先にペルを預けに行く。ちょうど息子と思しき少年がいたので任せることにした。少しだけ様子を見たが、丁寧な仕事をする。ペルも嬉しそうだった。ペルには明日の朝にまた来ると約束して宿へ入った。

ところで大抵の宿屋では、冒険者が長逗留する場合、食事別で十日ごとの精算が基本になる。精霊の止まり木亭では一泊が銀貨三枚、十日にすれば割り引きされて銀貨二十七枚で一日分お得である。夕食を頼む場合は銀貨一枚ほど。プラス、お酒代が必要だろうか。クリスは飲まないから宿で摂る方が安上がりになるかもしれない。冒険者は外食が多く、食事別のコースがある。他の旅人には食事込みの宿泊コースも用意されているそうだ。

いろいろ聞いた上で、クリスは一番お安いコースを選んだ。こんな風に節約するのは財布の中身が心配だからだ。なにしろ、大幅に予定が変更となった。ガレルに移住するという計画がなくなった以上、いろいろと考え直す必要がある。部屋を借りて生活を安定させ、ゆくゆくは自分で家を建てる——そんな夢は儚《はかな》くも散った。

違う町へ移動するにもお金が必要だ。ならば冒険者として稼ぐしかない。こういう根無し草的な生き方は疲れるが仕方なかった。クリスのような身の上でも雇っていいと言ってくれるような人は、そうはないだろう。

クリスがまだ若いから、なんとかできるのだ。それに人生なんてそんなものだよな、とも思う。

部屋へ通されると急に疲れを感じた。長旅の果てに辿り着いた希望の町は、永住できないと判明した。厩舎で過ごし、翌日には慣れない都会を歩き回る。これで疲れない方がどうかしてる。

「でも、まあ、前世に比べたらまだマシな一日かな?」

一時間かけて満員電車で通勤し、朝から晩まで仕事の毎日だった。本当は事務職だったのに営業職まで兼任していたため、ヒールの底がすぐに削れるほど歩き回った。よくも、あんな格好で歩けたものだ。

「だけど、命の危険はこっちの方が大きいかな」

——いや、そうでもないか。

前世での最期は「寿命」ではなかった。たぶん、いきなり終わったはずだ。線のようなものが体を通過して、その瞬間に命が消えた。

クリスの前世は、栗栖仁依菜《くりすにいな》という名前の女性だった。何がどうしてこうなったのか分からないが、日本でも地球でもない世界に生まれ変わった。

うっすらと「自分は転生したのではないか」と考えたのは幼い頃だった。はっきりと自覚したのは「誕生の儀」を受けてからである。

通常「誕生の儀」は生まれた時に受けるものだ。神官がスキルを発動して赤子の状態を「視《み》」る。この時に分かるのは、世界――神とも呼ばれる存在――から与えられる、名前とスキルだった。

スキルは、ほとんどの人間に与えられるものだ。スキルを持っていれば、持たない人間よりも何倍何十倍と早く、その能力《スキル》を覚えることができる。たとえば剣の練習を幼い頃から何十年続けても、剣士スキルを持つ者の一日には負けるという。極端だが、本当にそう言われるほどの差があった。

だからこそ幼い頃にどんなスキルがあるのか知らせ、無駄な時を過ごさないようにと国は推奨していた。むろん、この「誕生の儀」は無料で受けられる。実は成人の時にも無料で受けられるそうだ。どこの国でもほぼ同じで、一生の内に最低二回は誰でも無料で受けることができた。

誕生の儀だけでなく成人の儀も受けるのは、そこでスキルが確定すると言われるからだ。赤子のうちに一つか二つ、十五歳の成人までに三つとなる。ほぼ、誰でも三つのスキルが与えられる。ここで問題なのは、ごく稀《まれ》に四つ目が増える場合もある、ということだ。だから成人の際に受けるのはもちろん、それを過ぎてもお金を払って視てもらう人がいる。

この常識を、クリスは十歳になるまで知らなかった。

辺境の地には神官などやって来ない。流刑地《るけいち》でもあった村では、スキルのことは表立って話題に出せないものだった。流刑地に暮らす村人は、ハズレスキル持ちが流れ流れてやって来ていたからだ。

世界、あるいは神と呼ばれる存在から与えられるスキルは通常三つ。

大抵は役に立つスキルをもらえる。たとえば、調理というスキルだ。このスキルを持っていると女性ならば結婚に有利であった。もちろん男性でも女性でも、極めれば料理人となって働くこともできる。

しかし、家事スキルと比べたらどうだろうか。

実は調理は家事の一つでもあるため、家事スキルの方が「良い」スキルと言われていた。家事スキルの中に調理スキルが内包されていることから、上位スキルとも呼ばれる。

それでも調理スキルを持っていれば、女性の場合は結婚相手への良いアピールになった。下位スキルと言われようが、少なくとも「ハズレ」スキルよりはマシだとされていた。

ハズレとは床拭きや窓拭きといった、ごくごく簡単な作業で、かつ狭い範囲に限られた能力のことだ。床拭きも窓拭きも家事スキルだけで全て完璧にこなせるのだから、ハズレと言われても仕方ないのかもしれない。

クリスはこの話を聞いた時に「むしろ特化した能力なのでは？」と思った。が、世間はハズレだと決め付けている。

更に、一つだけ、あるいは二つしかスキルを得られなかった人もハズレと呼んでいた。滅多にないが、三つのスキルが与えられない人もいたのだ。彼等は働く場所に困った。

クリスの出身地は、そうした人がやって来てできた村だった。近くには流刑地があり、その管理をすることでなんとか村として成り立っていた。犯罪者の強制労働がなければ過酷な辺境の地を生きることはできなかっただろう。

スキルに左右される世界は、前世と比べたら厳しい。

魔物もいる世界だ。魔物は強く恐ろしい存在で、対抗する力がなければ、あっという間に殺されてしまう。

クリスも本来ならハズレに入っていたはずだった。なにしろ生まれてからスキルがあるかどうかも分からない状態で、仮の名前すら父親に付けてもらえなかった。

十歳の時に受けた「誕生の儀」で記憶を取り戻せなければ、今も辺境の地で暮らしていたかもしれない。

クリスがラッキーだったのは、神官が「試練の儀式」で偶然村に来たこと。その神官が、まだ誕生の儀を受けていない子らを集めて無料で視てくれたこと。そして、記憶をはっきりと思い出したクリスが「このままだと父親に売られてしまう」と気付き、神官に村から連れ出してもらえたことだ。

試練の儀式は、神官が徳を積むために行うもので、大抵は辺境の地を巡る。そんな彼等が断ることはないだろう。勝算はあったが賭けでもあった。


たとえ「家つくり」というスキルが一つだけしかなくとも、なんとでもなると思えたのは前世の記憶があったからだ。辺境の地の、無知な幼子《おさなご》では到底無理だった。

旅の間に出会った人から「ハズレだ」と、そう言われ続けたスキルだった。それでも三年近く、生きてここまでやって来た。

「よし！　滅入るのはもう終わり！　明日から頑張るぞ！」

迷宮都市ガレルで永住できないと言われたことはショックだった。

クリスは頭を切り替えようと、自分で両頬を強く叩いた。

「明日から、また冒険者として働くんだ。内職も頑張る。そして自分の家を作る！」

自分だけの家を作る。

そのための「家つくり」スキルだろうから。

Ietsukuri
skill de
isekai wo
ikinobiro

第二章

ギルドの依頼と家つくりの第一歩

Episode. 2

Ietsukuri skill de isekai wo ikinobiro

翌日からクリスは張り切って依頼を受けた。朝早くから外壁を出て森に入り、得意な採取仕事をする。

昼過ぎには戻って、今度は農家の手伝い仕事だ。収穫した野菜を洗ってまとめるという作業だけで、依頼料以外に「売り物にならない不格好な野菜」をオマケでもらえた。

野菜は宿への差し入れにする。味に問題はなく、むしろ新鮮で美味しい。余ればペルや他の馬たちの食事にもなった。おかげでペルの預け賃がタダになり、良いこと尽《ず》くめだ。


夕方からは宿の部屋で内職仕事をした。

本当は「家つくり」スキルをアピールして大工仕事をしたいのだが、女性は嫌がられる上に幼いことを理由に断られる。

また「大工」スキルの方が一般的で、誰も「家つくり」というスキルを知らなかった。その名前から「家」だけに特化したものだと思われたのも良くなかった。いくらクリスが「問題ない大丈夫だ」と言い張っても無駄だった。

仕方ないのでスキルに関係ない仕事で凌《しの》いでいる。幸いにして、クリスにはお金を稼げる内職仕事があった。

「ふっふっふ。今日は十枚も作ったよ！」

紋様紙《もんようし》と呼ばれる、魔法スキルがなくとも魔法を発動できる素晴らしいアイテム作りだ。クリスはこれを、専用の紙に描いて売っている。

第二章　ギルドの依頼と家つくりの第一歩

本来は専門のスキル持ちが作成するものだが、なくとも描ける。剣士スキルがなくても剣を使えるのと同じで、努力すれば「そこそこ」までには到達するのだ。その努力がきついのと、スキル持ちと比較して「あまりにも不公平」だと感じるから続かないだけである。

クリスの場合は前世の記憶があることもプラスに働いた。努力すれば身に付くことを知っていたし、細かい作業が苦ではなかったからだ。

前世で仕事のイライラを解消するのにやっていたのが、ただひたすら迷路を紙に描く、というのがあった。最初はパズルや塗り絵から始まり、やがて迷路作りにハマった。死ぬ前は、立体迷路の大作を作ったのでSNSに投稿しようか悩んでいたぐらいだ。

というわけで、緻密《ちみつ》な絵を描くように魔術紋《まじゅつもん》を丁寧に描いていく作業は、クリスに向いていた。しかも、この世界には娯楽がない。時間潰しにはもってこいだった。

「【防御】が心許なかったし、自分用も作っておくかなー」

旅を始めてから独り言が増えた。寂しいのだと思う。クリスは溜息《ためいき》を噛み殺しながら、小さな紙を用意した。縦十センチメートル横四センチメートルの細長い栞《しおり》サイズの紙だ。

売り物の紋様紙は、縦四十センチメートル横二十センチメートルが基本形となる。そのサイズが一番持ちやすく、また描きやすいとされていた。

紋様紙の使用方法は覚えてしまえば簡単だ。自分の中にある魔力を紋様紙に与えればいい。それだけで魔法が発動する。ただし、魔法のほとんどは指向をもたせる必要があるため、慣れるまでには時間のかかる人もいた。頭の固い人ほど使えないそうだ。

たとえば【火】の魔術紋が描かれた紋様紙を前に「どこにどれだけの火を使うか」は、指示が必要だ。二メートル先なのか五メートル横なのか。大きさや持続性をも示す必要があった。魔術紋は複雑で、一々細かな設定をし直してまで描いていられない。初級の【火】もあれば、攻撃用となる中級の【爆炎《ばくえん》】もある。きちんと指向を持たせないと高い紋様紙も台無しだ。

クリスは幸いにして、頭の柔らかい子供のうちに魔術紋を覚えさせられた。それに、あらゆる情報に溢《あふ》れた前世の記憶がある。紋様紙を使うことに関しては問題なかった。

問題は、専用スキル持ちではないことから「描くのに時間がかかる」ということだ。紋様を描くのに少しでも間違えると、魔法が発動しない失敗作となる。地道にチマチマと描いていくしかなかった。

それゆえ、頑張っても描けて一晩に十枚だ。

自分用のサイズに描くのも同じぐらいかかってしまう。小さいから簡単というわけにはいかず、小さいからこそ集中していないと失敗する。

魔術紋を覚えた当初は、何度も何度も失敗して辛い日々だった。ほんの少しの線の乱れも許されない。万年筆の調整を怠れば、線はあっという間に太くなったり細くなったり。最初は縦線を何度も何度も同じ幅で描けるようになることから始めた。努力の甲斐もあり、今では円を寸分違わず描ける。蔓草模様《つるくさもよう》を一筆で描けて初めて、スタートラインに立つのが紋様紙製作だ。

スキル持ちだったら、ここまで苦労しなかっただろう。


事実、クリスは「家つくり」スキルで、その恩恵を受けている。

魔術紋を教えてくれた魔女様に「新しい木材置き場を作っておくれ」と言われ、頼まれたとおりの大きな倉庫を作ったことがある。

クリスはその時、こう考えていた。「木材置き場って鼠《ねずみ》が住んでいるよね。鼠の『家』にしたら大きいよなあ」と。そう考えた瞬間にスキルが発動していた。クリスの中にある魔力が自然と流れ出たのだ。今までにない集中力と立体的に想像できる設計図。何が必要なのか、どれだけ必要か。大した道具でもないのに、木々はクリスの思うままに削れた。

そして、とんでもない早さで出来上がった。いくら、ただの倉庫、木材置き場でも「たった一人の小さな女の子」が作るには「おかしい」ことぐらい分かる。

スキルとは、それほどに特別なものだった。

自分で使う紋様紙も作りながらの内職だったが、七日である程度溜まったため魔法ギル

ドに行くことにした。大きな都市だから買い取り額は高いはずだ。そのお金で買いたいものがたくさんあるのだ。

クリスは、この都市に永住できないと分かった夜から考えていたことがある。家つくりスキルを使って馬車を作りたい、と。ただの馬車ではない。住居付き馬車、いわゆるトレーラーハウスのようなものだ。しかし、一から作るにはお金も労力もかかる。手っ取り早く作るには古い馬車を改造すればいいいと、リサーチも始めていた。

迷宮都市《めいきゅうとし》ガレルに永住できないと分かって、ここで家を建てるのはもう諦めている。でも家自体を諦めたくなかった。クリスは考えに考え、トレーラーハウスに行き着いた。前世でも一時期憧れたものだ。当時は夢物語だったが、この世界なら全く問題ない。むしろ旅をするのなら、もってこいの家ではないだろうか。夢は膨らむばかりだった。

夢想しながら足取りも軽く魔法ギルドに赴いたクリスだったが、そう上手くはいかなかった。

魔法ギルドではまず、紋様紙を売りに来たクリスに「紋様士《もんようし》」や「魔法士」スキルがあるのかと驚かれた。ところが、そんなスキルは一切持っていないと返したら途端に興味を失い、どうでもよさげに紋様紙を扱ったのだ。その上、買い叩こうとした。「スキルなしが作った商品には価値がない」と、そんなことまで言われては、たとえお金に困っても売りたくない。だから止めた。

もっとも、ある程度の蓄《たくわ》えと、紋様紙に対する自信があるからできたわけで。本当に餓死しそうなほど困窮《こんきゅう》していたら、頭を下げてでも売っていただろう。

紋様紙は、クリスがこれまでに寄った町では普通に買い取ってくれたものだ。スキルがあろうがなかろうが関係ない。紋様紙が貴重品で大事なものだからだ。特に田舎ではなかなか手に入らないため、納品すると喜ばれた。

魔法ギルドがないような小さな町では冒険者ギルドが買い取る。冒険者ギルドが紋様紙を一番必要としているといっても過言ではない。魔物退治という依頼が一番多い冒険者ギルドでは、スキルだけでは対応しきれない部分を紋様紙で補うからだ。

初級魔法の火や水、土などでも魔物の足止めはできるし、使い方を工夫すれば攻撃にだって使用できた。

魔法を自在に使える「魔法士」は上級スキルだ。持っている人間は限られている。そんな数少ない魔法士のスキル持ちが冒険者になって戦うことは滅多《めった》にない。

冒険者のほとんどが初級や中級スキル持ちで、一つの能力に特化したスキルしか持っていない。魔法士のような「魔法全般」に関わる能力は発揮できなかった。

でも、相手は危険な魔物で、臨機応変に戦える魔法があれば冒険者は助かる。紋様紙は魔法士の代わりだ。中級魔法も紋様紙があれば発動できた。

冒険者ギルドが紋様紙を欲しがるのは当然である。

クリスは冒険者ギルドで直接交渉することにした。本来は魔法ギルドを通すのが筋《すじ》だから、そうしただけだ。

自分でもムカムカしてるのが分かる勢いで、本部の冒険者ギルドに入った。受付で「紋様紙を売りたいんです！」と告げると、以前も対応してくれたアナが大層喜んでくれた。

「まあ、これを売ってくれるの？」

「はい！」

「ですけど、魔法ギルドの方が高く買い取ってくれますよ？」

「買い叩かれました！」

「あら、まあ……」

アナはクリスの説明を聞いて眉を顰めた。

「商品を確認せずに、そんな態度をとるなんて。こんなに綺麗な紋様紙は、そうそう見られないわよ」

「頑張りました！」

背伸びしながら手を挙げると、アナは目を丸くした。それから笑う。カウンター越しに彼女はクリスを手招きした。

「あちらで商談しませんか？　ここはやり取りがしづらいわ」

彼女が指差したのはカフェだ。クリスに否やはない。はい、と元気よく返事をして向かった。

アナはワッツという名の職員を連れてきた。一緒になって紋様紙を確認するという。彼は主に鑑定を担当しているそうだ。手袋を嵌《は》め、紋様紙を一枚ずつ丁寧に確認していく。

「どれも素晴らしいね。初級が三十枚、中級が十枚、上級は二枚か。上級まであるとは、いやはや」

「ワッツ、紋様はどう？　わたしは全く問題ないように見えたのだけど」

「アナに呼ばれたので良い話だとは思ったが。うん、最高だ」

二人は顔を見合わせて、にんまり笑った。同時にクリスを見る。

「初級一枚で銀貨八枚、中級が金貨一枚、上級は金貨十五枚でどうかな」

低い設定にされるのは分かっていたが、交渉は大事だ。クリスは真剣な顔で告げた。

「魔法ギルドよりもかなり低いです」

「うーん、そうだね。でも町の紋様紙屋に卸すとなると、もっと引かれるよ。それに大量に卸すこともできない」

「商業ギルドを通さないとダメだから？」

「その通り。それに商業ギルドはうちよりもずっと厳しい条件だと思う。しかも会員じゃないなら税金も多く取られるけど――」

「わたしは冒険者ギルド会員だから税金も少ない、ってことか……」

ワッツは驚いたように目を瞠《みは》った。アナは微笑んでいる。

「賢い子だって言ってたけど、本当だね。なるほど、アナが気に入るはずだ」

「え？」

「いや、こっちの話。で、ここからが本題なんだけど」

彼の提案はこうだ。これから定期的に納品してほしい。七日に一度納品してくれるなら、その都度「依頼料」として十枚ごとに銀貨五枚を付ける。上級の紋様紙なら五枚ごとで銀貨八枚という。

クリスは急ぎ脳内で計算し、即決した。

「乗った！」

ワッツが首を傾げたので、クリスは急いで付け加えた。

「あ、いえ。お受けします！」

手を差し出すと、ワッツも伸ばしてきた。しっかりと握り合う。

「指名依頼にするよ」

「でも他の仕事の関係や、病気や怪我などで必ず納品できるとは言えないです。注釈を入れてください。失敗扱いされてペナルティとか困るもの」

「はは、しっかりしてるな。了解だ。では、今回の分からの契約としよう。書類を作成してくるから待っていてくれるかな」

ワッツはにこりと笑って席を立った。ついでにカウンターでクリスのためにリンゴジュースを頼んでくれる。前回も飲んだが、とても美味しいジュースだったので嬉しい。

待っている間に、アナが魔法ギルドのことを話し始めた。どうやら冒険者ギルドとは仲が良くないらしい。今まで通ってきた町では仲良くとはいかないまでも、これほどではなかった。各地それぞれで事情があるのだろう。

「こちらは手数料を上乗せされずに手に入るから有り難いわ。毎度毎度、恩着せがましく高い値段で買い取らされてたのよ」

「そうなんですか」

「冒険者の半数は紋様紙を使うから、足元を見てるのね」

「半分も使うの？」

「ええ。なにしろ、ここには地下迷宮があるわ」

「あ、そうか」

「得意分野が被らないようにパーティーを組んで入るとはいえ、外とは桁違いの魔物が出てくるもの。足りないものが多いわ。地下で狭いという制限もあるわね。紋様紙を使うことで力を温存できるし、逃げる時間を作れる。だから地下迷宮で紋様紙は必須《ひっす》よ」

そこまで聞いて、クリスは思案した。迷宮用に特化したものを用意した方がいいのではないだろうか。少なくとも本部へ納品するなら迷宮用にすべきだ。

「アナさん、だったら【結界】の紋様紙を多めにしましょうか？」

「あら……」

アナは目を丸くしてクリスを見た。

クリスは続けて、迷宮で使えそうな魔法を思い出しながら幾つか挙げてみる。

「【身体強化】や【回復】なら初級でも十分じゃないですか？　今日は攻撃用が多めになってしまったけど、もしかして補助魔法の方が向いてるのかも」

「ええ、確かに補助魔法の紋様紙がよく出るわ。半数、それ以上かもしれない。そうよね、冒険者になる人は攻撃用のスキル持ちが多いから――」

やはり、そうだ。クリスが今まで通ってきた町は田舎だった。攻撃用スキル持ちがいつまでも留まるようなところではない。良いスキルを持てば良い仕事を得られる。彼等はより良い場所へと旅立っていく。残った人が魔物を狩るなら、紋様紙に頼るしかない。

田舎の町では初級の攻撃用紋様紙が人気でも、地下迷宮では補助系の紋様紙が必要とされる。当然といえば当然だった。

戻ってきたワッツとも話し合い、納品する紋様紙は主に補助魔法のものとした。といっても、強い攻撃魔法もなければ困るという。

「稀《まれ》に階層主が手前で現れたり、階層越えしたりということがあるんだ。他にも定期的に魔物の氾濫《スタンピード》が起こる。そんな時は周りの状況なんて気遣ってられないからね。上級魔法で対処するしかない」

第二章　ギルドの依頼と家つくりの第一歩

「そんな大型の魔法を使って落盤しないんですか？」

「上級魔法だと有り得るわよ」

「えー」

クリスがドン引きすると、アナもワッツも苦笑した。

「でもそれぐらいしないと、階層越えが何度も続いて地上にまで溢れたら目も当てられないからねぇ」

「昔、一度あったらしいのよ。そうなると市街戦になるわ」

「そうなんですか。だったら、形振《なりふ》りかまってられませんね」

「でしょう？　どのみち、落盤しても数日で元に戻ってるから気にしないわ」

地下迷宮とは不思議なところだ。何度聞いてもよく分からないため、クリスは「そんなもの」だと思うようにしている。なにしろ、地下迷宮の中にジャングルや、太陽めいたものまであるらしいのだ。

クリスは積極的に入ろうと思っていないが、迷宮から得られる特殊な素材には興味があった。先日、素材屋を見て回ったがとても楽しかったので、ぜひとも迷宮専門の冒険者には頑張ってもらいたい。

「とりあえず、迷宮向けの紋様紙を納品するようにしまーす」

「助かるわ」

「じゃあ、これ。紋様紙の売り上げリストだからね」

そんなものをもらっていいのだろうかと思ったが、ちゃっかり受け取る。ワッツたちにしても、安定して納品される紋様紙は有り難いようだ。クリスにとっても定期的な仕事が得られるのは嬉しい。

「ところで、今日の売上は金貨払いにする？　ギルド預けもできるけど、都市内でしか使えないのよね。その代わり、大抵のお店ならギルドカードで支払いができるわよ」

「あー、預けるのはやめときます。金貨は三十枚だけ、残りは銀貨でお願いします」

「そう。じゃ、ワッツ、精算をお願いね」

「はいはい。えーと、今回は税金分はこちらで持つよ」

「えっ」

クリスが驚くと、内訳書を見せながらワッツはウインクした。

「通常は一割引くんだけどね。今回から契約という形にして、ほら、上級の紋様紙が二枚だったでしょ。さっき、五枚だと銀貨八枚を付ける、って言ったよね」

「あ、そうですね」

「その分を考えて、初回特典ということにね」

それではクリスに有利すぎる。いいのだろうか。その心配が伝わったらしい。ワッツが慌てたように付け足した。

「こちらも魔法ギルドから渋られていたところだったんだ。今回の件は渡りに船でね」

「そうなの。クリスちゃんに来てもらえて万々歳だったのよ」

第二章　ギルドの依頼と家つくりの第一歩

「あ、そうだったんですか」

「そういうことだから、できれば長く納品してもらいたいのだけど」

「もちろん無理に引き止めたりしないよ。君にとって居心地の良い場所であれと思ってる。だから相談事があったら僕かアナを頼ってほしい」

「紋様紙のことだけで言ってるわけじゃないわよ。そうね、半分ぐらいはそれが目当てね」

その方がクリスも有り難い。利用というとおかしいが、クリスの腕を見込んでいる、と言い換えれば何やら嬉しかった。お言葉に甘えて、不安事があれば頼ろうと思う。

その後、精算が終わると、クリスは早速アナに相談してみた。馬車のことだ。話をすると、彼女はパッと笑顔になった。

「中古の馬車を買いたいのね？　だったら、ガオリスのところへ行くといいわ。待ってね。紹介状を書いてあげるから」

有り難いことに即、答えが返ってくる。クリスは大金を手にガオリスの店に向かった。


ガオリスの店は木材加工所で、乗合馬車だと銅貨一枚分の距離にあった。

店の中に入ると弟子が気付いてやって来る。クリスが紹介状を渡すと、丁寧に奥へと通された。ギルドの紹介状があるからだ。クリスも安心できるが、相手だって安心だろう。それでも店主のガオリスはクリスを見て驚いたし、更に注文を聞いて、何度も「え？」を連発した。幼く見える女の子が「馬車を改造したいので中古を買いたい」というのは、客観的に見てもどうかと思う。

だから、自分には「家つくり」スキルがあるのだと説明した。

「ほう、『家つくり』とな。聞いたことのないスキルだね。そんなので、馬車を改造できるのかい？　残り二つのスキルが有用なのかな」

「スキルはまだ一つしかないんだけど、問題ないよ。だって移動する家を作るんだもの。『家』ならスキルはちゃんと発動するから」

「……ほほう」

かなり興味を持ったらしく、彼は弟子たちに仕事を任せると、クリスを連れて裏へと回った。歩きながら、何故ここに馬車があるのかを説明してくれる。木材加工所というだけで、古くなった木製品はなんでも持ち込まれるらしい。その中には馬車もある。これらを再利用するのも彼の仕事のようだ。

「今、うちにある安い馬車は、この二台だね」

「うーん。馬車というより荷車に近いなあ」

「高くても良ければ、あっちにも一台あるんだ」

第二章　ギルドの依頼と家つくりの第一歩

示した先は裏庭の端、死角となる場所だった。クリスは期待せずに足を進め——。

「わあ。これ、いい！」

「やっぱり。さっき話を聞いてね。これがいいんじゃないかと思ったんだ」

クリスよりもよほどワクワクした様子で笑う。自分の宝物を人に見せる時のような、そんな笑顔だ。

「長距離用の荷馬車だったものを都市内の乗合馬車に改造したものだ。元々が頑丈に作ってあるから壊れたわけじゃない。ま、多少古臭いがね」

「え、じゃあどうして？」

裏庭の端に置いてあるだけあって、しばらく放置していた様子だ。車輪には蔓草が絡みついている。

「頑丈なのが良くなかったんだよ」

「……あっ！　重かったんだ！」

「その通り。石畳に負荷がかかりすぎるってことで、行政から極力使わないようにと通達があったのさ。それに、町専門の御者《ぎょしゃ》にゃ、長距離用の馬車は乗り慣れないもんだ。馬にも負担はあるがね。そこらが調整できなかったというわけだ」

乗合馬車は基本的に大通りを走る。けれど、曲がり角のない道などない。少々狭い道へ入ることだってある。大型の長距離用荷馬車が曲がるには、相応の運転テクニックが必要らしかった。すでにこの馬車で、建物の壁をガリガリ擦《こす》ったこともあるそうだ。その傷跡が馬車にも残っている。

「というわけで、ちょうどいい物件だと思う。だが、家として作り変えるなら一頭立ては厳しいぞ」

「うちのペルちゃんは重種だから」

「うーん、そうだとしてもな」

「裏技もあるし、大丈夫だよ。それより、これ本当に売ってもらえる？」

「もちろんだとも。このタイプの荷馬車を欲しがる商家は大店なんだが、最近は新型が流行りでね。景気もいいから中古を買うことがないんだ」

そのため弟子たちにそろそろ解体させようと思っていたそうだ。比較的売りやすい、荷車に作り変えるつもりだったとか。

「ギリギリセーフだったんだ、良かったあ」

「ははは。ところで、これをどうやって移動する？　重種の馬を連れてくるかい？」

「あ、そのことなんだけど――」

価格も含めて、クリスは作業場所を貸してほしいとガオリスに交渉を始めた。値切った分を場所代として提案するつもりで話し始めたのに、何故かガオリスの方から値切った額のままでいいと言い出した。

「その代わり、弟子たちに作業を見せてもらいたいんだ。いや、俺も見たい。『家つくり』スキルなんて初めてだからね。それに余所の人間が作業する姿は勉強になる」

道具も貸してくれるというから、クリスは有り難く受けることにした。

馬車の代金は分割にしてもらった。

いくら中古とはいえ長距離用の荷馬車だ。乗合馬車に改造したため壁は取り払われているが、屋根はしっかりした造りのままである。足回りも良いものを使っており、正直破格の値段だ。それでも、手に入れたばかりの紋様紙の売り上げが軽く吹っ飛んでしまった。道具類を貸してもらったとしても、必要な材料はまだまだ多い。とてもではないが、一括払いは無理だった。

そのあたりも含めて交渉したが、ガオリスはやっぱりクリスに甘い条件で契約してくれた。押し付けられて買い取ったものだからだそうだ。損はしていないとの言葉を信じて、クリスは契約書にサインした。

そして、翌日の午後からガオリスの店へ通うことになった。午前中は日課になっている薬草類の採取だ。これはペルの運動と食事がてらなので外す気はない。

午後はまるごと木材加工所での作業に回す。夜に、紋様紙の内職をするつもりだった。

細切れでの作業は慣れないが、収入源は確保しておく必要がある。それに「初めての自分の家」だから丁寧に作り上げたい。ガオリスも「何ヶ月かかってもいい」と言ってくれたので、甘えることにした。

ところで、クリスが買い取った馬車は、大きさで言うなら小型のアメリカンスクールバスタイプだ。通常サイズのスクールバス、ましてや大型トレーラータイプではない。だからこそ中古とはいえ買い取れた。

隊商の中には、大型トレーラーほどもある大きな馬車を連ねて街道を行くものもある。大抵は大型の魔物をそのまま運びたい時に使われるものだ。たとえば竜種系統だと、中級の解体スキル持ちでは難しい。上級の解体士スキルでなければ、せっかくの大物も無残な姿になる。そもそも、皮を剝ぎ取ることさえできないだろう。ましてや、一般的な「解体（小）」スキルではどうしようもない。

商売人には収納スキル持ち、あるいは大型の収納袋を持っている者もいる。が、大きさと重さの制限がかかっていることが大半だ。生き物も入れられない。そうした制限があるから、荷馬車は必要な運搬具として大いに活用されていた。

ちなみに、乗合馬車は日本車の大型ワゴンサイズである。ぎゅうぎゅうに乗ったとしても十人が限界だ。もっとも、通勤時間でもない限り大抵三、四人の利用である。常に走っており、便利な地元コミュニティバスのようだった。

クリスの生活サイクルが確定した頃、西区にある冒険者ギルドで声を掛けられた。

第二章　ギルドの依頼と家つくりの第一歩

「もしかして、クリスってチビはお前のことか？　本当にチビ助だな」

「……あぁ？」

つい、前世の強気な自分が出て、低い声になってしまった。今は十三歳の可愛らしい女の子なのに。いや、可愛いは言いすぎかもしれないと思い直す。

クリスは年齢の割にはしっかりしている方だ。記憶を取り戻してからは、子供特有の甘い考え「いつか幸せになれる」などというお花畑な思考は綺麗さっぱり消えさった。

他人になんとかしてもらおうだなんて考えも捨てた。自分で自分を助けなければ、どうにもならない世界なのだ。自力で頑張るしかない。当然、売られた喧嘩《けんか》は自分で買うしかないし、敵わない相手なら逃げるだけだ。ただし何もせずに逃げるのは腹立たしい。報復の機会は持ちたいところである。

そんなクリスだから、失礼な相手には失礼な対応でもいいと思っていた。

「クリスはわたしだけど？」

睨《にら》み付《つ》けるが、相手は二メートル近くある大男で視線が遠い。首が痛くて、クリスは見上げるのを早々に諦めた。ついでに相手にするのも止めた。スタスタ歩きだすと、唖然《あぜん》としていた大男が慌てて付いてくる。

「待て待て。カインに頼まれたんだ。クリスって小さい女の子を助けてやってくれって」

「『何かあれば頼ればいい』って言われただけで、別に『何もない』から」

無視して掲示板から依頼書を引っ剝がすと、そのまま受付に向かった。最近、端の受付

に踏み台を置いてくれるようになった。それを使って、カウンターに上半身を乗せるようにしながら依頼書を提出する。

「ユリアさん、お願いします！」

「はい。ええと、いつもの採取ね。後ろにいる彼は、いいの？」

「不審者として通報してください」

「おい！」

もちろん冗談だ。受付のユリアもそれが分かっているから苦笑している。大男もその顔を見てホッとしたようだった。

「なんなんだ、ったく。頼まれたから捜してたのに」

「恩着せがましく言われてもー」

クリスが知らんぷりして答えると、ユリアが苦笑したまま大男に話しかけた。

「エイフさん。言葉遣い一つで依頼者に不快感を与えると前にお話ししましたよね。同じ冒険者だから大丈夫だと思っているのでしょうが、クリスさんは礼儀正しい女性ですよ？」

「うっ」

「受付のわたしたちにも、きちんとお話しされる素敵なお嬢さんなの。そんな方とは正反対の、横柄《おうへい》な口調の方がいる場合、どちらの受けがいいと思います？　わたしたちだって人間ですもの。手心を加えるなんてことはありませんけれど、もし同じ評価の人への指名依頼があれば『礼儀正しい』方を勧めますよ」

「……分かった。悪かったな。あー、クリス、ちゃん？」

クリスも別にそこまで怒っているわけではない。チビをダメ押しされたので、ついムッとなっただけだ。だから、彼の謝意を受け入れた。

「こっちこそ大人気なくてごめんね。ユリアさんもありがとう」

「いいえ。じゃ、採取仕事、頑張ってね」

「はい」

クリスは戸惑うエイフに視線を向けた。外へ行こうと合図する。彼は頷《うなず》いてクリスに付いてきた。

「歩きながらでいい？　それとも『ちゃんと』話をする？」

「いや、外へ出るんだろ。一緒に向かいながら話そう」

ギルドの横には厩舎《きゅうしゃ》がある。クリスは預けていたペルを連れて歩き始めた。

エイフは鬼人族《きじんぞく》で角が二本あった。耳の上あたりから捻《ね》じ曲《ま》がって伸びている。体付きは逞しく、がっちり筋肉だ。冒険者でもここまで綺麗に筋肉は付けられない。鬼人族という土台があってこそだろう。マッチョ系が好きな人にはモテそうだ。

クリスはそんなことを考えながらエイフに質問した。

「カインさんが何か言ってたんですか」

「おー。あいつが、小さすぎる女の子が冒険者やってるから心配だって言っててな。見張

第二章　ギルドの依頼と家つくりの第一歩

ってほしいと頼まれたんだ」

「見張る？」

「最近、この辺りの治安が悪くてなー。少し前にも小さな子が誘拐《ゆうかい》されたんだ」

「……どうなったの？」

「一人は助かった。でも半年前のは見付からないままだ」

クリスはペルの手綱を持ったまま、エイフを見上げた。

「女の子ばかり？」

「いや、男もいる。でも小さいのばっかりだ」

「どうして治安維持隊じゃなくて、冒険者のエイフが見張るの？」

「数が足りないんだ。だもんで自警も兼ねてやってる。これは俺だけじゃない。上級冒険者の義務って奴だ。今日ここに来たのは俺がちょうど暇な時期に入ってるからだな」

「暇な時期？」

「ああ、そうか。知らないんだったな」

エイフは頭をガリガリ掻《か》いて、笑った。ちょうど西の大門を過ぎるところだった。クリスがギルドカードと依頼書を出している横で、エイフもまた胸元からギルドカードを出していた。それを見た門兵が敬礼する。

「『剣豪《けんごう》の鬼人《ラルウア》』ですか！」

他の門兵も、通りがかった市民まで目をキラキラさせてエイフを見る。どうやら有名人らしい。クリスからは彼のギルドカードの文字は見えなかったが、色は金だった。金級ランクということだ。クリスよりもずっと格上である。

しかも二つ名が付いていた。鬼人だなんて、そのままだけれど。

それよりもクリスは「剣豪」が気になった。そうした二つ名が付くのは、スキルに関係する。当然のことだが剣豪というスキルは存在した。上級スキルだ。上級スキル持ちには滅多に出会えない。エイフは、クリスが思う以上にレアな人物だったらしい。

門を出ると、最近よく使っている岩によじ登ってペルに乗った。道沿いに、休憩用なのか岩が並んでいるため、クリスは勝手に利用していた。

エイフが「ブッ」と笑ったが、無視だ。ペルのような重種の大きな馬に颯爽《さっそう》と飛び乗れるほど、クリスは背が高くない。身体能力が高くなるようなスキルを持っているわけでもなく、これが普通だ。

「ぶふふ……」

「何よ！」

普段、踏み台がない時は、鞍に細工している革製の梯子《はしご》を引っ張り出して乗っていた。でも、通りがかった冒険者に「蟬のようだな！」と笑われたことがある。それ以来、人が見ている時には使ったことがない。なんとか工夫して踏み台を探して乗っていた。背が低いのだから仕方ないではないか。

内心でムッとしながら、まだ笑っているエイフを置いていこうと思った。が、彼は鬼人族で身体能力が高い。高すぎた。ペルの早足だと、なんてことない様子だ。駆け足にしても、たぶん涼しい顔をして付いてくるだろう。クリスは気持ち、ペルに歩を緩めさせた。

「それで？　有名人のエイフが小さな子の護衛をしてるわけは？」

「ああ、そうだったな。こういうのは持ち回りになってるんだ。今の俺は、休み期間でな。そうした時間に後輩の育成や手助けをする」

「休みってことは、大きな仕事の後とか？」

「そうだ。この間まで地下迷宮の最下層到達を競ってた。一ヶ月交代で、各クランやパーティーごとにアタックするルールだ。俺はあと二ヶ月、最下層へは行けない。裏期間とも言うんだが」

「へー。みんな約束を守るんだ。談合みたい」

面白いシステムだと思って聞いていると、エイフは不思議そうにクリスを見た。

「ダンゴウっていうのは、なんだ？」

「この場合は『一人だけ勝ち進むのはズルいから抜け駆け禁止にしようって話し合う』ことかな」

ほー、と感心したように返すが、大したことは言ってない。

クリスは外壁沿いの道から、山に向かう細い道へとペルを進ませた。慣れた道なのでペルも勝手知ったるなんとやらだ。すいすい進んでいく。もちろん彼女は気配察知を発動させている。

「最下層へ誰が早く到達するかは大事なことだが、命も大事だからな。情報も共有するぞ。その代わり、情報料が手に入る」

「ギルドから？」

「他のクランやパーティーからもな」

エイフは聞けば知っていることはなんでも答えてくれた。クリスがどこにも属していない、ソロだからというのもあるだろう。銅級だから、という理由の方が大きいかもしれないが。つまり、彼のライバルになり得ないレベルの冒険者というわけだ。


山の中での採取は、魔物が現れやしないかと緊張するものの、クリスにとっては楽しい仕事だった。

生まれ育った辺境《へんきょう》の村は緑の少ない土地で、森と呼べるようなものがなかった。砂漠と言っても差し支えないような、本当に貧しい土地だったのだ。

ただ、近くに魔女様専用の小さな森があり、許された人間のみ入ることができた。魔女様が許した人間は当時クリスだけだったから、彼女のお世話をする代わりに採取もさせてもらった。

森は魔女様が作り上げたと噂《うわさ》されていた。事実、魔女様がいなくなってからの森は徐々に生命力を失っていった。村長は入ることのできない森を見て嘆いていたものだ。

第二章　ギルドの依頼と家つくりの第一歩

あの緑の世界でだけ、クリスは大きく息を吸えたような気がする。だからか、旅の間も森へ入るのは好きだった。その代わり、森には魔物も多くいる。

今日もまた、土鼠《つちねずみ》が出てきた。普通の鼠なら大きくても三十センチメートルだが、魔物は五十センチメートルはある。何よりも魔法を使う上に凶暴だ。これぐらいの魔物ならばペルが踏み潰してくれるが、彼女が何かする前にエイフが蹴り飛ばしていた。剣を持っているのに抜くことさえしない。次々と出てくる土鼠に対して、足で捌いていく。あっという間に土鼠の山が出来上がった。

「おい、いつもこんな山奥まで来て採取しているのか？　ソロだと危ないだろうが」

「ペルがいるから大丈夫」

「でも、ただの馬だろう？」

「ヒィーン！」

「あ、ペルちゃんが怒ったじゃない」

「いや、だってよ」

でも本当にペルには助かっているのだ。クリスはペルを宥《なだ》めながら、片手をエイフに向けた。

「これぐらいの魔物なら、握りつぶせるから大丈夫」

「は？」

「素早さとか、冒険者向きの身体能力はないんだけどね」

「だったら――」

「でも、握力や背筋力には優れてて」

「は？」

見た方が早いだろうと、ペルが足踏みしたせいで動きが鈍くなった土鼠を捕まえた。

その首の部分を持って握り締める。ポキッと音がして、土鼠がだらんと力をなくした。

「……お前、すごいな」

「うん。腰もしっかりしてるからね。重い荷物を運ぶのも得意」

「マジか」

クリスは一応「人族」ということになっているが、母親がどうやらドワーフの血を引いていたようなのだ。ドワーフは体が小さくてがっちりしている。体型はずんぐりむっくりとも言われ、全体的に骨太だ。

クリスの母親は細身だったので完全なドワーフ族ではなかったと思われる。ただ、クリスと同じく背が低かった。小さな子供のようだったのだ。

「種族特性か。とすると、ドワーフの血を引いてるのか？　それでチビだったんだな」

「チビチビ煩《うるさ》いよ」

「はっは、悪い悪い。しっかし、人族とそっくりだな。ハーフか？」

「分かんないの。父親は人族だったけど」

第二章　ギルドの依頼と家つくりの第一歩

「ま、そんなもんだよな。俺も人族とのハーフだぞ」

見た目が鬼人族そっくりで、説明が面倒だから「鬼人族」だと名乗っているらしい。

種族といった細かい情報は上級スキルの「鑑定」でないと難しい。だから大抵は見た目で判断する。クリスも人族ということになっているが、調べたらドワーフと出てくるかもしれない。濃い血で表示されるそうだ。もっと詳細に確認すれば先祖の血筋も分かるというが、だからどうしたという話である。先祖の血筋など、本人には関係ない。

そんな話をしたからか、エイフは徐々に「気のいい先輩冒険者」から「親しい親戚の兄ちゃん」のような態度になってきた。はっきり言えば馴れ馴れしい。

それでも、魔物が現れたら率先して倒してくれるので助かる。しかも、討伐《とうばつ》証明《しょうめい》となる部位を切り取ってクリスに渡してくれた。森の中とはいえ、まだ浅い部分だから大した魔物は出ない。逆に小物が多くて相手をするには手間取る。エイフが付近を払ってくれるため、採取の手を止めないで済むのは有り難い。上級冒険者を扱き使うのはどうかと思うが、クリスにとっては「ラッキー」だった。


昼頃になると、いつもの倍ほど薬草を採取できた。クリスがホクホク顔でいると、エイフがふと辺りを見回した。ペルもだ。

「何か出た？」

「いや、なんだろうな、これは」

「ブルルル」

「ペルちゃんの様子だと、魔物って感じではないね」

魔物がいるのなら、ペルはもっと好戦的というか「命を懸けてでもクリスを守りきる」といった感情を示す。彼女にとってクリスは自分の子供のようなものらしい。

クリスにとってもペルは子供みたいなものなのだが。

「追われてる？　迷ってるのかもしれんが……」

「悪いものじゃないってこと？」

「ああ、魔物じゃないな。いや、小さな魔物から逃げているのか」

ペルも荒ぶるでなく、ただ用心してるといった様子だ。一人と一頭の感じからも「追われている何か」が人間でないことは分かった。人間ではなく魔物でもない。

となれば――。

「妖精《ようせい》かなっ？　よし、助けてあげよう！」

「……なんで急にテンション高いんだ」

「妖精だよっ？」

「まだ妖精だと決まったわけじゃ――」

「いいの！」

妖精なら会ってみたいと思っていた。これでもクリスは夢見る可愛い少女だった。十歳の時に、社会で揉まれて擦れてしまった記憶をはっきりと取り戻すまでは。

第二章　ギルドの依頼と家つくりの第一歩

いや、記憶を取り戻してからも妖精には憧れた。魔女様が言ったのだ。

「精霊や妖精たちの作るものは良いよ。対価が必要だけどね。あんたの『家つくり』は、それこそ奴等の欲しがるものを作れるんじゃないのかね」


エイフと共に妙な気配のところへ進むと、鳥が集まっていた。ただの鳥ではない。魔物だ。魔物は気持ちの悪い魔力を発しているので子供でも見極められる。

その集まりの中に一羽だけ毛色の違う小鳥がいた。白くて丸々した毛玉のようだった。

「あれ？　小鳥が追われてたのかな？」

「とりあえず、魔物をやっちまうから、クリスは小鳥を助けてやれ」

「うん、分かった」

魔物は、生き物が凶暴化してなるものだ。体格が一回り二回りも大きくなり理性を失う。元々、野生の動物だって理性らしきものはないのだが、それが異常なほどひどくなる。これは、体内にある魔力を溜めておく器官がおかしくなるせいだとも言われていた。

稀にではあるが、人間でも凶暴化することはあった。ただ、人間の体は耐えられるようにできていないため、すぐに死んでしまう。また、体内の魔力暴走に関してなら治療方法が幾つか存在した。人間の場合は異常が見付かればすぐに対応が可能だ。

しかし、野生の動物は監視のしようがない。その上、魔物も繁殖を行える。魔物が生んだものは魔物だ。しかも繁殖力が強い。彼等を討伐することは冒険者の一番の仕事とも言えた。

実は地下迷宮も討伐対象だ。地下迷宮にしか現れない種族もいるし、地上では有り得ない奇妙なルールも存在する。地下迷宮は特別な場所だ。ある意味「迷宮そのものが魔物だ」とも言われている。


さて、エイフが毒鶫《どくつぐみ》という鳥の魔物を軽々と倒している間に、クリスは追われていたと思しき小鳥を呼んだ。

「おいで。チチチ。……って、そんなので来ないか」

ちょいちょい手招きしてみたが、不審そうに葉の陰に隠れている。その姿は雀《すずめ》のようにも見えるが、どちらかと言えば、前世で可愛いと人気になったシマエナガにそっくりだ。違うのは尾羽根が布のように靡《なび》いているところだろうか。

「シマエナガみたいで可愛いなあ。でも、やっぱり野生だと懐かないのかも」

残念だなーと呟いたら、白い小鳥がクリスを見た。チラチラッとクリスを見て、パタパタと飛んでくる。飛び方はシマエナガっぽくない。どちらかと言えば雀だ。どこか鈍臭い。でも、それがいい。

「ピル！　ピピピ！」

「おおおお、可愛い～」

ピルピル鳴きながら、小鳥はクリスの目の前にある低木の枝に止まった。小首を傾げて、

あざと可愛い。クリスは目を細めた。

「ね、もしかして妖精さんじゃない？　わたしの言葉を理解してるでしょう」

「……ピピピ」

「今更、分からないフリしてもダメだよ」

「ピルピル」

ペルが小鳥を気にして近付いてきた。ふんふんと匂いを嗅ごうとして逃げられる。小鳥が怯《おび》えているのがハッキリと分かった。ビクビクして、まるで動きが鳥らしくない。大きな動物にびっくりして飛んだようには見えないのだ。

――この子はただの鳥とは違う。ならば話しかけてみよう。

「ペルちゃんは草食動物だから、あなたを食べないよ」

「ピルル……」

「助けてあげるだけだよ。ほら、あの人も」

指差した頃にはもう魔物退治は終わっていた。エイフはなんてことない様子で魔物の鳥たちを地面いっぱいに落としていた。

「ピルゥゥ」

「ね、分かった？」

「ピルピル」

「まだ小さな妖精さんなのかな。……妖精って親がいるんだっけ？　家ってどうなってるんだろ。うーん」

　送り届けようにも、ピルピルという鳴き声では通じない。クリスがうんうん悩んでいるとエイフが戻ってきた。

「毒鶫は採れるところがないから燃やしておくぞ。討伐証明部位の尾羽根だけ毟《むし》っておく」

「はーい。ところで、この子は保護してもいいのかな」

「いいんじゃないか？　怖がってないなら面倒見てやればいい。あー、それ妖精だな。精霊の気配もないから、野良妖精だろ」

「ピルルルル！」

「……生まれたての妖精かもな。間抜けっぽい顔してる」

「エイフ、そういうこと言っていいの？」

「大丈夫だって。精霊は頭がいいから怒られるが。妖精でも育てばアレだけどな。そいつ、まだ生まれて数年だろ」

　妖精はふんわりした存在で、性格もふんわりしているらしい。精霊の眷属《けんぞく》でもあり、守られている。妖精が育てば精霊になるという人もいるが、ハッキリしていない。どちらも研究できるような存在ではないからだ。

　精霊は神の僕《しもべ》と呼ばれる存在で、めったに顕現《けんげん》しない。人間のスキルに「精霊」というものがあるが、大変稀なものだ。このスキルがあると、精霊の姿を見たり話したり、お願い事ができるらしい。ちなみに精霊信仰もある世界なので、精霊は敬われている。その精霊の可愛がっている眷属が妖精である。当然、妖精は保護対象だ。

「守ってくれる精霊がいないなら、わたしのところに来る？」

「ピル」

「え、ほんとに？」

「ピ！」

「いや、いいんだけどね。……うん。素直すぎて心配だから、やっぱり、わたしのところにおいで」

妖精ってこんなものなんだろうか。クリスは不安になりつつも、妖精とお近付きになれたことが嬉しくて笑顔になった。


エイフは倒した魔物の討伐証明部位をまたしても集め、クリスにくれようとした。しかし、さすがに多すぎると気付いて自分の背負っていた袋に入れる。が、とても全部入るような量ではない。なのに、するすると入っていく。ひょっとしてと思い聞いてみた。

「もしかして収納袋？」

「ああ、そうだ。見た目は悪いが容量が大きくてな。家一軒分ってところか」

「高いんだろうなあ」

「高かったぞ。これで、金貨一万枚だ」

第二章　ギルドの依頼と家つくりの第一歩

「ピッ！」

何故か驚いて吹き出したのは妖精の方だった。

クリスは魔女様に「使い古し」の小さい収納袋をもらっていたから、そこまでの驚きはない。……一応、驚きはしたのだ。まさか家一軒分で金貨一万枚もするとは思わなかった。

「す、すごいね。お屋敷分で一万枚か」

遠い目になってしまったクリスに、エイフが怪訝そうな視線を向けた。

「お屋敷って、貴族の家のこと言ってんのか？」

「そうそう。といっても見たことないけど。冒険者ギルドの本部ぐらいはあるよね？」

「貴族の家がか？　収納袋のことか？　どっちも、違うけどな」

「えっ？」

「ピッ？」

何故お前が驚くんだ、というタイミングで小鳥が叫ぶが、それどころではない。クリスはエイフの次の言葉を待った。

「お貴族様の屋敷はもっとでかい。俺の収納袋はギルド本部ほどはない。俺のは、中央地区にある一軒家程度だ。さすがに北区にある庶民の一軒家ほど小さくはないけどな」

「マジですか」

「マジだ」

「金貨一万枚」

「金貨一万枚だ」

「家が買えるね」

「中央地区にある一軒家が買えるな」

「家と同じ……」

「ピルゥゥ……」

クリスの持つポーチは、魔女様からもらったものだ。よく働いてくれたという理由で「どうせ使わないんだ、やるよ」と投げるように渡された。倉庫二つ分の容量がある。先ほどの話に当てはめると、一人暮らしの庶民の家ぐらいではないだろうか。

「中央地区の一軒家が庶民の上流家庭と仮定するなら、北区の庶民の家だと金貨――」

――何枚かな。いや、考えるのは止めよう。具体的な数字を知ると恐ろしい。


魔女様のやることは何度もおかしいと思っていたが、やっぱりおかしかった。どこの世界に、金貨千枚単位の代物をポンと放り投げて与える者がいるのか。常識知らずな魔女様だったが、本当に常識知らずだった。「収納袋をくれるんだ、やったあ！」と、喜んで受け取ったクリスもクリスなのだが……。

第二章　ギルドの依頼と家つくりの第一歩

都市内へ戻った時にはお腹が空きすぎて、どうにかなりそうだった。エイフも同じで、クリスと二人して屋台めがけて走る。ついでに小鳥妖精も一心不乱にパンを食べた。

「あ、そうだ。名前って分かるのかな」

「妖精の？　さて、どうかな。人間には名前が与えられるって言うけどな」

興味なさそうなエイフに聞くのは止めて、クリスは小鳥妖精を見た。ピルピル鳴いているので、何やら言いたいらしい。クリスは少し考え、午後は宿に戻ることにした。ガオリスの木材加工所へ行くのは後回しだ。

ギルドには精算もあるので先に向かう。エイフとはそこで別れた。当分暇らしく、クリスが外に行く時は付き合ってくれるそうだ。「明日も同じ時間でなー」と言って、帰っていった。護衛という意味でクリスに会いに来たはずだが、町中は安全だと思っているのだろうか。まあ、人通りも多い往来で攫《さら》う人はいないかと思い直す。

それよりも妖精だ。

クリスはウキウキしながら精霊の止まり木亭へと戻った。

準備万端でクリスが考えたのはこうだ。まず、妖精でも自分の名前というものを持っているか、あるいは仮名を付けられる可能性もある。だから、一音ずつ声に出すので「その音！」と思ったところで鳴いてもらえばいい。

ということを妖精に丁寧に説明すると、小鳥妖精は分かったと頷いた。やはりこの子は賢い。

そして、やり取りの結果、名前以外にも分かったことが幾つかあった。

「じゃあ、名前は『イサ』ね。性別は雄。って、性別があるのか。妖精なのに……」

「ピルル」

「ごめんごめん。突《つつ》くのナシで」

「ピル」

「で、生まれて一年ぐらい、と。精霊と一緒にいたの？」

「ピピ」

やっぱり頷く。人間のような仕草をするので、誰かと一緒にいただろうと思って聞いてみたら当たりだった。彼はちゃんと精霊と一緒に過ごしていたらしい。

ただ、自由にフラフラ飛び回っているうちに、上昇気流だか何だか知らないが『大きな風』に巻き込まれて彷徨《さまよ》っていたそうだ。

鈍臭い妖精というのも、当たっている。もちろん口にはしなかったのだが、クリスが何を考えたのか分かったらしく、また指を突かれた。

「そのうち、精霊様が迎えに来る？」

「ピピピ！」

「そうなんだー。そっか。残念。でも、その方がいいんだろうな」

「ピル？」

「妖精って悪意のない生き物らしいし、ちょっと憧れてたの。会話したくて」

「ピルル」

「ずっと一人だと独り言が増えるんだよ……」

話し相手が欲しいけれど、生まれ育ちのこともあってなかなか仲の良い友人というのを作れなかった。女の子同士できゃっきゃする、というのにも憧れているが、冒険者をやっている現状では難しそうだ。常に働いているのだから。

もう少し、ゆったりした時間が欲しい。そのためにも家だ。

永住はできなくても、移動できる家があるなんて素敵じゃないだろうか。

「よし、家を作ろう！」

「ピッ？」

「わたしの家だよ。今、作ってるの。落ち着いたし、一緒に行こうか」

「ピピピ！」

イサも興味を持ったらしい。時間はかなり過ぎたが、午後の作業に向かうことにした。

木材加工所に行くと、ガオリスや弟子たちが胸を撫で下ろしていた。クリスが来ないので、心配していたそうだ。

「ごめんなさい、連絡しなくて」

「いや、毎日のように作業していたから、休んでいるかもしれないとは思ったんだよ」

彼等も誘拐騒ぎの噂を知っていて、そう言えばクリスも幼い女の子（に見えるの）だと思い出したらしい。

「そんなに噂になってるんだ……。今日、実は上級冒険者の人が護衛がてら一緒に付いてきてくれたんだよ」

「そりゃ、いい。できれば、どこかのクランに入れてもらえたらいいんだが」

「うーん、そういうのはいいかな」

「まあな。大手に入っちまうと制限もある。こんな自由なことはできないかもな」

そう言って、改造中の馬車を振り返る。

馬車はまだ何も変わっていない。今はとにかく足回りの修理にかかりきりだ。家だと思おうが、足回りに関しては全くの素人だから勉強が足りない。

弟子たちが集めてきてくれた資料や情報を元に、なんとか部品を修理するまで進んだところだ。サスペンションに至っては、うろ覚えの知識しかなくて焦った。下地としての知識があるとないでは修理するのにも大違いだ。といっても、現物が目の前にある。全部が壊れているわけでもない。一つを解体して覚えてから、同じ部品を作ってみて改良を加える。問題がなければ、少しずつ他の箇所にも手を加えるという実に地道な作業を続けた。

更に、馬車の荷台部分に家を作ることもあり、重量の計算も必要だった。元々荷馬車用だから耐荷重はクリアしているが、なるべく上物《うわもの》部分は軽くしたい。

壁になる部分は補強も必要だ。魔物に襲われて即壊れました、では困る。防御の紋様紙を掛けるにしても、常にずっと掛けられるかどうかは分からない。よって、重さと強さのギリギリのラインを探し出すことがこれからの課題だった。

あとは全ての材料が揃えば「家つくり」一直線である。

何度も何度も設計図を描き直し、失敗しないよう脳内に情報を叩き込んだ。

「必要な材料はもう揃ったかい？」

「まだなの。明後日、冒険者ギルドに納品する分で買えると思うんだけど」

「木材はうちにあるからね。安く回すよ」

「ありがとう！」

弟子たちも仕事の合間に手伝ってくれるし、互いに仕事内容を見せ合っている。それを許してくれる、いい職場だ。あくせくしていない。

これほど良い仕事場はそう見ない。なので、さりげなく聞いてみたが、住み込みの弟子は募集していないという。住み込みとはつまり、ガレルの外から来た移民のことである。

移民を雇うと事業所にも税金がかかり、他にも手続きが煩雑《はんざつ》といった問題があるらしい。

それほど大変で、どうやって三代の住み込みを許され永住できた人がいるのか。クリスが不審に思っていると「一応、いるんだぞ」と弟子たちが言う。が、よくよく聞けば「上級スキルを持っていた」だとか「貴族が亡命してきたらしい」といった理由である。

三代待たずに永住権を得る人もいるが、それは――。

「結婚ですか」

「結婚して子供が生まれたら、だね」

「へー」

それでも離縁されたら放り出されるというから、厳しい。

迷宮都市ガレルは、わざわざ市民を増やさなくても地下迷宮ピュリニーがあるおかげで裕福だ。冒険者も勝手にやって来て、せっせと潜っては旨味《うまみ》のある魔物などを狩ってくる。それで経済が回り豊かになるのだから、あえて市民を増やす必要はないらしい。

それに、以前、移民を受け入れたことで行政が不安定になったことがあるそうだ。市民の不満も高まり、今は制限を掛けている。

「そろそろ国から独立しようかって話も出ているそうでね。その時には市民権が売られるかもしれない。一代や二代は、今のうちに稼ごうと頑張っているって話だよ」

そんな情報も耳に入れつつ、クリスは休憩の合間にも道具類をせっせと準備した。

その間、イサは賢くペルの頭の上で見学している。彼のことは誰も気付いていない。鳴いたり騒いだりしなければ、妖精は人から見えづらいようだ。

エイフが気付いたのは彼が上級冒険者だからで、クリスが見えたのはイサが鳴いていたからだろう。

休憩が終わると家つくりスキルを発揮する。集中の時間だ。このスキルを発動させると、クリスは周りが見えなくなる。集中しすぎるのだ。

元々、細かい作業が好きな性格ではあったが、スキルによって強固になった。逆に、集中しすぎて「周りが見えなくなる」のは弊害《へいがい》でもある。外で使う時は危険だ。そのため「誰かがいる」という状況で発動する必要があった。

その点、今の状況は最高である。クリスの作業の様子を、ガオリスの弟子たちの誰かが必ず見学しているからだ。

スキルを使うには、まず最初に「これから家を作る」と強く思うことが大切だ。設計図は脳内で開いたままにする。ただそれだけで、勝手にスキルが発動して体が動き出した。

たとえば道具にしても、一番いいと思えるものを一瞬で選び取ることができる。馬車の土台の補強に必要な板を前に、どれだけ削ればいいのかが瞬時に分かるのだ。重い板を運ぶことも、底に潜って片方の支えが必要な場合でさえも、一人でやってしまえる。まるで「もう一人の自分」がいるかのような、不思議な力が働く。

あくまでも、ほんの少しの力だ。そこを支えてくれたら組みやすいのに、その程度の「もう一人の自分」の力だった。さすがに何人もの能力までは使えない。それでも、たった一人の力だけで足回りの補強ができる。

大きな車輪に巻くクッション代わりの革、外側の金属、車軸などの重い部品も一人で付け替えた。解体していた部品をそれぞれ組み直していき、最後に支えとしていたジャッキアップ用の木材を抜く。

「大丈夫、かな」

ふうと一息ついたら、スキルは勝手に切れていた。クリスが休憩、あるいは「今日はここまで」と思えば勝手に解除される。

スキルを発動するには自分の魔力が必要だ。レベルが上がれば調整しながら長時間使うことも可能である。魔力の少ない人は、まずはこの調整から始める。全力でスキルを発動させないことも大事だった。

魔力は増やすこともできる。その代わり、毎日使い切る必要があった。これが意外としんどい。クリスが魔女様の手伝いをしていた頃には、口酸っぱく「毎日昏倒《こんとう》するまでやれ」と言われていた。大変だったが今はそこそこの量が溜められるようになった。魔女様のおかげだ。

「問題なさそうだね、クリスちゃん」

「そう言えば、この部分を貼り付けるのに支えてなかったよな？」

「よく見えたな、お前。俺はクリスちゃんの動きを追うのに必死だったぞ」

作業が一段落すれば、こうやって皆で話し合う。もちろん、弟子たちにも本業があるため、クリスにつきっきりというわけではない。が、珍しいスキルということもあって先輩の職人たちも時間をなるべく空けられるよう手配しているそうだ。その先輩たちも、たまにやって来てはオヤツを差し入れてくれる。

「おー、車輪部分が終わったようだな」

「例のスキルで全部やったのか。すごいもんだな。大工スキルよりすごいんじゃないか」

「羨ましいよな」

こうなると、皆が夢中になって話が始まる。ガオリスの木材加工所は本当にいい職場で、弟子からの質問や疑問に先輩たちは丁寧に答える。いわゆる職人気質の「見て盗む」系ではない。クリスも部外者だというのに、どんどん質問していた。だから逆に聞かれたことにも素直に答える。

「大工スキルよりすごいかどうかは分からないけど、大工仕事はできると思うんだよね。でも仕事したいって言っても断られちゃうの」

「そっかー。勿体無いよな」

「先輩、さっきクリスちゃんは支えがないまま、三メートルの板を貼り付けたんですよ。あんなの大工スキルでも無理です」

「そりゃあ、すごい」

その後は、最高何時間スキルが使えるのか、調整したとしてどの部分を落とすかで盛り上がった。たとえばスピードを落として丁寧に作り上げるか、集中力を落として全体像を把握しながら作った方がいいのか。

そうしたことを、違うスキルを持つ者だが、同じ物づくり仲間として話すのは楽しかった。彼等は木材加工所で働くだけあって、木工や組立・解体スキルなどを持っている。木工なら、木材に関することへの能力が高い。各自のスキルを理解し合って仕事をしていた。

「スキル発動の時間も長いみたいだし、よく勉強してる。偉いぞ。お前たちも頑張れよ」

「はい！」

「俺ももっと頑張ります！」

「お、いい返事だ。クリスちゃんがここで作業してくれて、本当に良かったよ」

そう言われると何やら恥ずかしい。クリスは、えへへと頭を掻いて照れた。


その後も、組立スキルを持っている先輩に頼んで確認してもらうなど、作業を続けた。いつもよりも時間は少なかったが、やはり来てよかったと思う。毎日毎日が勉強で楽しい。

しかし、それも、あともう少しで終わりだ。

「足回りが終わったら、残るは上物だな」

「はい。あともうちょっとで材料が揃うので！」

揃えば後は早い。なんといっても上物は完全な「家」であり、家ならば何度か作ってきた経験があるからだ。土台が馬車というのは初めてなので時間がかかったが、木製の家ならば問題はない。どうかしたら一日で終わるかもしれなかった。

ここでの作業が楽しかっただけに、少々寂しい。けれど、長く居座ってガオリスの親切に甘えるべきではない。線引きしないと際限なく甘えてしまいそうだからだ。

早く終わらせるには、お金が必要である。クリスはこの日も内職を頑張って、せっせと紋様紙を溜めた。

クリスは寝る前に、魔力を排出しきる専用の紋様紙を使う。魔女様がクリスの魔力総量を増やすためだけの魔術紋を作ってくれたのだ。それを自分で紋様紙にして使っていた。以前なら、家つくりスキルを半日使っただけでフラフラだったが、ちょっとずつ魔力を増やしたおかげで容量が増えている。

魔力は――魔力素や魔力粒とも呼ばれているが――寝ることで充填《じゅうてん》される。空気中に漂っているため静かにしているだけでもいい。でも一番お勧めなのは就寝だ。ただ寝るだけではなく、布団の中のようにリラックスできる場所がいい。

手っ取り早く集めて充填する魔法もある。けれど、体に負担をかけるため推奨されていない。魔女様はその魔術紋も編み出していて、当初はクリスに「これでドーピングしろ」と言っていた。

その前に魔女様のぐちゃぐちゃになった本棚で見つけた「魔法の基礎」という本を呼んでいたクリスは、既《すんで》の所で彼女の破天荒な命令を断ることができた。

そもそも魔力枯渇の状態にするのも本来は良くないことらしい。後に別の本を見付け、おそるおそる指摘したのだが――。

「そんなカビの生えた学者の唱える、なんとか論なんぞ気にするんじゃないよ。魔力の増幅に必要なのは根性さ。あんたは他に大した能力がないんだから、人より努力しないとね！」

などと根性論を持ち出し、クリスに「やれ、やるんだ」と言い張った。

その頃のクリスは素直な可愛い普通の子供だったので、村にはいない「偉大な魔法使い」である魔女様の言うことを信じるしかなかった。結果的に魔力の総量は増えてきているので正しかったのかもしれないが、それにしても滅茶苦茶な指導だった。

ともかく、いつものようにクリス専用の小さな紋様紙に描いた【魔力排出】を発動させると――。

「ピルルッ？」

イサの慌てたような鳴き声が聞こえた。でも、クリスはいつものことだから、そのまま深い眠りに入った。

おやすみも言えないままだと思い出したのは、朝になってからだ。イサが心配そうに顔の上に乗っていたのを、一瞬わけが分からずに投げ捨てたのは申し訳なかった。それに、クリスのバカ力で握り潰さなくて良かった。しかし、妖精はどうやら頑丈にできているらしい。そんな扱いだったのに、イサは平然としていたからだ。

第三章

ニホン族の噂とままならない現実

Episode.3

Ietsukuri skill de isekai wo ikinobiro

翌日もエイフと外壁の外で採取仕事をした。やはり途中で倒した魔物の討伐《とうばつ》証明部位をくれるが、そんなズルをしていいのだろうか。クリスが聞いてみると、エイフは「それもそうか」と気付いたようだ。もしかすると彼は脳筋かもしれない。クリスはエイフの気楽な様子に呆れながら、イサと一緒に採集した。

イサは妖精《ようせい》だけあってクリスの言葉を理解している。進んで薬草を見付けてきてくれた。昨日は魔物に追われていたというのに、今はのほほんと飛び回っているところからも呑気な性格なのが分かる。ペルとも仲良くなったようだ。

ペルとは、野宿の時なら体温を感じながら寝られたが、今は町なので難しい。イサは小さいから体温を感じるというようなことはない。けれども生き物の気配が近くにあるのは幸せだ。クリスは自分の家を作ったあかつきには、猫や犬など動物をたくさん飼おうと思っていた。まさか馬と鳥が最初になるとは想像していなかったが、なかなかいいのではないだろうか。

楽しい未来を妄想すると採取仕事も捗る。クリスはせっせと薬草を探して集めた。

その後、いつものようにギルドで換金し終わると、エイフが昼食をと誘ってきた。美味しい店を知っているという。しかし、連れていかれたのはなかなかの小汚い店だった。

これではモテないだろうな。クリスは内心で思った。

「ここな。ニホン組から『暖簾《のれん》分《わ》け』された店なんだ」

第三章　ニホン族の噂とままならない現実

「……ニホン組？」

慎重に答えたが、声が震えたような気がする。クリスは気を引き締めて、何気ない風を装った。何故か、イサがクリスの頭の上でピポピポ騒いでいる。

「そうだ。ニホン族とも言われてるが。知ってるよな？」

「聞いたことはあるけど……。わたし、辺境《へんきょう》の出だから。噂だけで見たことないんだ」

「そうか。噂だけだと怖いだろ。でも、奴等のほとんどは良いものを作り出している。この料理みたいにな」

エイフが勝手に頼んだ料理がテーブルの上に載る。カツ丼と肉じゃが、野菜炒めだ。醤《しょう》油《ゆ》の美味しそうな匂いがする。クリスは懐かしさに頬が緩みそうになった。

「食べてみろよ。カツだったら見たことあるだろ」

「うん」

「米を広めたのも奴等らしいぞ。今じゃ、どの町にでもある」

それは嘘だ。クリスが旅してきた辺境の地に米なんてものは売ってなかった。小麦さえ手に入らないことも多かった。痩せた芋が主食の村だってある。しなびたトウモロコシのような植物を子供が石臼で挽《ひ》くのだ。水を少量混ぜて焼くだけの食べ物。乾季になると、その水にさえ事欠いた。挽いた粉に口の中の水分を吸い取られながら食べることもあった。

「美味しい……」

涙が溢《あふ》れた。宿で食べるパンと野菜と焼いただけの肉。それだって美味しかった。でも、前世の記憶からすればあまりに薄い味だ。肉は硬く、パンはもそもそしていた。それがどうだろう？　カツ丼と肉じゃが。こんなに水分のある美味しい食べ物は、知らない。

「おい、大丈夫か？」

「こっ、こんなにっ、美味しいの、初めてだからっ」

「うお、泣くな。そんなに美味しいのか」

「だって、だって」

えぐえぐ言いながら食べていると、店の奥から男の人が出てきた。笑顔で、小皿を差し出す。

「親方の作るニホン料理を食べて『美味しい』って泣く人はいましたが、わたしの店では初めてです」

「オヤジ、これは頼んでないぞ」

「親方が言ってたんです。『もしお前の店で、泣くほど美味しいって言ってくれるお客様がいたら、お礼をしなさい』って。だから、これはお嬢さんに」

「う、うん。ありっありがと！」

「どういたしまして。味わって食べてくださいね」

持ってきてくれたのは餡《あん》ころ餅《もち》だった。甘い、お菓子だ。

クリスは泣きながら出されたものを全部食べた。エイフが何か言っていたが無視だ。奢《おご》ってくれるというのだから素直に奢ってほしい。「俺の分が！」なんて言葉は聞こえない。

食べ終わると、店長が「またおいで」とクリスの頭を撫でた。エイフがクリスの身の上を話したせいか、体が小さいのは食生活のせいだと思ったようだ。「オマケしてあげるから」とも言ってくれた。

その言葉に喜んだわけではないが、また来てみようと思った。

店を出ると、エイフはチラッとクリスを見下ろした。

「もうすぐ、ニホン組の一部がピュリニー攻略でやって来る。俺たち冒険者は慣れてるが、一般人や他の町の奴はニホン組を恐れてるだろう？　それで、ちょっとでも親しみを持ってもらおうと案内したんだ」

「……わたしが知ってる噂は、自由気ままに戦争に参加してるって話だけど」

「まあ、嘘ではないな」

クリスと同じように転生した人がいる。最初にそれを知った時は驚くと共に会ってみたいと思った。

その考えはすぐに翻った。

記憶を持ったまま転生した「ニホン人」は、新しい仕組みを広めるという意味で当初は喜ばれた存在だった。でも中に、過激な人がいた。彼等が「やらかした」せいで「転生したニホン人はおかしい」と思われるようになった。

クリスも噂を聞いてドン引きした。だから「自分も記憶を持った転生者だ」と、誰にも

第三章　ニホン族の噂とままならない現実

言い出せなかった。言ったところで特典があるわけでもない。妙なことに巻き込まれたくないから、吹聴する気もなかった。

この「記憶を持って転生した」人のほとんどが日本人らしい。噂の内容と、ニホン族やニホン組という呼び方からして間違いないだろう。

何故日本人だけなのか、クリスは考えたことがある。

すぐに、自分が死んだ時のことを思い出した。あの時、線のようなものが体を通過した。栗栖仁依菜《くりすにいな》だった体は、その瞬間に命を終えた。前世のクリスを殺した「線」は、周囲にも影響していた気がする。もし、その線がクリスの周りを同じように通ったのならば。

終電間際の駅近く、他の人の姿も見えた。老若男女いたはずだ。小さい子の姿はなかったと思うが、なにしろ都会の終電間際の駅である。

もしも、あそこにいた人たちが巻き込まれていたら。あの線が何らかの異世界への道だったなら。

一緒に死んだ彼等と共に異世界へ飛ばされたのかもしれない。そして、魂を構築し直した順から産み落とされた。――のではないか。何もかもクリスの勝手な想像だ。けれど、なんとなく、そうではないかと感じている。

クリスが十歳の時に、神官が「誕生の儀」を行った。そこで神――あるいは世界――から、理《ことわり》をインプットされた。この世界で生きるための最低限のルールと、異世界に飛ばされた魂へ何かをプラスして与えられた気がするのだ。

それはたぶん、ニホン族が有名になった理由の一つでもある。


エイフが言う。

「ニホン組の噂が良くないのは嫉妬《しっと》もあるんだろう。なにしろ奴等ときたら、スキルの使い方が全然違う。俺たちの想像を超える使い方をするんだ。良いスキル持ちが多いのでも有名だしな。しかも、珍しい四つのスキル持ちがいる。それどころか、五つ持っている奴も過去にはいたそうだ」

そう。まるで異世界転生したことへの特典かのように、ニホン族は恵まれている。

クリスの「家つくり」スキルも、そうであったらいいのにと思う。ただ、期待しないように戒めていた。それはクリスが、ハズレスキルばかりの村出身者だからだ。


ところで、クリスが急に泣き出したことでエイフは心配になったらしい。今回はちゃんと宿まで送り届けてくれた。午後は元々休む予定だったから、宿の方に送ってもらった。

次の日には紋様紙《もんようし》を納品する必要があり、この日は缶詰め作業で頑張るつもりだ。

エイフは宿の女将さんにクリスのことを「頼む」と言って、帰っていった。

「いい男だねぇ。鬼人族《きじんぞく》じゃ、でかすぎて釣り合わないだろうけど。まあ、それより年齢が離れすぎてるかね」

第三章　ニホン族の噂とままならない現実

「そもそも、小さい女の子に手を出すのはヤバいと思います」

「そりゃそうだ。あはは！」

そこは笑うところではない。が、なんだか女将さんの豪快なところが魔女様を思い出させて、クリスの気分は上がった。


魔女様は「くよくよしたって意味がない」だとか「泣いてる暇があったら働け」などと言って、クリスを扱き使った。その分、手間賃という名の食べ物をもらえた。

当時は、確かに泣いている暇などなかった。父親の世話、家のこと、魔女様の手伝いで忙しい毎日だったからだ。

母親は産後の肥立ちが悪く、ずっと寝付く日々が続いた。そして、クリスが小さい頃に亡くなった。思い切り泣いたのは、その時だけだ。

魔女様の家を片付けている最中に思い出して涙ぐんだことはあるが、なにしろ「くよくよしたって」と言われるものだから涙など途端に引っ込んだ。

まさか、次に大泣きしたのが「前世の食べ物を思い出したから」なんて、どれだけ食い意地が張っているのか。冷静に考えると恥ずかしい。エイフが忘れていてくれたらいいのだが。クリスは溜息《ためいき》を吐いて、部屋に戻った。

次の日には予定通り、冒険者ギルドの本部へ行き二度目の納品を済ませた。

今回は頑張ったおかげで金貨八十枚を超えた。約束通りに十枚ごと——上級の紋様紙は五枚単位——で、きっちり持参した。担当のワッツは「やっぱり賢いね」と笑っていた。

これで、内職して溜め込んでいた売り物の紋様紙は最後だ。一週間後の納品時には数が減ってしまうだろう。実入りがいいため紋様紙一本に絞ってもいいのだが、まだ銅級のクリスは小まめにギルドの一般依頼を受けておく必要があった。

冒険者のルールとして、町にいる間は最低でも二週間に一度の依頼を受けなくてはならない。でないと、冒険者という身分を作って町に入り込む無法者扱いをされるからだ。

商業ギルドの会員なら年会費を支払っているので、もう少し緩いらしい。商売が上手くいかない時もあるからだ。そのための年会費で、保証金でもある。

冒険者にはそうした保証がない。たかが一週間休むだけと思っても、その後に何か起こって働けなくなったら、問答無用で身分剥奪だ。あるいは町の外に放り出されることもある。迷宮都市《めいきゅうとし》ガレルだと後者の方になるだろう。永住権を与えないような厳しいルールがあるからだ。

銀級だったら少し安心できる。銀色のギルドカードは実績の証だ。銅級は、ちょっと頑張れば取れてしまうランクである。

「やっぱり、両立して頑張るしかないか」

「ピ？」

「冒険者の仕事だよ。銀級に上がれば少し楽になるんだよね。保証金を預けておくと、一年は働かなくても大丈夫だし」

「ピピピ……」

身分証明のギルドカードは必須《ひっす》だ。町の出入りにも欠かせない。

しばらくは疲れる日々が続くだろうが、馬車の家さえできれば少し楽になるはずだ。なにしろ家である。安心してリラックスできる自分だけの家。しかも、対外的には荷馬車なので問題ない。車輪があれば荷馬車だ。ちゃんと確認している。

クリスはニマニマ笑いながら、ギルド本部を後にした。


今回の収入の半分は馬車の支払いに回す。残った分で改造に必要な材料を揃えてしまうつもりだ。日々の暮らしに必要な収入は、毎日採取仕事をしているから、それで賄える。貯金は危ういが、最悪の場合に換金できる素材はまだ残していた。

それよりも馬車を仕上げてしまいたい。

というわけで、買い物である。頑丈なガラスや補強のための鉄、それに軽銀も欲しかった。ガオリスの店では手に入らない古い家具も。絨毯《じゅうたん》にカーテンだって必要だ。

「お布団は作るとして、綿もいるね」

「ピッ」

「イサの鳥籠も作るよ」

「ピピピッ！」

嬉しいらしい。彼にはとっておきの「家」を作ってあげよう。クリスはイサの頭をなでなでして、事前に調べていた店を回った。

本当は食器などの小物も欲しい。が、予算の関係で今は無理だ。使い古した木のカップやお皿で我慢しよう。だからこそ、家具類はきちんと作りたい。

「ええとー、忘れ物はないかな」

「ピ」

「あっ、七色飛蝗《なないろばった》の後翅《こうし》が欲しい！」

「ピッ？」

迷宮にしか出てこない魔物だ。七色飛蝗は倒すと後翅がガラスのように硬くなる。とても美しく、切り取ってから窓の細工やランプシェードにするのが有名だ。

「でも高いんだよね。砕いた余り物をくっつけてステンドグラス風にしたらどうかな」

「ピピピ……」

イサは相槌でも打っているつもりなのか、クリスが話しかけると返事をしてくれる。たまに何を言っているのか分からない時もあるが、会話しているみたいだから気にしない。

第三章　ニホン族の噂とままならない現実

クリスは賛成してもらったと思ったので、魔物の素材を販売している店にも寄ることにした。

しかし、七色飛蝗の後翅は、クリスが想像したよりもずっと高い値段が付けられていた。余りが一山幾らという形で売っているので、結構なお値段になっている。個人で買うには多すぎる量だ。さりとて、小売の店ではすでに加工されておりクリスの好みではなかった。しかも加工された分、お値段もそれなりだ。都会は人件費も高い。

「これ、予算を超えるとかって話じゃないなあ」

「ピィ」

贅沢品《ぜいたくひん》に手を出すのは早いと気付き、今回は諦めることにした。

それ以外の必要なものは揃えた。

金属加工の店に製作も依頼した。軽魔鋼《けいまこう》と呼ばれる、迷宮で採掘される特殊な金属がある。それをクリスの設計図通りに加工してもらうのだ。

迷宮で採れる鉱石類の中で有名なのはミスリルやオリハルコンである。それ以外に、よく採れて加工しやすい魔鋼も有名だった。魔鋼は魔力を通すことで形を変えることができる優れものだ。ただし、魔鋼は細工に向いているが武器にはし辛い。魔力を通しやすいため、上手く処理しないとスキルを発動する際の魔力で変形する場合もあるからだ。

その仲間で、格下と呼ばれているのが軽魔鋼だった。とにかく軽く、加工しやすい。その分、ちょっと腕に覚えのある男性が本気で殴ったら凹むぐらい弱い金属だった。だから、練習用の金属とも呼ばれていた。加工細工を学ぶ際に使う。

怪力のクリスも強く摑《つか》んだら簡単に歪《ゆが》んでしまうだろうが、そこは気をつけたらいいことだ。なにより軽いのがいい。しかも、軽魔鋼を薄い板ほどの厚さにして寝転んでも変形はしない。面には強いのだ。もちろん馬鹿力でぶつかればへこんでしまうが、多少凹んだとしても構わなかった。

クリスは予算内に買い物を済ませられたので、スキップしたいぐらい嬉しい気持ちで宿へと帰った。


翌日、西区のギルドへ行くと、いるはずのエイフがいなかった。

それに薬草採取の依頼もない。クリスが首を傾げていたら、胡散臭《うさんくさ》そうな男がニヤニヤ笑いながら依頼書をピラピラさせて話しかけてきた。

「悪いが、これは俺がもらうぜ」

「はあ……」

「最近、荒稼ぎしてたようじゃないか」

「はあ?」

「お前みたいなチビに、先にランクを上げられちゃ困るんだよ」

胸元を見れば、クリスと同じ銅色のカードをぶら下げている。なくしてはいけないものだから、大抵の人はネックレスのようにして下げているのだ。

クリスはポーチ用のベルトの外ポケットに入れている。紐《ひも》を通しているので、他人に見せる時に取られる心配はない。

「剣豪《けんごう》の鬼人《ラルウア》がいるからって調子に乗ってんじゃねえぞ」

まるで悪役の小物だ。捨て台詞か、と内心で突っ込みながらクリスは男を見送った。男は二十代に見えるが、その年齢で銅級は結構まずい。たぶん、他の仕事が長続きせずに流れ流れて冒険者になったタイプだ。

この世界はスキルによる差別があるため、事情があるなら仕方ない。冒険者という職は最後の砦でもある。これでダメなら辺境地へ流れていくことになるからだ。

憐れむわけではないが、事情によってはクリスも気にならない。依頼は早いもの勝ちだし、やりたいのなら構わないのだ。

「でも、あの言い方はないよねー」

「ピー」

イサに愚痴をこぼしていると通りがかった冒険者に笑われた。小鳥に話しかけてる危ない奴だと思われたようだ。でも、その後にフォローしてくれた。

「ああいうのは相手にしないことだ。まだ依頼は残ってるからな。頑張って探せよ」

「はーい」

声を掛けてくれた冒険者は、これから護衛として他の町へ向かうらしい。待っていた仲間から装備品を受け取って出ていった。

西区のギルドは護衛仕事が多い。西区は隊商の出入りが多く、そのため倉庫もあちこちにあった。当然、馬車置き場も近くにある。ここから迷宮産の素材を王都へ売りに行くのだろう。

今のところ、都市から出るつもりのないクリスには関係のない仕事だった。それ以前に、荷運びならできるのにも拘わらず、見た目が幼い女の子なのでまず断られる。だから数少ない、都市外でしか採れない薬草の採取仕事を選んでいた。

その薬草採取の仕事が軒並み取られてしまったため、クリスは思案した。

大工の下働きの募集もあるが――。

「ごめんなさいね、女の子は受けられないのよ」

「そんな～」

「ここにマークが入ってるでしょう？　これ、そういう意味なの」

受付のユリアが申し訳なさそうに謝りながら、依頼書の下にある印を教えてくれた。確かに、文字ではない小さなサインがある。象形文字のようだが女性を表しているらしい。その上にバッテンマークだ。

第三章　ニホン族の噂とままならない現実

識字率が低めの世界だから、依頼書に書かれている文字は簡易文字である。この世界の文字は英語のような形で簡単だ。しかし、単語を作るための組み合わせが膨大で、覚えている人は少ない。そのため、三文字で意味を表現できるように簡易文字が編み出された。最低限これさえ覚えていればいい。その代わり詳細に物事を伝えることはできない。

他に、象形文字のような女性を表す記号だとかバッテンマークがある。これらを組み合わせることで、文字を覚えていなくても「なんとなく」伝わるようになった。店の看板も、道具を表現するなどで何の店か分かるようになっている。

「どうして女の子がダメなんですか？」

「ああ、それね。うーん、言ってもいいかな。あのね――」

ユリアが言うには、元々親方が何やら拗《こじ》らせているらしく「女性に幻想を抱いている」そうだ。か弱い女性に重い荷物を持たせるなど言語道断、ということらしい。かつ、弟子たちがまだ若い十代ばかりで集中力がない。そこに女の子が下働きに入ったら、気もそぞろになって事故を起こすかもしれない。というのが親方の言い分だった。

「え、それっておかしい」

「そうよね。能力があるなら女の子だって雇ってくれてもいいと思うわ」

「スキルってそういうことですよね？」

「本当にね！　でも、いまだに多いのよ。女性が大工スキルを持っていても雇わないってところ」

「そうなんだ……」

スキルに左右される世界なのに、何故か「力仕事は男のもの」というイメージも入るから厄介だ。もっとも、そうしたこだわりを持たずに能力主義の親方もいるらしいのだが、そういうところは人気があって募集を出したらすぐに埋まってしまう。

「いい男はすでに結婚しているって法則と同じですね」

「それよ！　って、クリスちゃん……。あなた見た目は幼女だけど、本当はもしかして大人なんじゃないの？」

「十三歳です！」

「うーん、それはそれで微妙な！」

エルフでもなさそうよねと、どこをどう確認したのかクリスに向かって言う。ユリアは笑いながら、とある依頼書を見せてくれた。

「それはそうと、これ、どうかな？」

「掲示板になかった奴ですか」

「受付の判断で指名みたいに勧めてもいい案件なの。できればクリスちゃんがいいなと思ってたから、ちょうど良かったわ」

見ると、昨日寄った魔物素材を扱っている店の手伝いだった。

「あ、瑪瑙大亀《めのうおおがめ》の甲羅《こうら》の内側を綺麗にする仕事だ」

「そうよ。丁寧で繊細《せんさい》な作業を求められるの。女の子向きでしょう？　しかも案外力が必

第三章　ニホン族の噂とままならない現実

要でね。確か、クリスちゃんは荷運びもできるってアピールしてたわよね」

「はい！」

「どうかな？」

迷宮の素材を多く扱っている店だ。もしかしたら、余った素材を安く売ってもらえるかもしれない。クリスは二つ返事で引き受けた。


店主は、クリスの小ささに驚いていたものの、ユリアの「この子問題ないですよ」のサインを見て了承してくれた。第一関門突破である。

作業場へ入ると、店員や弟子たちが必死で甲羅の剝ぎ取りを行っていた。

「急に注文が入ってね。七日以内に納品しろとの命令で……」

店主の顔色は悪く、作業場もひどい有り様だ。クリスは辺りを見回して大体の場所を覚えた。

「ええと、甲羅の内側を磨けばいいんですよね？　剝ぎ取りもやりましょうか？」

「……できるの？」

「やったことはないですけど、皆さんの見てたら大丈夫そうだなって」

「いやいや。……いやいや、え、本当に？」

「えっと、割ってもいい石か、硬い木はありますか？」

店主だけでなく、作業していた職人たちが手を止めてクリスを見た。呆けているのは、たぶん疲れも入っているのだろう。

こういう姿を、クリスは見たことがある。前世でだ。クリスの働いていた会社は、ちょっぴりブラックが入っていた。クリスも深夜まで残業していたほどだ。そのせいで終電間際に急いで駅へ走って向かい、そこで死んだわけだが。

ともかく、クリスは店主が無言で渡してきた手のひらサイズの木片を両手で割ってみせた。

その後は、あっという間だった。

次から次へと瑪瑙大亀がクリスの目の前に用意される。最初の一つは店主付きっきりで見てもらったが、問題ないと分かると放ったらかしになった。

小さい、壊れても問題なさそうなものから始めたが、そのうち大きなものまで積み上げられる。クリスはもちろん、黙々と作業を続けた。


瑪瑙大亀の甲羅は、名前の通り瑪瑙のように硬い。見た目の美しさもさることながら、通常の瑪瑙よりも形良く整っていることから薬師の薬研《やげん》に使われる。「薬師」は中級スキルだから、こんな高価な薬研を使えるのだろう。

一般スキルの「調合」程度では、高価な瑪瑙大亀の甲羅など手に入れられない。

クリスは魔女様の家で自分の身長ほどもある瑪瑙大亀の甲羅を見たことがある。錬金《れんきん》術士《じゅっし》が使うような大物だ。もっとも、魔女様の家ではただの物入れと化していた。そのせいで高価なものだと知らなかった。

知ったのは旅の途中で読んだ「高価な素材一覧」という本のおかげだ。お金儲けのために勉強したが、知れば知るほど衝撃的だった。その高価な素材が、魔女様の家ではゴミのように散らかされていたからだ。

クリスが他の人の何倍も早く甲羅を剝がすため、段々と流れ作業が出来上がってしまった。いつの間にかクリスが剝がす係になっていたのだ。昼になると、皆がクリスを引き止めた。

「午後も手伝ってくれないかい」

「頼むよ。明日もどうか来てほしい」

「店長、依頼料を上げましょう」

目の下に隈《くま》を作った皆に頼まれると、断りづらくなるクリスだ。イサを見て、それから皆を見ると期待に満ちた目で返事を待っている。

「えと、じゃあ、午後に行く予定のところに連絡を――」

「うちのを行かせるよ！」

店主が奥さんに、ガオリスの店まで伝言に行くように頼んでくれた。その足で依頼書をギルドに出してくれるという。今日の依頼書にも追加書きをしてくれた。お昼ご飯も出してもらった。クリスは午後も張り切って頑張ることにした。

午後の作業や次の日も来てほしいと引き止めた彼等だったが、クリスを残業させるようなことはしなかった。なんてホワイトな会社なんだと内心で褒めそやしていたら、店主の奥さんがお弁当まで渡してくれた。

「さっき作ったから、まだ温かいよ。今日は本当にありがとうね」

「あ、えっと」

「小さな子に手伝わせて本当にごめんねぇ。でも助かったよ。ガオリスさんもね『事情は分かったから気にしないで』なんて言ってくれてね。馬車を修理してるんだって？　カバーを掛けてね、雨や埃《ほこり》が付かないようにしてくれてたよ」

「ガオリスさんが……」

「クリスちゃんはとても良い子だからって言ってたよ。本当だね。ありがとうね」

クリスはなんだか泣きそうになってしまった。自分のいないところで褒められているなんて、恥ずかしい。けれど嬉しい。

そんなクリスを、奥さんは微笑ましそうに見つめた。休憩していた店主や職人たちもだ。彼等も今日は早めに上がるらしい。クリスが手伝ったことで余裕が出てきたため、間に合う見通しが立ってきたそうだ。明日は早めに来ると約束して、クリスは宿に帰った。

宿ではスープだけ頼んだ。お弁当を広げると、サンドイッチがぎゅうぎゅうに詰まっている。小さな木製の入れ物も入っており、開けると雑穀が入っていた。

「イサの分だ！」

「ピッ？」

イサは妖精だから食べなくても死にはしないが、食べられるなら食べたいそうだ。食いしん坊の気があって、クリスが食べるもの全てに興味を持っている。お昼もクリスの分を食べさせていたため、覚えていてくれたらしい。

「これ、小鳥用の餌《えさ》だよ。食べられる？」

「ピッ」

「あ、食べられるんだ。本当になんでもオッケーなんだね」

「ピピピ」

肉の欠片も食べるぐらいだから、なんでもいけるのだろう。

クリスはテーブルの上にイサ用のマットを敷いた。零《こぼ》さないようという配慮と、あとは動物をテーブルに載せるからだ。女将さんは気にしていないが、そこは最低限のマナーのつもりだった。

サンドイッチはたくさんあったから翌日の朝食用に少し残した。イサに分けても、まだ余るぐらいある。焼いた肉も入っており、こちらはぺろりと平らげる。肉の味が淡白なのを、油たっぷりで焼いてステーキにしていた。振り掛けている塩《しお》胡椒《こしょう》が少なめなのがいい。その物足りなさをハーブで補っているのもだ。

ハーブはセロリとタイムとオレガノが入っている。サンドイッチの味付けにも使われていた。油には玉ねぎとニンニクを炒めたものが使われていて、ほんのり味が付いているのもいい。

迷宮都市ガレルでは、玉ねぎもニンニクも畑で育てている。しかし、ハーブ類は山で採ってくることが多い。冒険者ギルドの採取仕事にもよく入っている。それが回り回って各家庭に辿り着く。仕事の意味がこうして目に見えると嬉しいものだ。

「美味しいね、イサ」

「ピピ」

「料理が上手な人ってすごいなー」

「ピ？」

「……そもそも料理自体が好きじゃないんだよね」

「ピィィ」

クッキーは作れるのだ。分量が決まっているし何よりも簡単だから。だけど、料理は別物だ。あれは別次元の才能が必要だと思っている。

クリスは前世でも、料理は簡単なものしか作れなかった。ブラック企業に勤めているという免罪符があり、なんとかしようという気もなかった。外食産業様様である。

「でも家を作ったら外食ばかりっていうのはダメだよね」

「ピ」

「節約しないとだし、家ができたら料理頑張るか……」

クリスが嫌そうに言うからか、イサも一緒になって溜息交じりに「ピィィ」と鳴く。イサだって美味しいものが食べたいだろう。残念なことに、クリスの料理の腕前は微妙だ。基本的な部分で終わっている。

「今度、エイフに連れていってもらったお店に行ってみよっか」

「ピピ」

「教えてって言っても失礼だし無理だろうから、作ってるところを見せてもらう？」

「ピッ」

「その前に調味料だよね。せめて醤油《しょうゆ》や味噌《みそ》が手に入ったらなー。そこそこのものは作れるかも」

あくまでも、そこそこのものだ。手をかけた料理など作れる気がしない。パンなど「は？」という気分である。せめて煮物ならばと考え、そうなると醤油味を思い出すからいけない。醤油は日本人に染み付いている。ニホン族が作って広めているらしいから、家ができたら買ってみよう。

その日の夢のリクエストは懐かしい料理の数々だ。いつもの【魔力排出】を使って昏倒《こんとう》しながら願ってみた。

翌日も朝から瑪瑙大亀の甲羅を剝がした。クリスの方が早いし丁寧だということで、全部回ってくる。その代わり、甲羅の内側を磨く大変な作業は他の人が担当した。内側を粗い目のヤスリ、中目、細目と順に磨いていくのは根気がいる。薬を作るのに硬い実を細かく削っていく作業があるのと同じだ。延々と同じ作業を繰り返す。

皆、筋肉痛を通り越してヒーヒー言いながら磨いていた。そして、この日で甲羅剝がしが終わった。終業時間よりも早かったので店主に提案してみる。

「冷湿布を作りましょうか」

「作れるのかい？」

「魔女様に教えてもらったのでレシピは分かります」

「それは助かるよ！」

早上がりしても一日分の依頼料はもらえる契約だったが、良くしてくれる店だから何かしたかった。皆の様子を見ると疲労が蓄積《ちくせき》している。冷湿布は頼めば案外高くつく。なので、仕事で疲れたぐらいでは誰も薬師に頼まない。

クリスは早速、足りないものだけ近所に買いに行った。食品を扱う店で馬の脂が売っていたから手に入れる。湿布にはいろいろあって、粘土や泥、もしくは水に濡れた布だけでもいい。精油があれば、その水に数滴落としてみるのもいい。

馬の脂はひび割れ防止に使えて便利だから、クリスもよく使った。辺境の地は乾燥がひどく、魔女様に何度も「あんたの顔、干からびた地面みたいになってるよ」と笑われながら塗り込まれていた。

精製していない馬の脂は多少臭うが、この世界の人は匂いには寛容だ。鈍化していると言ってもいい。クリスは自分用には臭いを除去する【精製】の紋様紙を使うが、他の人への処方には使わない。誰も気にしないし何よりも勿体無いからだ。

店に戻ると、中庭に生えていたミントの葉を頂戴する。奥さんが興味津々で見ていたから一緒に作ってもらった。作業はとても簡単だ。冷たい井戸の水を汲み上げ、ミントを大量に漬け込むだけ。

今回はクリスのポーチに入れていたラベンダーの精油も数滴入れた。爽やかな香りが広がる。この水を使って脂を伸ばしていく。それから綺麗な布に塗れば完成だ。


ミント水は一度作ってから井戸に数時間ほど漬け直しておくと、冷たいまま染み出して美味しい。飲む場合、ミントの量は調節する。レモンの輪切りなんかを添えると夏の暑い時には最高だ。

魔女様が飲んでいたのを分けてもらった時は幸せな心地に浸《ひた》ったものである。

前世でも飲んだことがあるような気はするが、オシャレカフェでのことはあまり覚えていない。そういう店では大抵、女同士の話に夢中だからだ。

ところで、冷湿布が意外と簡単にできるのを知って、奥さんは驚いていた。彼女には「一番簡単な方法」と告げ、冷湿布を使っていい場合とダメな場合を説明した。本当は症状ごとに薬草を混ぜていくものだから、筋肉痛以外では使用禁止だとも伝える。

魔女様は「基本の作り方は家庭の知恵だからね」と言っていた。つまり誰にでも教えていい。その代わり、薬草を使った湿布は安易に教えてはダメだ。病状に合わなかった場合が怖いというのも一つ。もう一つは、それが薬師の仕事だからである。

調合スキルを持つ人もレシピは秘密にしている。医者のような役目を果たす薬師も、秘《ひ》匿《とく》する情報ばかりだ。彼等に目を付けられたら厄介なので、魔女様からは「一般的な『家庭の知恵』程度しか施してはいけない」と教わった。

魔女様がどうしてそこまで警戒するのか、十歳より前のクリスは不思議に思っていた。記憶を取り戻した時に「そりゃ当然だ」と納得した。出過ぎた真似で目立てば人の嫉妬を買いやすい。魔女様は「あたしゃ世界一の天才と呼ばれた女だよ」と言っていた通り、頭が良かったのだろう。

ただ彼女は、頭は良いが人との付き合いは苦手だった。なにしろ魔女様は、クリスに対してツンデレが過ぎた。飴《あめ》と鞭《むち》が遠回りすぎて分かり難い。食事を与えるのに「ガリガリじゃないか。倒れられたら仕事にならないんだよ！」と言うぐらいだ。

いろいろ言われたけれど、クリスにとっては恩人だった。

冷湿布が出来上がった頃、この日の仕事は終わった。奥さんが晩ご飯を食べていけと言ってくれ、店の人たちと一緒に食べる。わいわいと皆で食べるのは楽しい。イサもあちこちから餌をもらって嬉しそうだった。

　翌日も手伝う予定で「泊まっていくか」と誘われたが断った。宿で紋様紙の内職仕事をしたかったからだ。送っていこうというのを断り、乗合馬車に乗る。

　クリスが泊まっている精霊の止まり木亭は外壁近くにある。西門から少し北側だ。乗合馬車は大通りと中通りしか通らないことから、裏通りにある宿へは西門で降りて少し歩く。

　クリスがイサを肩に乗せて宿に向かっていると、追ってくる足音を感じた。

　エイフが言っていた「幼い子を誘拐《ゆうかい》」する類いかもしれない。

　クリスは胸元の小さなポケットから専用の紋様紙を取り出した。こういう時に勿体無いだとか言ってはいけない。いけないが、一瞬だけ勿体無いと思い、急いで頭を振った。躊躇ってはダメだ。クリスはふうと息を吐き【防御】の紋様紙を発動させた。

　細い字で刻まれた魔術紋《まじゅつもん》があっという間に光って消える。同時に紙も消えてしまった。この光はクリスにしか見えない。普通の紋様紙とは違う。

　普通は「誰の目にも光って見える」ものだ。けれど、クリスの紋様紙は「使った本人にしか見えない」代物だった。

　魔術紋が魔女様作だからである。そうなるように「あえて」作られた。本来の防御の魔術紋よりも遙かに難しく面倒な術式となるが、魔女様が編み出した文字によって多少簡略化された、らしい。

　魔女様は「だから覚える総量は同じさ」とクリスに言い放った。でも、本来使うべき魔術文字とは別に、魔女様が編み出した文字を覚えなくてはならない。しかも魔女様は途中で嫌になったのか、絵文字も交ぜている。絵を真似て描くのは難しい。

それでなくとも識字率の低い世界なのに、その世界の文字も覚えさせられた。魔女様の本棚を片付けるためだけに。

結局、汎用文字と魔術文字、魔女様専用文字と三種類も覚える羽目になった。


当時のことを思い出して、クリスはうんざりした気持ちになる。確かに、魔女様に教わったことの大半が今こうして役に立っているから文句は言えないのだけれど。

「襲うんだったら、早く襲えってのよ」

「ピッ？」

「だって、せっかく紋様紙使ったんだよ？」

「ピピ……」

イサが呆れたように鳴くので、クリスは黙った。気配も追いついてきた。ドキドキしていると、後ろからではなく前方から気配を感じ、人影が見えた。

「クリスちゃん！」

人影は宿屋の息子のロキだった。クリスはホッとして「どうしたの？」と聞いた。

「遅いから馬車の通りで待ってようと思って」

「わたしを？」

第三章　ニホン族の噂とままならない現実

「そうだよ。母ちゃんも心配してた」

今日は晩ご飯を食べてきた。いつもより帰る時間が遅い。辺りも暗くなっている。家々の明かりは漏れているが、つけていない家だってもちろんあった。庶民が多い地区なので節約している家がほとんどだ。

そんな中、まだ子供のロキがランプ片手に迎えに来てくれた。

「……ありがと。今日は食べてきたんだ。仕事先の人が食べていけって言ってくれて」

「それは良かったね！」

「うん。節約できた」

「一食分って大きいもんね。あ、でもクリスちゃん少食だからそうでもないか」

「そんなことないよ。よく食べるもん」

「そっかなー。僕より全然食べないけど」

「ロキくんは育ち盛りなんだよ」

他愛ない話をしているうちに宿が見えてきた。追いかけてきていた後ろの気配も消える。ロキの姿を見てもまだ気配はあったが、宿の周辺の明るさや人の声で無理だと悟ったのだろう。

紋様紙を使用してしまったが、不思議と惜しいという気持ちにはならなかった。

宿の人が、たかが宿泊者一人を気にして迎えに来てくれた。その優しさが嬉しかった。

これまでも町から町へと旅してきて、良い人はもちろんいた。

ペルを売ってくれたおじさんも良い人だった。病気になったペルを苦しませるよりはと殺そうとしたが。それを慌てて止め、安く売ってくれと交渉したのはクリスだ。その後、治癒の紋様紙を何枚も使ってペルを治した。おじさんはそれを知っても返せとは言わなかった。良かったじゃないか、とペルを撫でて去っていった。

良い人だった。けれど、どこかサラリとした人間関係だった。ドライな感じと言えばいいのだろうか。でも、そうなるのも分かる気がした。辺境地は死と隣り合わせだ。ドライに考えなければ、やっていけないこともある。

だから、ただの宿泊客を「帰りが遅いから心配だ」と迎えに来るような、そんな優しさには触れてこなかった。

クリスは不思議な気持ちになった。

迷宮都市ガレルに入った時は永住できないことで落ち込んだ。でもそこに住んでいる人々は優しい人が多い。満ち足りているのだろう。住民にとっては良い町なのだ。貧富の差はあるが、そのことで差別的な目に遭《あ》うこともない。

クリスはずっと貧しい暮らしで、村から逃げるだけで精一杯だった。心に余裕がなかったから、人に対しても冷たいところがあった。

ちょっとだけ反省した。ちょっとだけだ。

人間は、多少とも悪い気持ちがなければならないと思っている。でなければ他人の悪意に気付かない。悪意はどこにでもある。気を抜いていると落とし穴があるものだ。

とはいえ、ほんの少しだけ、緩くなってもいい。たとえば今。

ロキの純粋そうな笑顔に釣られて、クリスは笑顔になった。


それから二日、瑪瑙大亀の甲羅を削る作業に費やした。

職人たちは良い匂いを振り撒きながらの作業だ。ミントとラベンダーの香りは作業効率を上げた。クリスは、彼等のように湿布を貼るほど筋肉痛にならなかった。普段から力仕事をしているおかげだ。それを知って職人たちは密かに落ち込んでいた。

納期に間に合った瑪瑙大亀の甲羅は、薬研として綺麗に仕上がった。無理を言った薬師ギルドの本部長は大層喜んでくれたらしい。直しが入るかもしれないと待っていたクリスと職人たちは、そのまま打ち上げパーティーを始めた。

「え、じゃあ、うちの七色飛蝗の破損品が欲しかったのかい？」

「そうなの。まとめて売ってあるから高くて買えなくて。だから、その、少量売りしてもらえないかなーと」

「そんなの、早く言ってくれたらいいのに！」

店主も奥さんも「水臭い」と半分怒ったような顔で言う。それから店へ戻り、樽《たる》ごと持ってきた。売ってもらえるんだ、と思っていたら違った。

「持っていきな」

「え？」

「そうよ、持っていって。力持ちだから持てるわよね？　あら、でも持ち運ぶのは大変かしら」

「そうだな、樽だと持ち運びが難しい」

クリスが戸惑っていると、職人たちが酔っ払った状態でトンカチやらノコギリやらを持ってきた。何をするのかと思えば、瑪瑙大亀の甲羅を剝がすのに使っていた土台の板を切り始める。そして、あっという間に桶を作った。岡持ちのような形だ。もう少し深いだろうか。

「おっ、それはいいね」

「さすが。ほら、これだと持ち運べるわよ」

「あの、あの、それって」

「持って帰ってね、クリスちゃん」

奥さんにそう言われても、子供のクリスなら素直に受け取ればいいかもしれないが、頭の中には大人の記憶があって……。それでもニコニコ笑う彼等に、遠慮するというのは失礼のような気がした。

クリスは自分でも赤くなっているのを感じながら、有り難く頂いた。皆、微笑ましそうに見ているから余計に恥ずかしい。

「……あの、でも、高価なのにいいのかな」

「本当は余り物だから捨てていいものなんだよ。ただ、これを使って商品を作る職人がいる。だから売っていただけだ」

「小売りにしないのは手間がかかるからよ。それにね、実はこの間、とても状態の良い七色飛蝗の後翅が大量に入ってきたの。少しランクの落ちるこれは売れないわ」

店主や奥さんの言葉はクリスへの気遣いも含まれている。大人の記憶があるクリスにはそれが分かった。けれど、素直に喜ぶことにした。

「ありがとう！　すごく嬉しい。これで作ってみたいものが、いっぱいあったの」

「そう。良かったわ」

「クリスちゃんにはお世話になったからな。良かったよ」

職人たちも小さなクリスを可愛がってくれた。本当は十三歳で、中身はもっと大人なので詐欺に近いが、まあいいかと開き直った。

その日も遅くなったが、送っていってくれるという職人の厚意で一緒に帰った。だからか、後を付ける者はいなかった。

先日のことは宿の女将さんや旦那さんに報告してある。クリスだけでなく、ご近所の治安にも関わることだからだ。おかげで自警団が見回っている。職人に送ってもらった時も自警団が声を掛けてくれた。


部屋に入ると、イサが桶の上を飛び回った。中を見ようと言っているらしい。

「イサも綺麗なものが好きなんだね」

「ピッ」

「イサの家にも飾ろうか」

「ピピピピピ！」

シューッと飛んできてクリスにぶつかると、イサはスリスリしてきた。好きというのを体全体で表現しているらしい。クリスは笑って桶の中身をそろそろと床に広げた。

七色飛蝗の後翅の余り物というが、色ガラスの破片そのものだ。一片が子供の手のひらサイズのものから、爪ぐらいの大きさまで様々揃っている。

七色飛蝗は一メートル級のサイズだから翅も大きい。前翅は硬いながらもしなる素材で、武器や道具類に使う。こちらも人気はあるが後翅には負ける。

クリスは桶をひっくり返し、後翅の破片を手のひらで優しく広げた。

「わあ、綺麗」

「ピピ！」

「これだけあったらランプシェードにも使えそうだね」

「ピッ」

第三章　ニホン族の噂とままならない現実

イサも喜んでいる。青色ばかりを嘴《くちばし》で摘んで避けていた。爪サイズばかりだ。自分の体のサイズを理解しているのだろう。

クリスもサイズや色別に仕分けていく。

色とりどりの破片に触れていると夢が広がる。クリスはこれを、家馬車の丸窓の飾りにしようと考えていた。二階部分の寝室にも付けようか。いや、天井に明かり取りの窓を付けたいから止めよう。そんなことを考える時間は楽しい。

とりあえず仕分けてしまったら、蔓籠《つるかご》に分けて仕舞う。使用する分だけ出しておいて、残りはポーチの中だ。

「ポーチの中もちょっと限界かなあ」

「ピッ？」

「収納袋だよ。あんまり入らないから、定期的に中身をチェックしてるんだけどね。あと、いざという時に収納しなきゃいけないものもあるから、パンパンに詰め込むわけにもいかないし」

中を覗き込んで思案する。不思議なことに、口を開いて中を「視《み》」ようとすると見えるようになっていた。魔女様が「あんた専用にしといたからね」と言っていたので、たぶん他の人には見えないのだろう。イサも一緒に覗き込んだが首を傾げていた。

とりあえず、今は使わない七色飛蝗の後翅は固めて隅に配置する。入れようとすると、シュルルッとポーチの中へと入っていく。

収納袋を開けたついでに、紋様紙を作るのに必要なセットを取り出した。

「あー、良い万年筆が欲しいな」

「ピル？」

「ペン先がこなれてきたのはいいんだけど、小さい紋様紙に描くには線が太すぎるんだ」

「ピピ……」

「他の材料は今のところオッケーっと」

とはいえ、先々のことを考えれば紙もインクも十分とは言えない。ガレルで手に入るかどうかも分からないため、そろそろ仕入れについての想定が必要だ。今ある在庫では数年保たない。

といって、数年先の不安を考えるより前に納期の近付いた紋様紙作りだ。描き始めると独り言もなくなる。イサは相手をしてもらえないと悟ったらしく、ベッドの横にある小さな籠に飛んでいった。クリスが作った即席の小鳥用ベッドだ。

最近は同じ魔術紋ばかりを描いている。迷宮でよく使われるものを選んだからだ。だから腕がなまらないように「納品しないが売り物になる」サイズのものも描いてみた。もちろんそれは、納品用の目標枚数を達成したからだ。

他の町なら、中級以上の攻撃用紋様紙はいくらでも売れる。迷宮だと誤爆を恐れ、攻撃用は少ない。迷宮外だと、単純に爆発してくれるものなどが有り難がられる。離れた場所から撃ち込むのだ。たとえば魔物に襲われた時に、町全体で使ったりする。そのため、中級の紋様紙となる【爆炎《ばくえん》】などがよく売れた。

迷宮だと敬遠される。その代わり中級では【防御結界】や【浄化】【治癒】が人気だった。上級の紋様紙も攻撃用ではなく補助用の【探査】【修復】が人気である。

クリスは最近作ってなかった上級の【業火《ごうか》】と【完全結界】を描いて、この日の内職を終えた。かなり集中して頑張ったため【魔力排出】を使わなくても昏倒しそうだった。

数日ぶりの冒険者ギルドでは薬草採取の依頼が残っていた。エイフの姿はなく、受付へ行ってみると、

「今日は外へ行くのは止めない？」

と小声で止められた。クリスも小声で「どうしてですか」と返す。

「エイフさんが急用で呼ばれて迷宮に入ってるの。あなたのことを心配しているって連絡が届いたのよ」

「それで、いなかったんだ」

「あの日は本部に呼ばれたみたいね。クリスちゃんと入れ違いでギルドに来て『外へ一人で行ったんじゃないか』って心配してたわ」

その時は、お店の手伝い仕事を選んだ。七日はかかると言われていたため、エイフは安心したらしい。ところが、仕事は早めに終わってしまった。エイフは七日の猶予《ゆうよ》があると思い、代わりの見張り役を立てなかったらしい。

受付のユリアが心配しているのは、それだけではなかった。

「誘拐騒ぎも怖いけれど、この間の冒険者のことが気になってるの」

「どういうことですか」

「他の冒険者のことを話すのは本当は良くないけれど、これは女の勘ってことでね？」

「あ、はい」

「流れの冒険者で、素行についてちょっと不安なの。それに、依頼を片っ端から持っていったくせに一部達成できなくてね。その時にあなたのことを悪く言ってたから」

「あー」

クリスが目を細くして遠くを見ると、ユリアが笑った。笑ってから慌てて表情を引き締める。

「『あいつが採り尽くしたせいだ』なんて騒いで、翌日は来なかったの。その翌日は掲示板の前でじーっと誰かを捜すかのように待ってたわ」

「あっ、分かりました。なるほど。そういう感じなんですね」

「……あなた本当に察しが良いわね。今日見かけないのが、ただの寝過ごしや飽きただけならいいのよ。でもそうじゃない場合は、ね」

逆恨みして、意地悪するぐらいならまだいい。ユリアの言いたいことはそういうことだろう。それでなくとも、幼い子供の誘拐事件がある。

クリスは少し考え、更に小声になった。

「囮《おとり》になります」

「ええ？」

「依頼を受けて外へ行きます。襲ってくるならその時です。そこで捕まえるんです。とっちめてやりましょう」

「クリスちゃん……」

ユリアが呆れた顔をするので、クリスは肩を落とした。やっぱり無理のようだ。エイフがいれば囮作戦でもオッケーが出たかもしれない。

一瞬、他の冒険者を雇うことも考えたが、何故自腹を切ってまでとも思う。クリスは諦めて別の仕事を受けることにした。

金額はそれほど高くないが、依頼は受ければ実績になる。

クリスは農家の手伝いに赴いた。モグラの駆除だ。畑は外壁の中にあるため、ユリアも受け付けてくれた。

念のため、ペルを宿に戻さず連れて行った。馬には乗らないのでセーフだ。けれど、ペルの運動には少々物足りない。数日もの間、運動させていないからペルはちょっぴりイライラしていた。クリスは彼女を宥《なだ》めつつ、畑に向かった。

すると、ラッキーなことに、これから耕そうと思っていた畑があるという。クリスがダメ元で「ペルを走らせてもいいか」聞いてみたら、お許しが出た。その上、耕耘《こううん》を手伝うなら依頼料を増やしてくれるという。即答で受けた。

ペルは賢いから「ここからここまでの間を走るように」と言えば、きちんと守る。彼女が走り回っているとモグラも出てきた。もちろん退治もしてくれる。クリスと一緒になってモグラを追いかけ、時には蹴散らしてくれた。イサも「ピッピ、ピッピ」と教えてくれるから午前中で依頼の駆除が終わった。更に念のため、モグラ避けの薬草を焚《た》く。

依頼人は喜び、お昼ご飯を出してくれた。野菜たっぷりで肉も付けてくれる大盤振る舞いだ。ペルにも野菜屑と雑穀をたっぷり食べさせてくれた。イサはクリスの余ったもので十分だから、一緒に食べる。

午後はペル用に改造した丸太を組んで畑を耕した。彼女は元々重種だから、重い荷物を運ぶことには慣れている。畑を耕すぐらい朝飯前だ。

丸太の上にクリスが立ち、手綱を引いてハイヨーと声を掛けて進む。すると深く刺さった丸太の先がゆっくりと土を掘り返していった。輓曳競争《ばんえいきょうそう》をしているみたいで、面白くなってきたクリスは、ハイヨーハイヨーと適当に声を掛けて畑を次々と進んだ。イサも真似してピッピーと鳴いている。

クリスたちがわいわい騒いで作業していると、隣の畑から人がやって来た。

「そりゃ、いいなぁ。わしのところもやってくれんかね。うちの牛っこ、疲れたてサボりよるんじゃ」

クリスが答える前に、依頼者の農家のオジサンが返した。

「いやいや、あんた。こりゃぁ、わしがギルドに頼んだんじゃ。気軽に頼むもんでないわ」

「そうかぁー。そりゃ、頼めばええんだな。わし、ちょっくらギルドへ行ってくる」

「おー、そうしろー」

「明日、やってくれなー」

クリスはまだ受けるとも何とも言ってないのに、話が勝手に進んでいて笑うしかない。

もっとも断るつもりはなかった。なにしろペルの運動不足が解消される上に、楽しい。

初めてペルに乗った時も楽しかったが、荷を引いてくれるというのはまた別の楽しさがある。輓曳ごっこも面白かった。

これで馬車を引いたらどうなるんだろう。絶対楽しいに違いない。わくわくが止まらず、畑を耕し終わったら急いでガオリスのところへ向かった。

木材加工所で七色飛蝗の端材をもらったと話すと、皆が「良かったじゃないか」と我が事のように喜んだ。嬉しくて、勢いのままクリスは設計図を見せた。「丸窓はこんなのだとか「家部分はこうする」と説明したら、一緒になって楽しそうに話し込む。

とにかく出来上がるのが楽しみで設計図を何度も描き直した。材料がまだ全部揃わないから作るのは数日後だ。だからか、余計にうずうずする。

材料が全部揃えば一気に作り上げるため、その前の準備をすることにした。丸窓の部分も先に作っておく。小さな丸窓は、縁が飴色の硬い木材でできている。七色のガラスが映えるはずだ。

出来上がった丸窓をクリスが自画自賛していると、覗きに来たガオリスも褒めてくれた。

「これはいいね。どの部分に嵌《は》め込《こ》むのかな」

「ここです。右の壁の少し上」

「そこだと、作業場の手元に光が入らないかい？」

「大丈夫です。丸窓の下に作り付けの棚があるから」

「ほうほう、なるほどねぇ」

ガオリスは、他にも気になった箇所をさりげなく教えてくれる。クリスもあれこれ相談し、設計図を描き直した。

「寝室の真上にも丸窓を作ろうと思ったんですけど」

「いいんじゃないかい？　星を見て寝るなんて素敵だなぁ！」

「でも、寝ている間に魔物が上にいたらと思うと、ちょっと怖いかなって」

「えっ？　ははは っ！」

何故か爆笑されてしまった。クリスが膨れていたら職人たちが宥めてくる。「想像力が豊かだ」とか「魔物が天井に来る前に馬が先に気付いてくれるよ」などという風に。

彼等の言うことももっともだ。魔物が天井に近付くまでにペルが気付くだろう。……天井にはやはり窓を取り付けよう。丸ではなく四角いものにして万が一の脱出用にするのだ。いざとなれば天井に穴を開けてしまえばいいが、そこは穏便にいきたい。さすがに自分の家をぶち破りたくはなかった。そこまで考え、クリスは頭を振った。口にしたら、また何か言われそうだ。

とりあえず気持ちが落ち着いた。クリスは、数日後にまた来ますと約束し、宿に戻った。

さて、畑仕事の追加依頼は薬草採取と同じぐらい稼げた。おかげで日々の暮らしも安心だ。晩には紋様紙描きの内職も進め、前回から数が減ったものの無事納品も済ませた。

おかげで頼んでいた材料も全部揃った。となると後は一つ。いよいよ、家部分の作成だ。

「緊張するー」

「お、いいね。頑張れよ」

「クリスちゃん、頑張れー」

皆が見守る中、クリスは家つくりスキルを発動させた。一気に集中へ入る。冷静な自分と、スキルに突き動かされる自分がいる。

クリスは瞬時に、家を作り上げる「流れ」を把握した。必要な材料は設計通りに用意したつもりだ。だが、きちんと測れていなかったのだろう。おかしな箇所がすぐに見つかる。すぐさまノコギリで切り、足りない部分は他のもので代用した。

どこに釘を打てばいいのか。必要なものが立体的に浮かんで示してくれる。脳内で想像していたことが、目の前に立体で、かつ同時進行で情報が集まってくる感じだ。

更に横壁を張り、床板、天井と一気に仕上げる。

作り付けの吊戸棚もあっという間に出来上がった。それから窓を嵌め込み、扉も作る。すでにある御者台《ぎょしゃだい》にも手を入れた。荷台の住居部分から出入りし易いようにだ。

二階部分への階段ができると、今度は二階の内装である。屋根は丸く仕上げた。低めのベッドの下は荷物入れになる。ベッドを持ち上げて入れる形だ。寝る前に作業ができるよう低い台も作った。

屋根には、外へも出られる四角い窓。念のため、ベッドの真上に作るのは止めた。もしものためだ。目が覚めた時に魔物と「こんにちは」はしたくない。

内装が終わると、外へ出て付属品を取り付けていった。頼んでいた軽魔鋼の入れ物は、馬車の下に嵌める。そこに四枚の板も重ねて入れた。これはお風呂になる。留め具を外して引き出し、四枚の板で取り囲むと即席のお風呂の出来上がりだ。いわゆるステンレスのお風呂だ。慎重に使えば使用に耐えうる。馬鹿力で殴らない限り壊れることはない。

反対側には簡易キッチンの土台を取り付けた。引き出し式になっており、軽魔鋼で作った洗い場と作業台がある。鍋置きとして五徳《ごとく》も作ってもらい、その下の穴に燃料を入れて燃やす。紋様紙に頼ってばかりでは、いざという時に困る。自力で調理するために考えた。幸い、火打ち用の道具はさほど高くない。どこにでも売っている。

クリスはこれらを半日で作り上げた。外側の塗装も内側の仕上げも、全てだ。

「すっげー」

「おいおい、こんなに早いのか」

「なんて仕上がりだ……」

スイッチの切れたクリスがぼうっと立っていると、皆が集まって肩を叩いたり、よくやったと頭を撫でたりする。振り返ると、ガオリスたち全員が集まっていた。

クリスの「家つくり」を間近でずっと見ていたようだ。

「俺が用意した木材を、一目見ただけで直しちまったよ！」

「お前は甘いんだよ、ったく。明日からもう一回勉強し直しだぞ」

「うへぇ。でも、あれを見たら仕方ねえよなぁ」

弟子の少年らも、すごいすごいと大興奮だ。

「大工スキルみたいだった！」

「いや、大工頭か建築士スキルぐらいあるんじゃない？」

「すごかったよな」

彼等は木材に関する仕事を請けている。当然、大工仕事も見たことがあるのだろう。皆が「あれはすごかった」「ここはどうなってるんだ」と真剣だ。クリスのスキルによる動きを、自分たちの仕事に生かそうと張り切っている。

そんな中、クリスは心地良い疲れを感じてふわふわしていた。それに奥さんが気付き、作業場から椅子を持ってきてくれた。彼女はクリスを座らせると、手をパンパン叩いて皆を集めた。

「すごいのは分かったけど、それをまとめなくていいの？　クリスちゃんも疲れてるんだから、休ませてあげないと」

「あ、そうだった」

「悪い悪い」

「じゃ、先に仕事をしよう。皆、仕事に戻って」

「はいっ」

奥さんは苦笑いだ。それからクリスを見下ろしてウインクする。

「まずはゆっくり休みなさいな。自分で見直しもしたいでしょう？」

第三章　ニホン族の噂とままならない現実

「はい！」

分かってるなあと、クリスは頷《うなず》いた。

立ち上がり、ちゃんと出来上がっているのか確認していく。設計図を描いたものの、スキル発動中に「これはダメだ」「こっちの方が良い」と何度も浮かんだ。自分で自分にダメ出ししているようなものだ。その部分も含め、本当に合っているのか確認したかった。

指先でなぞりながら外側、そして中を見ていく。イサが飛んできて、そっと肩に乗った。

「ね、すごくない？」

「ピピッ」

「自分の家だあ。……馬車だけど小さいけど、自分の家ができたんだ！」

完成した家馬車を見ると感慨もひとしおだ。

迷宮都市ガレルへ来たのは、自由で暮らしやすいと聞いたからだった。迷宮から出る魔物の素材で潤う町。そこに永住したかった。

生まれた村では父親に束縛されていた。きっと、記憶を取り戻さなければ埋もれたままの人生だったろう。もしかしたら父親の「ろくなスキルじゃなければ、あいつを売る」という口癖通り、本当に売られていたかもしれない。

そこから逃げ出して過酷な旅を続けてきたのは、安住の場所を求めたからだ。

前世のクリスは、親に言われるままに就職まで進んだ人生だった。親に逆らうのがおかしいと言われるような地域で育った。大学に行けたのも「先進的な考えのご両親だから」だと言われた。「ご両親に感謝しなさい」とも。

就職先は両親が決めた。都会の、名前だけは有名なところで両親は喜んだが、ブラック企業だった。会社を辞めたかった。だから「奥さんには家で俺を待っていてほしい」が口癖の同僚に、請われるまま付き合い婚約した。けれど、浮気されて破棄だ。

自分の人生ってなんなんだろうと思った。流れに流されて意思というものがなかった。初めて、これではいけないと気付いた。

以来、親からの「早く結婚しろ」や「子供の顔を見せろ」は無視した。彼等にはもう頼れない。頼りたくない。

一人で生きていく。ならば、自分の家が必要だ。自分の城が。

だから、せっせとお金を貯めた。ブラックだろうとなんだろうと残業すれば法定内の残業代は出た。贅沢せずに貯めた。そうして「そろそろマンションでも買おうか」と、思い始めた矢先のことだった。

――猫を飼って暮らす夢。女一人で生きていく。転職はその後にしよう。そう考えると楽しくて仕方なかった。もうすぐだった。

けれど、栗栖仁依菜の人生はそこで終わった。

その思いが、クリスに「家つくり」スキルを与えてくれた「理由」なのかもしれなかった。ニホン族に与えられた四つめのスキル。あるいは特別な力かもしれない。

でも特別でなくてもいいと思っている。

クリスは、自分の家が作れたらそれでいい。家馬車で終わるとは思っていない。安住の場所を探し、見つけるつもりだ。そこで自分の家を作る。

作りたかった家を作れるのなら、それでいい。

クリスは自分の最初の家を眺め、満足げに息を吐いた。


その日の夜は、ガオリスたちと遅くまで家馬車の完成パーティーをして楽しんだ。

家馬車はガオリスの厚意で、裏庭に暫《しばら》く置かせてもらうことになった。その間に預けられる場所を探すつもりだ。ガオリスにはまだ借金をしている状態だから、申し訳ないと思いつつ感謝している。

パーティーの後も、遅くなったからと弟子を付けてくれた。弟子と言っても成人しているので立派な男性だ。お酒を飲んでよろめいている職人たちよりもずっと頼りになる。彼は宿までの間にも木工作業のあれこれを教えてくれ、楽しい帰り道となった。


翌日は久しぶりに外仕事を受けた。

エイフはまだ迷宮から戻っていないらしいが、不審な男は最近見かけないそうだから了承された。本当はユリアは渋っていたが、後ろから「お願い頼んで」と職員が何度も拝んでいたのだ。

というのも、理由がある。そもそも、都市外の森で採取をする者があまりいなかった。そこへ持ってきて、最近は流れの冒険者が嫌がらせのように依頼書を奪っていった。そのせいで、クリスがそうだったように、元々採取仕事を受けていた冒険者たちが別の仕事を始めてしまった。

採取は低ランクの仕事だ。やろうと思えば誰でもできる。実入りのいい仕事でもない。クリスと同じ銅級以下の冒険者たちは、他の仕事を受けることによってそちらへ流れてしまった。ようするに、採取仕事が溜まったというわけだ。

結局、ユリアだけでなく他の職員からも追加の採取仕事を頼まれた。もちろん、一日では無理だ。クリスは口酸っぱく「一日では無理だからね！」と念押しした。

初日は問題なく過ごせた。

クリスが久々に大量の薬草やハーブ類を持って帰ると、ユリアたちは喜んだ。更に午後も採取をしてほしいと頼まれ、クリスはやむなく頑張った。そのせいで馬車の預かり所を探す暇もない。それでも三日ほど頑張れば、あとはいつもの通りで構わないという。クリスは残り二日を頑張ろうと思った。

が、そうは行かなかった。二日目の昼に問題が起こったからだ。

第三章　ニホン族の噂とままならない現実

クリスが採取に使っている森は北部にあって、位置的には地下迷宮ピュリニーに近い。

それもあり、迷宮の真上であろう地上部分を頑丈な壁で囲んでいる。とはいえ、いつ別の入り口が出来るか分からない。迷宮の出入り口は大抵一つと決まっているが、稀《まれ》に別の口が開くこともあった。そういう時は「魔物の氾濫《スタンピード》」が原因だ。

過去に、ガレルでも町に溢れたことがあるらしい。そうした経験から、迷宮近くの山中に分け入る人は少なかった。

その分、採取がしやすい。誰も行かないので採りたい放題だからだ。

今回はそれが裏目に出た。エイフという護衛がいないのに、一人で奥へ入りすぎたクリスが悪い。

しかし、クリスは幸運だった。気配に気付いたクリスに焦った男たちが、何の策も弄さずに襲いかかってきたのだ。こちらには重種で強いペルがいる。彼女は気配察知が得意だ。

そもそもクリスが気付いたのだって、ペルの息遣いが変わったからである。

男たちの一人に見覚えもあった。クリスから薬草採取の依頼書を奪っていった流れの冒険者だ。

「あの時、意地悪した奴だ！」

「ピッ」

「ちっ、顔がバレた。おい、お前ら馬をなんとかしろ！」

「なんとかって、うわぁっ！」

ペルはクリスに害をなす者を許さない。頭をぶんっと振り回して体当たりし、相手が怯んだところで前足を振り上げた。さすがにそのまま下ろすと死なせてしまう。

クリスが「ダメだよ」と窘《たしな》めたら、男の横を掠《かす》めるだけに留めた。でも彼女は「ヒィーン！」と威嚇《いかく》している。まだやるのなら後ろ足で蹴り上げるぞと、脅《おど》しているのだ。

男が舌打ちした。仲間の男はペルに怯《おび》えて後退っている。

「こんなのが相手だって聞いてなかったぞ、くそっ」

「何言ってんだ。ただの馬じゃねえかっ」

「やってられるかっ！　割りに合わねぇよっ」

転んだ時に怪我をしたのか手のひらが切れている。くそっ、と悪態を吐いて立ち上がった。それからすぐに唾を吐き捨て、逃げていった。もう一人も後を追うように走っていく。

ペルの威嚇がよほど怖かったらしい。魔物を討伐した経験もないような、都市内で暮らすチンピラだったのだろう。ペルで恐れていたら、外の魔物討伐や迷宮探索になど行けない。

そして、クリスに意地悪をした流れの冒険者は、その経験があるようだった。

ペルのことを警戒しているものの恐れていない。クリスがどう動くのか、更にペルとの間合いを計算しているようだった。逃げていった男二人よりも度胸がある。

クリスは腕に仕込んでいる紋様紙の内容を脳裏に浮かべながら、使うかどうか悩んだ。

第三章　ニホン族の噂とままならない現実

こんな程度の男に使うのは腹が立つ。どうにか不意打ちで倒せないだろうか？

じりじりと対峙《たいじ》しているところへ一石を投じたのはイサだった。

「ピッ、ピピピッ！」

ただの鳥だと思っていたのだろう。男は、突然割り込んできた白い小鳥に驚いた。その一瞬の怯みを見てクリスは動く。ペルもだ。

ペルが男の背後を壁のように止めてくれるため、クリスは突撃するだけでいい。

ドワーフの血を引いていて良かったのは、骨が太くて強いということだ。ドワーフらしいがっちりとした体型ではないが、エルフのような細身ではないし、見た目以上に体重はある。それだけ骨がみっちりしているということで――。

「つまり、頭突きも強いんだ！」

男の腹というよりは股間になってしまったが、そこへ弾丸のように飛び込んだ。

たぶん、男は避けなくても大丈夫だと思ったのだろう。クリスの見た目は小さな女の子だ。でも、想像以上の重さと股間への衝撃に、男は蹲《うずくま》ってしまった。そして、普通の女の子なら「キャー」と言って逃げるところ、クリスはちょっと普通ではなかった。

股間を押さえて蹲った男の肩を思い切り叩いたのだ。

「ぐわっ」

「この誘拐ヤロー、小さな女の子をっ！　変態！　変態！」

バンバン叩いて、動かなくなったところで手を止めた。足首を持ってコキッとしてやろうか考えたものの、犯罪者として突き出すのなら歩かせる必要がある。クリスは考えた末、ロープで縛るだけにした。

しかし、ペルの上に乗せるのは嫌だ。ペルも嫌そうだった。イサも首を横に振っているが、そもそも彼には乗せられない。

ともかく、全員一致で男は引きずっていくことにした。

クリスも鬼ではないため、そのへんの木を削って板状にし、男を乗せる。多少、あちこち当たったりするかもしれないが仕方ない。

採取の仕事はまだ残っているというのに面倒なことになってしまい、クリスはぷりぷりしながら都市内へと戻った。


ところが、西門で男に襲われたことを話すと、同情されたものの犯罪者として受け取ってもらえなかった。治安維持隊へ突き出しても無理だろう、との答えとともに。

何故なら、被害者のクリスが市民ではないからだ。そして男はなんと、ガレルの市民だった。流れの冒険者だと思っていたら、元々この都市の出身者だったのだ。

仕方なく冒険者ギルドへ突き出した。ギルドでも対処はしてくれるが、未然に防いでいることから大した処分にならないという。たぶん、市民かどうかよりも、ギルドの会員が起こす不祥事を大っぴらにしたくないのだ。

慰謝料を男のギルド口座から出してもらったが、クリスは全くもって嬉しくなかった。

男は銅級から鉄級に格下げされたが、それだけだ。

クリスが怒っていると、受付のユリアも同じように怒ってくれたので、それだけが救いだった。

クリスを襲おうとした男の名はゲイスといい、ギルドでの処分は受けた。

強制労働も課せられるらしいが、たった十日という短さだ。しかも逃げた男たちの名も住んでいる場所も知らないという。そんな答えで許すことに呆れるばかりだ。全く何の解決もしていない。

それでもクリスは採取仕事を続けた。

少なくとも数日の間、ゲイスは出てこられないからだ。第一、クリスは採取の依頼を一度受けてしまっている。

ユリアが心配していたものの、一介の冒険者にあまり肩入れすることはできない。こっそりと他の善良な冒険者に「それとなく見てやってほしい」と頼むだけだ。

都市内ならそれでもいいが、問題は外の山中だった。

翌日から二日間、クリスは辺りを警戒して仕事をする羽目になった。山での仕事はいつも楽しいのに、こういう時ばかりは仇となる。

「でも、ペルちゃんもイサもいるからね。ありがと～」

「ブルル」

「ピッ」

勿体無いが【防御】の紋様紙を使い続けた。

{第四章}

妖精の家と紋様紙

Episode.4

Zetsukuri skill de isekai wo ikinobiro

精神的にも肉体的にも疲れたクリスは、丸一日は仕事をせず休むことにした。ガレルへ来てから初めてだ。

初日に少しブラブラ歩いたが、それは仕事のうちでもある。なので、純粋な休みは久しぶりだった。本当は女の子らしい休日の過ごし方をしてみたい。でもその前に、やってみたいことがあった。

「今日はね、イサの家を作るよ」

「ピッ?　ピピピーッ!」

クリスの言葉に、イサは喜んで飛び回った。

丸っこい雀《すずめ》のような形のイサは、飛び方がどこかゆっくりで可愛い。本人(鳥)は優雅に速く飛んでいるつもりらしいが、クリスには「頑張って必死に」飛んでいるようにしか見えなかった。特に、段々と地面すれすれに落ちていく姿に、飛び慣れていない鈍臭さを感じる。妖精《ようせい》とはこんなものなのだろうかと、クリスはよく笑って見ていた。

今も部屋の中を飛びつつ、高度が下がってきていて面白い。ふーわふわと、長い尾羽根を布のように漂わせて飛んでいる。

「とりあえず、出入り口は広めにしようね」

「ピ」

その理由はイサの飛び方にある。何度見ても、スッと巣箱に入れない気がするのだ。普通の巣箱だと激突する未来しか見えない。クリスは内心で笑いながら、用意していた細め

第四章　妖精の家と紋様紙

かり固定したいため魔鋼を使う。これは土台と支柱になる。
魔鋼《まこう》の棒も用意していた。軽魔鋼のような柔らかいものの方が細工はしやすいが、しっ
の蔓草《つるくさ》を床に置いた。ベッドには綺麗な綿布と、ふわふわの綿を置く。

すうっと息を吸って吐き出す。同時に「家つくり」スキルを発動させた。

イサの家は「鳥の巣箱」にはしない。彼は妖精だ。しかも、意思がある。クリスの家馬車に「ピッピ！」と鳴いて喜んだ鳥である。室内を探検した時の楽しそうな様子からも、単純な「鳥の巣箱」では気分が下がるだろう。

クリスは瞬時に考え、と同時に作り始めた。

蔓草で編む巣は設計図なしに出来上がっていく。クリスが両手で抱えても届かないほどの丸い巣だ。中の部屋はスキップフロアを採用した。交互に飛び乗れる、階段型の階層となっている。

一番上は居間兼遊び場、二番目が食事場所だ。

二番目の階層の壁に小さな穴を開け、外の様子を窺えるようにした。内側に、嘴《くちばし》で動かすことのできる小さなロールカーテン付きである。

三番目となる真ん中の階層は広くとっており、滑車の他に、上の階層から紐《ひも》を垂らして遊べる運動スペースとした。大きな出入り口から真っ直ぐ入れる場所になる。

四番目には藁《わら》を置いた。自由に創作できる場所として、ベッドでも何でも作ってほしい。

端に、綿を敷き詰めた休憩場所もある。ここで寝てもいい。

一番下の五番目には水飲み場を設けた。離れた場所にトイレも作る。ここは出入り口から見えないようにしてあげた。トイレの処理は外側から開き戸を設けることで解消できる。水飲み場にも同じように蔓草製の戸を作った。金物の蝶番《ちょうつがい》ではなく、蔓草でゆるく綴《と》じ合《あ》わせている。

出入り口がある方の内側三分の一は、上から下まで階層がなく吹き抜けだ。真ん中には止まり木がある。そこから三階へはひょいと飛び移れる近さだ。三階から上下の階層へは小さな階段で移動する。少し離れており、飛ぶにも微妙な距離だからだ。他の階層はそれ自体が階段の役目を果たしているため、巣の中で飛べなくても移動は可能である。

クリスは「ふう」と息を吐き、作り上げた巣を、支柱となるS字に曲げた魔鋼の天辺へ取り付けた。そして振り返ってイサを見た。

「できたよ。どうかな？」

「……ピ。ピピピ。ピッピッ！」

窓の桟《さん》から作業を眺めていたイサは、ピッピと鳴いた後に急いで飛んできた。何故かクリスにぶつかって落ちかけ、慌ててチュニックのヒダに摑《つか》まる。

「ピピピッ！」

「喜んでくれてるのは分かるんだけど、とりあえず中を見てよ」

巣ではなく、クリスに向かって鳴くので笑ってしまった。クリスはイサをそうっと摑んで、出入り口に作ったステップに乗せた。彼のために作った飛び台だ。

「家の中には金物を使ってないよ。全部、蔓草か木片で処理したからね。藁と綿もあるけど、問題ないでしょ？」

「ピピ！」

「ロープも綿糸で作ってあるからね。ロールカーテンも綿だよ。横に小さな紐が付いているでしょ。右側を引けばくるくるっと巻き上げて、左側なら下がる方式なの。分かる？」

「ピピピ～ッ！」

分かる分かると、言っているらしい。イサは出入り口のステップから中に入った。止まり木から三階へと進み、楽しげに鳴いている。

でも、すぐに外へ出てくる。ステップに立ち、クリスに向かって何度も頭を上下に振ってみせた。

「ピピピ～ピッピ～ピピ、ピピピ～」

「歌ってるの？　お礼の歌かな。イサ、ありがと。だけど、ちゃんと確認して？　リフォームしたい場所はないの？」

「ピピピッ」

イサはまた戻っていった。今度はじっくり探検したようだ。

たっぷり十五分待ったところで、イサは出てきた。興奮した様子で出入り口のステップに立つ。ピッピピッピピと鳴いて説明しているらしいが、クリスには分からない。けれど、嬉しいことだけはクリスにも分かる。

その後、話し（？）疲れたイサは、ハッと気付いたように飛び立った。クリスが使っているベッドの横に飛んでいき、自分の簡易ベッドの中へ飛び込む。そして、そこに置いてあった大事な宝物を嘴で挟んで持ってきた。

「七色飛蝗《なないろばった》の後翅《こうし》の欠片？」

「ピッ！」

他にも、森へ行った際に見つけてきた宝物を巣に移動させる。虫の抜け殻、丸い石。カラカラに乾いた小さな実などだ。

どうしても欲しいと体全体でアピールしてクリスに拾わせた、つやつやのどんぐりも移動させようとする。なんとか嘴で挟もうと大きく開けるが――。

「無理だって。自分の体の半分ぐらいあるんだよ？」

「ピョ……」

「足でも摑めないもんね～」

つるつるしているし、何より重い。それでなくても鈍臭い飛び方をするイサだ。重いものを持ったまま飛んでいたら絶対に墜落する。

クリスはしょんぼりしているイサのために、宝物をまとめて運んであげた。

そして最後に、イサはやっぱりクリスに向かって鳴く。ご機嫌な様子に、作ったクリスも嬉しくなった。いつの間にか、前世で好きだった曲を歌っていた。イサは良い伴奏者(鳥)となった。


次の日も早めに仕事を終わらせ、昼から休むことにした。というのも、日本の料理を食べたくなったからだ。

クリスは、以前エイフに食べさせてもらった小汚い店へ向かった。昼時を外したものの、半数ぐらいの席が埋まっている。

「おや、この間のお嬢ちゃんかい？」

「はい。美味しかったので……。あの、カウンターでもいいですか？　作っているところを見てみたいの」

「いいとも。構わないよ」

イサを連れているから気になったが、問題はなさそうだった。

中を覗くと、日本の食堂そのものだ。しかも格式高い日本料理店ではなく、裏通りにありそうな「食事処」あるいは「居酒屋」めいている。そうした店に一人で入れるようになったのは、ブラック企業で残業続きが当たり前になってからだった。遠い過去のことを思い出しながら、クリスは厨房の様子を眺めた。そしてすぐに諦めた。

「わたしに料理は無理だね」

「ピ？」

「あ、でも、卵を焼くぐらいはできるよ。大丈夫大丈夫」

「ピ……」

イサが呆れたような声で鳴くけれど、クリスは気にしなかった。


お店の料理は文句なく美味しく、クリスは幸せな気分を味わった。あまりに美味しそうに食べるからか、食べ終わった客の誰かが支払いを済ませてくれていた。「いいのかな？」と戸惑うクリスに、店主はやっぱり甘いお菓子を出しながらこう言った。

「うちの店ではアリなんだ。気にするこたぁ、ない。酒場でも奢《おご》り奢られってのはある。お嬢ちゃんも冒険者だろ？　そのうち、同じようなことをするさ。駆け出しで頑張っている若い子を見てな」

満足に食べられないような若者に、ほんの少し手助けをする。そんな世界もあるのだと店主は言う。それもこれも、店主の師匠の師匠が広げたことらしい。

クリスは神妙な顔で話を聞いた。

「ニホン族ってな、珍妙な奴も確かに多い。だけどな、こういう仕組みを考える優しさも持っているのさ。それに美味しいものを世に出してくれた。すごいじゃねえか。な？」

「うん」

「ちょうど今、ガレルにもニホン族の上位冒険者たちがやって来てるんだ。今度、中央地区のギルドへ顔出ししてみな。会えるかもしれないぞ」

嫌だとは言えず、クリスは空気を読んで頷《うなず》いた。

もちろん会うつもりはない。遠目に見るぐらいなら問題ないかもしれないが、どこでどんなスキル持ちに出くわすか分からない。目をつけられて、同じ日本人転生者だとバレたくなかった。

とりあえず、テイクアウト分を作ってもらうことで話を終えた。

ついでに調味料の仕入れ先を聞いてみたが、出回っている市販品は少々味が違うらしい。ニホン族からの「許可」も得られていないという。

「ニホン族の承認印がないんだよ。今のところ、俺たちのような暖簾《のれん》分けされた飲食店にしか下りてなくてな」

「そうなんだ……」

しょんぼりしたクリスに店主が苦笑する。

「なんだったら、少しの間だけでも下働きしてみるかい？」

「え？」

「調理自体はスキルがないと難しいっちゃ難しいが、基本の調味料なら覚えられるかもしれん」

「……え？　でも、いいの？」

「いいさいいさ。お嬢ちゃんが店を開くってんなら問題だが、そうじゃないんだろ？」

「う、うん。自分でも料理したいの。でも、美味しいのが作れる自信なくて」

だったら二、三日だけでも手伝いにおいでと言ってもらえた。ちょうど下働きが一人休んでいて困っていたところらしい。クリスも、例の男のことがあってクサクサしていた。ここは一つ、料理を覚えて気分一新だ。

店主はギルドに指名依頼を出してくれた。おかげでポイントにもなるし、クリスは店主に感謝した。


それから採取の仕事を休んで三日間、みっちりお店の手伝いをした。

調味料は意外とあっさり作れるようになった。いや、作れるだろうことが分かった。

本来なら出汁作りには時間がかかるものだ。鰹節《かつおぶし》は一応作られていて売られてもいるが、そこから出汁にするまでには一手間かかる。豚骨スープもそうだし、鶏ガラスープもだ。

けれど、何が必要でどう作ればいいのかが分かっていれば、少なくとも「味を知っている」クリスなら「作れる」。料理センスはなくても、基本的なものが作れるクリスにとっては問題ない。ただただ、手間や時間がかかるだけだ。

マヨネーズだってソースだって、何が必要なのか教えてもらえたら作れる。実際に下働きの最中にこれらを作ってみたが、店主からは及第点をもらった。

ただし、料理センスはないと断言された。調理スキルがないのだから仕方ない。彩りよく飾ることはできないし、二品も三品も同時に作り上げるなんてことも無理だ。

けれど、「家庭人としてなら」合格らしい。

店主はレシピを隠さず、一生懸命メモをとるクリスにあれこれ教えてくれた。どうやって作るのか分からない料理も多くて勉強になった。だからといって、覚えたレシピで作っても「自分の好きな味」に持っていくだけで精一杯だ。売り物になんてできないし、何よりも見た目が悪い。

調理スキルとは、そうした点でも優れているのだった。


そんな日々を過ごしていたクリスに、ギルド本部から呼び出しがあった。

厨房の下働きは指名依頼だから問題ないはずだ。だから、別件なのだろうが思い当たる節がない。首を傾げつつ、ギルドに向かった。

待っていたのはワッツだ。彼はクリスに紋様紙《もんようし》が欲しいと言う。次の納品までまだ日があるのに。

「え、紋様紙ですか？　頼まれている分以外の？」

「そうなんだよ。それに増産もしてほしいんだ。特に指定したものを」

「でも、急ぎなら魔法ギルドから手に入れたらいいんじゃないですか？」

そもそも、魔法ギルドの方が本家本元だ。クリスが作る紋様紙の何倍もしっかりしているはずだった。なにしろ、専門のスキル持ちが描く。

ところが――。

「あちらのお抱え紋様士《もんようし》が逃げ出したんだ。それまでも、仕事が多いとボイコットしてたらしいがね。魔法士《し》は面倒な紋様紙を描きたくないと、こちらも突っぱねてる。錬金術《れんきんじゅつ》士《し》はそもそも紋様描きを習得していない者が多いときた。どのみち彼等のような上級スキル持ちは、急いでやってくれと頼んでもなかなかやってくれないんだよ」

「なんですか、それ」

「無駄にプライドが高いのさ。で、中級の写生スキル持ちは、こちらが欲しい『紋様』を知らない」

「知らないって……。だって、習うだろうし、何よりも教本があるじゃないですか」

あるはずだった。クリスは魔女様の家で、彼女いわく「カビの生えた紋様を後生大事にしているお偉方が作った教本」を見かけた。紋様紙を作る人なら絶対それを読むはずだ、そう聞いていた。

しかし、ワッツは首を横に振った。

「上級の紋様紙の教本を金庫から出すにも許可がいる、だの言ってるんだ。それ以前に、一発で描けるほど腕の立つ者がいないらしい。……というのは建前で、実はこちらへの嫌がらせもあるんだろう」

「あ、まだ揉めてるんですか」

「特急料金を出せ、と言われてね。ほら、最近こちらからほとんど頼んでいないものだから怪しんでいるんだ。あるいは、儲けが減ってその分を上乗せしようとしているのか。どちらにしろ、法外な値段を提示されたんだ」

かなり吹っ掛けてきたらしい。気になったクリスがこそっと聞いてみると、びっくりするほどの金額だった。

「ひぇ……」

「だよねー。で、君ならもしかして、って思って。何より急ぎなんだ。そういうことを言ってもいい相手って、君しか思い付かなくて」

「それ、どう返せばいいんでしょうかね」

クリスが呆れて笑うと、ワッツも肩を竦《すく》めて笑った。


上級スキル持ちは、クリスが思う以上にプライドが高いようだ。しかも、急ぎだと言われているのに断れる強心臓の持ち主でもある。

クリスにそこまでのプライドはない。もちろん、相手が上から目線で依頼してきたならイラッとして、何がなんでも断ったかもしれないが。それでもお金に困っていたらプライドなんて投げ捨てる。

第一に、ワッツにはお世話になっていた。クリスはキリッとした表情を作った。

「どの紋様かにもよりますが、受けてもいいですよ。でも――」

「魔法ギルドほどの特急料金は付けられないが、うち独自の『特別ボーナス』は付けると約束しよう。上級紋様紙一枚につき、金貨八枚だ」

「もう一声！」

「ふふふ。税の分は、こちらで持とうじゃないか」

「受けた！」

がっちり握手した。ワッツが低い声でぐふぐふと笑うのに合わせて、クリスもぐふぐふと笑った。女の子なので同じようにはいかないが、二人して変な笑い方をするものだからアナには呆れられた。


アナが指名依頼として手続きをしてくれる間に「必要な紋様の確認をする」と言って、依頼書に紐付けされた内部資料を見せてもらった。紋様の種類についてはサラッと耳にしていたものの、依頼者が何のために頼んだのか、クリスは自分の目で確認したかった。

すると、そこに嫌な文字を見付けてしまった。

「ニホン……？」

「ああ、そうだよ。言わなかったかな。依頼は彼等からなんだ。どうやら、このスキル持ちはいないようだね」

「そう、なんだ」

「うちのギルドのエース級も付き合わされて前線へ出ているが、付いていくのが大変らしいよ」

「……もしかしてエイフもいます？」

「そうそう、彼もいるよ。あれ、君って外からの冒険者だったよね」

というから、エイフとの出会いについて説明した。西区のギルドと違って、ギルド本部では誘拐《ゆうかい》事件の詳細があまり知られていないようだ。ただ、若手の冒険者をボランティアで助けるという仕組みについては、もちろん知っていた。

「そう言えば、誘拐事件の発生は西区が多かったね。君はしっかりしているから、つい忘れていたけど、まだ子供だったたか」

「十三歳ですけどね」

「そうだねぇ、でも人は見た目で判断するから」

「……そうですね！」

「はは、ごめんごめん」

アナの書類の準備が整わないため、クリスはついでに先日起こった事件について愚痴を零《こぼ》した。ゲイスのことだ。被害者のクリスが流れの冒険者、加害者が市民であるがゆえに、治安維持隊に引き取ってもらえなかった。

クリスがぷりぷり説明すると、ワッツは思い切り顔を顰めた。

「そんなことがあったのか。分かった。こちらから手を回しておこう」

「え、どうやって？」

「君と専属契約をしていることにする」

「え？」

「日付は、まあ少々誤魔化そう。とにかく、ギルド本部とクリス君は紋様紙の定期的な納品について契約をしている。これは事実だ。そこに一文を付け加える。『契約が満了するまでは準市民として扱う』ってね」

「アリなんですか？」

「裏技的にアリなんだ」

ワッツはウインクして、にやりと笑った。悪い顔だ。けれど、嬉しそうでもあった。

クリスが唖然《あぜん》としている間に、彼は続けた。

「ついでに『契約満了は、魔法ギルドが適正価格にするまで』と、付け加えておこう」

「あー。じゃあ更に『あるいは請負者からの申し出があるまで』とも付け加えておいてください」

「バレたか」

「だって、いつまでガレルにいるか分からないんだもの」

「そうだよねぇ。そんな事件があった後に『ガレルは良い都市なんだ』とは言えないか」

第四章　妖精の家と紋様紙

これが迷宮都市《めいきゅうとし》ガレルの悪いところなんだ。そう言うと、ワッツは肩を落とした。

彼によると、市民とそうでない者との差別化が最近ひどくなっているという。外から来て真面目に過ごしても、三世代目でないと市民になれない。他の都市や町では聞かないような厳しさだ。

それもこれも、地下迷宮ピュリニーのおかげで収入が右肩上がりだからだ。あえて市民を増やして厚遇する必要はない。彼等は自分たちが選ぶ側だと思っている。

ふと、クリスは就職氷河期の話題を思い出した。先輩社員が零していたが、人事採用者がまるで神か悪魔に見えたという。何十社受けても落ちる日々。圧迫面接という名のハラスメントに苦しんだ学生が多かったそうだ。

しかし彼等は忘れていた。面接を受ける数多の学生が、回り回って自分たちの「お客様」になるということを。そして時代は変わるという事実に気付かなかった。

就職氷河期が終わると、今度は学生が選ぶ側になった。SNSが流行っていたこともあり、どの企業の人事採用がひどかったのかも分かるようになった。

もちろん、それでも一流企業は潰れはしない。事実、クリスも名のある会社に入ってから、ブラック企業だと知った。でも、「お客様」になるかもしれない「人間」相手に、いつまで通用しただろうか。

――迷宮都市ガレルも、いずれしっぺ返しが来るかもしれない。

ワッツが「近々、国から独立するという話もある」と話す。クリスも聞いた噂《うわさ》だった。そのため、市民とそうでない者との間に格差が広がっている。

「冒険者だって、都市には大事な存在なんだけどね」

「そうですよね。だって、冒険者がいないと成り立たないことは多いと思います。わたしの薬草採取もだし、何よりもピュリニーに挑戦してるのは誰かって話ですよ」

「そうそう。市民出の冒険者や市民権を得た冒険者っていうのは、『冒険』を躊躇うようになるんだ。実は、最下層へアタックしているクランメンバーのほとんどが外から来た冒険者たちでね」

「そうなんですか?」

「剣豪《けんごう》の鬼人《ラルウア》もそうさ。彼は一時的にクランに入ってるだけだ。この地下迷宮は、中層以降は個人で行けないような仕組みなんだ」

談合をしているとは思っていたが、仕組みからそうだとは知らなかった。クリスは身を乗り出して聞いた。

「それはガレルが決めたことなんですか?」

「……変なところに食いつくね。そうだよ、ガレルが決めた。というか、迷宮内部の構造に問題があるんだ。中層から先は、階層主を倒してでしか次へ進めない。その時に、必ず誰かがこちら側にいる必要があるんだ。うーん、ドアを開けておく役目と言えばいいのかな。階層主を倒すことによって核が得られるんだけど、それを割って対とするんだ。割り符のようなものだね。で、片側を手前に置いていないと一気に戻って来られない」

しかも、その石のような核は、地面に置いておくと自然に消えてしまうそうだ。人間が持っていないといけない。クリスはぽかんとしてワッツの話を聞いた。


ピュリニーは、他の地下迷宮と違って「毎回一階から地道に潜らないといけない」らしい。階層の移動も毎回、階層主を倒して得られる核を使う。

核は、強い魔物の心臓近くにあるものだ。特に迷宮の魔物にはほとんどあって、それを使った魔道具は「魔法が使えない」人々にとって便利なものとなる。

たとえば七色飛蝗の核には振動軽減の効果があり、馬車の足回りに使われていた。クリスの家馬車にも元から付いている。おかげでサスペンションだけでは隠しようのない振動が解消されていた。

その核を割って階層間の移動を行う。階層が深くなればなるほど、待機する人間が必要だ。階下から上へ行くのは無理すれば行けないことはない。ただし、階層主の間を必ず通ることになる。階層主とまた戦って、通り抜ける必要があった。

最下層から引き上げる、あるいは逃げてくる場合、そこに戦力を割くのは厳しい。しかし、片割れの核があれば階層主の間を飛ばして移動ができる。いわゆる「転移」だ。これで余計な戦闘にかかる時間が省ける。

ちなみに上層には扉がないそうだ。そのため、頻繁に階層を超える小スタンピードが起こるらしい。とはいえ、魔物の強さは下層へ行くにつれ比例して強いのが常だ。上層の魔物が少々階層超えになっても問題はない。また、最下層を目指す冒険者たちにとって、上層の魔物など屁でもない。

「それにね、下層へ向かうほど複雑な扉もある。そうした諸々と、長く地下へ潜ることから疲弊する精神的な問題もあって、中層より下へのソロ活動を禁止しているんだよ」

「そうだったんですか」

「クランだって同じメンバーばかりでは足踏み状態になる。打開策として、外の冒険者を一時的にでも入れるんだ。そのまま居着く冒険者も多いしね」

「クランのリーダーなら市民権はあるんですね」

「それどころか、貴族になった者だっているよ。それだけ貢献度は高い」

「ははあ、それほどですか」

だからこそ市民権のない冒険者への優遇措置があってもいいと、ワッツは言う。

「確かに流れの冒険者に対する不安も分かる。実際、冒険者には礼儀知らずもいるからね。けれど、それは学んでこなかったからだ。そこをギルドとしても注意しているんだけどね」

「そう言えば、エイフも言葉遣いについて西区の受付さんに叱られてました」

「ははは」

冒険者だけが礼儀知らずなのではない。北区あたりをうろつく者の中にはチンピラも多いという。近くに貧民街があるせいだ。ゲイスと一緒だった男たちも、ここに潜んでいるのではないかとワッツは言う。

「話が飛んでしまったけれど、ギルドとして、男の行動を許すことはできない。君に準市民権を一時的に渡すことで、男を突き出すことにしよう」

「ありがとうございます！」

クリスはその場で契約書にサインした。もちろん、紋様紙の分もだ。


ついでに、しばらく籠もりきりになるから、ペルの運動不足解消について相談した。応えてくれたのはアナだ。

「あら、じゃあギルドが提携している中央地区の宿屋を使えばいいわ。馬場が付いているのよ。チップを払えば運動も代わりにさせてくれるわよ」

宿代はギルドが持つという破格の条件だったが、クリスは辞退した。贅沢《ぜいたく》に慣れたら怖い。何よりも、今の宿屋に慣れ親しんでいる。そう告げると、アナとワッツは二人で思案し、ある提案をしてくれた。

「だったら、ギルドで借り上げましょうか？　あ、大丈夫よ。そのまま誰かに又貸しするという意味ではないの。ただ、ほんの少しだけ手伝ってほしくて」

アナがワッツを見ると、彼は頷いて後を継いだ。

「実は、ギルドの講習の中には乗馬訓練もあるんだ。君の馬は重種だと言っていたから、竜馬《りゅうば》狙いの冒険者たちにとっていい訓練になると思う」

「竜馬って、このあたりにいるんですか？」

クリスが驚くと、ワッツはにんまり笑って頷いた。

「いるのさ。市長の愛馬がそうだ」

「市長って、ガレルの？　……つまり貴族の？」

「その通り。ウィリアム＝マルケイヒー公爵だ。彼が若い頃に外遊先で見付けて連れ帰った。牡《おす》だったので、後に良い牝馬《ひんば》を探していたんだが、幸運なことにギルドで野生の竜馬を確保できた」

「すごい」

「だろう？　あの時は随分《ずいぶん》と稼がせてもらった。その孫世代の馬たちも竜馬として生まれたんだ。どうやら二頭とも純種だったようで、これも幸運だった」

竜馬とはドラゴンの加護を得たことで「馬」から「竜馬」へと変わった種族のことを指す。大いなる存在から加護を得ると、肉体が作り替えられるそうだ。

加護を得た竜馬と、そうでない馬との間には半々の割合で竜馬が生まれる。次の世代になるにつれ血は薄れていく。ペルがそうだ。彼女は竜馬の血筋ではあるが、竜馬としての見かけはない。角もなければ鱗状の皮膚も持たないからだ。その代わり、能力の片鱗はある。気配察知のスキルもそのうちの一つだ。

第四章　妖精の家と紋様紙

純種とは、その竜馬自体が加護を得ていたか、あるいは直系の血筋かつ加護を得られるほど能力に長けた竜馬に対して付けられる名だ。純種同士からなら、少なくとも三世代は竜馬が生まれるだろう。その後も直系から竜馬が生まれる確率が高い。

何よりも竜馬は寿命が長かった。つまり、働ける期間が長いということだ。

「市長が孫世代の竜種を下賜《かし》してくださった。名のある貴族や名士たちにね。で、どうなったと思う？」

「繁殖させて、その子供を冒険者に褒美として下げ渡すんですね」

「その通り。もっとも、手放すのは嫌だという方も多い。ほとんどは貸し与える形だ」

「それで乗馬訓練ですか」

「乗馬自体は覚えておいて損はないからね。ギルドでも勧めているんだ」

「そっか。護衛でも馬に乗れた方がいいですよね」

「その通り」

「クリスさんは騎乗術に長けているようだし、しかも重種に乗れるというのは点数が高いのよ」

重種の馬は荷運び用として使われている。冒険者が乗るには不似合いだと思われがちだが、世話ができるのなら、これほど冒険者に向いたものはない。重い荷物を延々と運べるし、厳しい環境にも耐える強さがあった。飼い主への愛情も深い。

同じような体格をしている竜馬に乗るための練習台にもなる。良いこと尽くめだった。

「そういうことなら、ペルちゃんをよろしくお願いします」

「もちろんよ。最初に座学をやるから無茶な乗り方はさせないわ。調教師が管理をしているから運動についても問題ないわよ」

ということで、ペルの運動不足問題も解消だ。

ガレルの裏話も聞けたし、美味しい仕事も入ってきた。でも一番嬉しかったのは、ゲイスを裁いてもらえることだ。クリスは嬉々として、当時のことを「ねっちり」書いた報告書を提出した。


ところで、ペルを預けにギルド本部へ戻ったが、別れるまでに二時間を必要とした。

まず最初に厩舎《きゅうしゃ》の様子を確認し、調教師にも挨拶した。どんな風に訓練しているのか見学もしてから、クリスはペルの説得にかかった。ペルは頑固なところがある。だから何故こうなったのか、一から丁寧に説明した。

途中で調教師が呆れていたが、それでも一緒になって説得してくれた。おかげで、ペルも「仕方ないわね」と受け入れたのだった。

「ブルブル……」

「分かってるよ。子供じゃないもの。安心して」

「ピッピピピ！」

「ヒヒーン」

「イサは今は黙っててね？」

「……ピル」

それほど長く預けるつもりはない。急ぎの分を終えたら、その後はいつも通りゆっくりできるはずだ。ゲイスもいなくなるから採取仕事だってできる。

子供を心配するかのようなペルを宥《なだ》め、クリスは厩舎を後にした。

アナとワッツには、馬車の預かり所についても相談している。探しておくと請け負ってくれたため、そちらも後回しにした。

クリスは家馬車を預けているガオリスのところへ顔を出し、こういう事情だと説明した。彼は「いいよいいよ」と許してくれた。申し訳ない気持ちでいっぱいだが、彼の厚意に甘える。


宿に戻ると早速、仕事に取りかかった。

今回、最も必要なのは【模倣《ミラーリング》】の紋様紙だ。上級紋様紙が必要な理由は、依頼者の資料に書いてあった。

迷宮の最下層で、幻想蜥蜴《げんそうとかげ》の群れに悩まされているらしい。都市外からやって来たニホン族には魔法士、探査士、治癒士といった上級スキル持ちのメンバーがいる。ところが、精神攻撃をしてくる幻想蜥蜴が相手では上手く躱《かわ》せないらしい。

幻想蜥蜴はその名の通り、幻を見せる。これは精神攻撃と呼ばれるものだ。精神攻撃は、ただの結界では阻めない。万能感のある魔法士スキルでも難しいそうだ。というのも、魔法士は攻撃魔法に特化しているからだ。満遍なく魔法を使えるような訓練をしていれば違うらしいが、なまじ魔法の威力が高いだけに、大抵の魔法士は攻撃能力だけを上げる。

大盾士や結界士などの上級スキル持ちがメンバーにいれば、攻撃がほぼ防げるので、似たような魔法を学ぶ意味が見いだせないのかもしれない。今回は残念ながら、そのスキル持ちはいなかった。ガレルのクランにも、そこまでの上級スキル持ちはいない。

幻想蜥蜴は対策さえしていれば地道に倒すだけで済む。しかし、下層では大量に湧いている。まして、群れをなすほど多いということは、階層主が幻想蜥蜴の親玉という可能性が高い。今でも苦戦していることを考えたら念入りな対策が必要だ。それでなくとも地道な狩りに疲弊していた前線組は、ここで一気に片付けたいと考えた。

それが、紋様紙による対策だ。

上級の【完全結界】を使った上で【模倣】による攪乱《かくらん》を行う。精神攻撃に対する方法の一つとして有効なのが、相手の技を模倣して返す方法だ。

クリスも魔女様の家で「魔物の大量虐殺方法」という本を読んだことがある。ふざけた題名だったけれど、ためになることもたくさん書いてあった。

今のところ、地道な方法として、魔法士が鏡を使った攻撃返しをしているそうだ。ただランクの落ちる結界だけで防ぎながらの攻撃返しだから、大変らしい。

そもそも、上級スキルの魔法士が使う攻撃では、効果が絶大すぎて落盤の可能性がある。特に幻想蜥蜴のせいで、どこが壁なのか天井なのかが分からない中での攻撃は危険だった。だから、エイフのような剣豪スキルを使った冒険者が、物理攻撃で一匹ずつ殺すしかない。

依頼には【真空】も欲しいとあったが、これはワッツと相談の上、作らないことにした。真空にすることで幻想蜥蜴が死ぬと思ってのことだろうが、迷宮内では魔力が溢《あふ》れているため意味がない。魔物は魔力があれば、案外生きていられる。

それより、同じ上級でも【魔力遮断】の方が効率はいい。結界で囲み、魔力を遮断するという二重の能力があるからだ。【真空】はあくまでも空気を抜くだけだから、迷宮の魔物には効かない。

依頼のための書類を見たからこそ提案もできた。クリスだって二度手間は嫌だし、さっさと終わってくれた方が助かる。それに、魔法ギルドとの確執にも巻き込まれたくない。

実は今回の件が終わればガレルを出て行こうかと考えていた。今回の報酬で家馬車の残りの代金を支払い終える計算だ。

旅の物資を買い溜めたいから、まだもう少し滞在する必要はあったが、ここを出て行くことに未練はなかった。

迷宮都市ガレルを出て行く。

以前なら「目的地」となっていたガレルを出るのはショックだっただろう。でも今は家馬車がある。家ごと旅ができるなんて楽しいに違いない。

クリスは、ふんふん鼻歌交じりで紋様紙を描いた。


イサが自分の巣で遊んでいるから「相手をしなきゃ可哀想」という気持ちも薄れ、クリスは一心不乱に頑張った。

万年筆はリズミカルに動く。しかし、ペン先の調子が少し気になった。これでは、売り物の紋様紙しか描けそうにない。そろそろ本格的に新しい万年筆が欲しい。大事なのは細い字が描けること。そして、なめらかに描けることだ。

「このままだと本当にインクも足りなくなるし、まずはインクの材料を集められる場所へ向かった方がいいのかな」

万年筆については考えていることがある。クリスは一段落したところでイサを呼んだ。

「ピッ?」

「あのね。イサは妖精だよね?」

「ピピピ」

「先輩の妖精さんたちに仕事を依頼するのって可能かな」

「ピ……?」

第四章　妖精の家と紋様紙

「細かい作業が得意な妖精さんがいるって、聞いたことがあるの。あのね、このペン先見てくれる？」

「ピッ」

万年筆を見せる。魔女様には二本もらった。うち一本は、自分専用の紋様紙を描くためのものだ。ペン先の調子が悪いのは売り物に使っている万年筆の方である。どちらも予備がないので心許ない。それにペン先はまめに調整してもらうのがいい。けれど、ガレルには専門家である万年筆の製作者がいなかった。大抵の人は自分で調整できるし、文字を書くだけならその程度で十分だからだ。紋様紙描きのようにシビアな部分は要求されない。

「ペンポイントを見てくれるかな。ほら、この二つのペン先、違いがあるでしょ？」

「ピ」

「細字をね、描けるものが欲しいの」

「ピピ」

「人間が作る万年筆のペン先はどうしても手紙用としてだからか、太めなの。紋様紙用として改良された、このペンでさえ本当はまだ太いのね」

魔女様もこれが限界だと言っていた。このペン先があるから、クリスは自分用の小さな紋様紙を描ける。

売り物の方は太字でも問題ない。いや、本音を言えば今使っている細字用で売り物の紋様紙も描きたいが。そんなことをすれば何かあった時に困る。隠し持つことができて取り出しも簡単な「小さな紋様紙」は、クリスの生命線だからだ。

「せめて同じものを、できればもう少し細く描けるペン先が欲しいの。予備があるとないでは違うし、今使ってる万年筆のペン先も調整したい」

「ピッ」

「頼める妖精さん、いないかな?」

「ピピピ! ピッピ!」

イサは机の上で踊った。いる、と言っているようだ。彼用に作った文字一覧表をサッと広げると、文字の上を急いで飛び跳ねる。

「……た、の、め、る? ほんとっ?」

「ピピピッ!」

任せて!

そんな顔と態度で、イサは請け負った。胸を反らせて、嘴を天井に向けるという格好で。

その夜、クリスはイサの大好物であるナッツを大量に献上した。

翌日、窓を開けるとイサは飛んでいってしまった。

「え、待って、いきなり? 大丈夫なの?」

「ピピピ!」

森の中で魔物に追われ、襲われていたというのに。そんなクリスの気持ちが伝わったのか、イサは一度窓際まで戻ってきた。

「ピピピ」

「あ、それ、前にあげたロール？」

イサは足で、小さな巻き紙を掴んでいた。クリスが細工して作った彼専用の紋様紙だ。

更にイサは背中に嘴を突っ込んで、ごそごそしだした。すぐに、二つのロールが出てくる。彼の体のサイズに合わせた小さなロールは、丸まっても問題なく使えるように特殊な布紙を使っている。布紙は作るのが大変な上に描くにもコツはいるけれど、丸めて持ち運べる優れものだ。小鳥サイズだから作れたのであって、売り物では作れない。

彼に作ってあげた紋様紙は攻撃の【氷】と補助の【身体強化】、それから【防御結界】だ。初級二つと中級一つの紋様紙である。

「ピピピ」

「それがあるから大丈夫ってこと？　本当に？」

「ピピピ」

「……分かった。でも無理はしないでね。ちゃんと帰ってくるんだよ」

「ピッ！」

胸を張って、今度こそイサは飛んでいった。

爪楊枝サイズのロールを背中に隠し、一つはいつでも使えるよう、足で掴んだままだ。

その姿がどこか面白く、クリスはイサの姿が見えなくなるまで窓から離れなかった。

イサが部屋にいたとしても煩《うるさ》くはない。集中すると「周りの声が聞こえない」というクリスの特技もあるが、彼自信が静かにしているからだ。

けれど、静かにしているのと、いないのとでは全然違う。

部屋の中がシンとして、クリスは急に寂しくなった。イサが来てから、ずっと一緒だったのだ。ペルもギルド本部にいるから「ちょっと顔を見て和む」というわけにもいかない。

「……仕事しよ。早く描き終われば、早く会えるよね」

まだ一日も経っていないのに、早くもペルが恋しい。

イサに、いつまでに帰るのか聞いておかなかったのが悔やまれる。クリスは自分でも気付かないうちに、しょんぼり顔になっていた。


その日の夕方、ワッツがやって来た。

出来上がった分だけでも受け取りたいとのことだった。

部屋に案内すると、ワッツは物珍しそうに見回す。部屋の中には薬草を置いている。自然乾燥させるためザルに広げて干していた。

「あ、ごめんね。女の子の部屋をじっくり見てはいけないね。本当はアナが来る予定だったんだけど、上級の紋様紙を運ぶのに彼女では荷が重いから」

「そう言えばそうですね」

金貨ン十枚もする高価なものだ。女性が一人で運ぶのは危険だった。そこまで考え、クリスはハッとした。ワッツも気付いたらしい。

「わたしはっ？」

「そうだよね。僕も今、気付いたよ。あんなに高価なものをギルド本部まで運んでもらってたのか。困ったな。魔法ギルドがどこから仕入れているのか探っているのに」

「まあ、わたしが運ぶ時は大荷物に紛れてるし、見た目がこんなだからバレにくいでしょうけど」

「そうだよね。君の場合は幼いから、紋様士としてバリバリ働いているとは見られないだろうね。でも僕の場合はギルド職員だと知られているし、鑑定担当だからなぁ」

その上、早く欲しいからと宿まで取りに来ている。ワッツの手には紋様紙用の容れ物もあった。クリスが見ると、彼は「こんなの持って歩いてたら即バレるよね」と項垂れた。

「えっと、わたし運びますよ。一人で」

「……ごめん。そうしてくれるかい？　僕は少し離れて歩くよ。護衛として」

「ワッツさんが護衛？」

「見た目通り、大した力はないんだけどね。調査スキル持ちなんだ。鑑定士スキルの下位版でね。『物』に対して発動できる」

「あ、だから、紋様紙もきちんと調べることができたんですね」

「その通り。そして、人間に対しても『調査』ができる。上辺だけの調査だけどね、通りすがりの人物を視《み》る分には問題ないのさ」

「おお！」

悪人かどうか、その人が危害を加えようとしているのかどうかも分かるらしい。上級スキルの鑑定士ほど「完全な証拠」とはならないが、調査スキルも十分信用に値するものだ。

「ということで、危険があれば声を出すよ」

「その時は走って逃げます」

「そうしてくれ。でも、馬車を使えば問題ないだろうと思うけどね」

そんな話をしていたのに、まるでフラグのように事件は起こった。


乗合馬車を使ってギルド本部の近くで降りた時だ。突然、チンピラみたいな男が覆い被さってきた。

襲われると思ったクリスは咄嗟に屈《かが》んで、ブーツに仕込んでいた【颪】の紋様紙を取り出した。颪は初級魔法になるが、使い方次第では大型の魔物を吹き飛ばすことができる。威力を抑えることも可能だ。人間相手に使うのだから、もちろん「吹き飛ばす」つもりはなかった。

しかし、クリスが紋様紙に魔力を通す直前に、男は取り押さえられた。ワッツではない。彼は馬車の中から叫んで、慌てて飛び降りようとして転んでいたからだ。

クリスを助けてくれたのは二十歳ぐらいの青年だった。

第四章　妖精の家と紋様紙

「大丈夫？　こいつ、昼間から女の子を襲うだなんて」

そう言って男を足蹴にする。その前にも、男を引き剝がす時に首根っこを摑んで放り投げていたが。

そう、文字通り、放り投げていた。

なんらかのスキル持ちなのだろうが、有り得ない姿にクリスはぽかんとしたままだ。

「あれ、大丈夫？　怖かったよね。あんな男に……」

ちょうど、ワッツが這《は》うようにやって来たところだった。

「クリスちゃん、ごめん。大丈夫、かい？」

ぜいぜい言っている。クリスは困って、可哀想なような気持ちでワッツを見た。すると青年もワッツを見て、それから笑った。

「あ、ワッツさんだ。この子の知り合い？　だったら、ちゃんと見てあげないとさ。こんな大通りで平気な顔して女の子を襲うなんて。だからこの世界は嫌なんだよな～」

「いや、いろいろと事情がありまして。でも助かりました。クリスちゃんも、ごめんね」

「あ、いえ、あの……」

クリスが戸惑っていると、ワッツは「ああ、そうか」と納得した様子で告げた。

「この方はニホン族だよ。いろいろ急ぎで要求してくる人なんだ」

「あっ、それ嫌味？　でも、最深部は大変なんだよ。俺は連絡係しかしてないけどさ～」

「はは、そういうつもりじゃなかったんだけどね。第一、君だって攻撃を手伝っているそうじゃないか」

「中級スキルでね」

「その中級スキルを複数持つことさえ、普通では有り得ないんだけどね」

苦笑するワッツを見て、クリスは理解した。

ワッツの持つ調査スキルも中級だ。その彼がこんな言い方をするのだから、目の前の青年は「同等以上のスキルを複数持っている」のだろう。


普通では有り得ない。

滅多《めった》にいない。

だからこそ、ニホン族なのだ。


青年は楽しそうに笑った。

「あはは。俺はニホン族の中じゃ、下っ端もいいところだよ。上級スキルはしょぼいし。おかげで使いっ走りだ。あ、そうだ。それだよ。例の頼んでいた分、もらってきてくれた？」

「ええ。でもそれは中に入ってからでいいかな」

「分かった。あ、でも、この子はどうしよう。クリスちゃんだっけ。後で家に送っていってあげようか？　おっと、安心して。俺はロリコンじゃないから。ＮＯタッチってやつさ」

「……あの、えっと」

「彼女にそんな言い回ししても通じないよ。ニホン族の人は本当に独特の喋り方をするね」

ワッツが窘《たしな》めてくれたおかげで、クリスは誤魔化すことができた。

目の前の青年はにこにこ笑っているが、どこか気持ち悪い。上から下まで舐めるようにクリスを見るのだ。さっきのチンピラ男より、こいつの方がロリコンなのではないだろうか。そう思ってしまった。

クリスが警戒していることにワッツも気付いたようだ。彼はさりげなく、クリスを先にギルドへ入るよう促してくれた。正直、別々に入れて良かった。ギルドの中は、ニホン族が来たということで騒ぎになっていたからだ。

アナに事情を説明し、紋様紙は彼女に渡した。その間にワッツはニホン族の青年を別室に案内している。ＶＩＰ待遇だ。

クリスはこそこそと隠れながら――隠れなくても小さいので全く誰にも気付かれていないが――アナに確認する。

「まだ作業が残ってるんです。宿に戻っていいですか？」

「待って、さっき襲われたのよね？　彼が捕まえてくれたけど――」

チンピラ男は青年が捕まえてギルド内に引きずってきた。冒険者たちは事情を聞くと、男を地下牢に連れていった。

今のクリスは契約の関係で準市民だ。法に照らし合わせて処分することも可能だし、ニホン族の仕事を請けていたことを絡めるとギルドでの処分の方が重くなることだってある。そこは置いておくとして、それよりも何故、大通りでクリスを襲ったかだ。

アナには、くれぐれも理由を聞き出してから処分を下してほしいと頼んだ。それから彼女が止めるのも聞かず、本部を後にした。

念のため【防御】の紋様紙を使う。自分用のだから光らず、誰も気付かない。ただ、紙がしゅわっと消えてしまうため、怪しまれないように屈んでブーツの紐を直すフリをして使った。


乗合馬車を使って西区へ向かい、降りてから歩き出す。すると、背後で気配がした。ハッとした瞬間にはもう、大きな物音だ。

クリスが振り返ると男が離れた場所で倒れていた。防御だけではこんな風にはならない。防御は攻撃を弾くが、ぶっ飛びはしない。

唖然としていると、夕闇の中に人影を感じた。

「誰？」

クリスが身構えると、ひょっこりと人影が出てきた。

「俺ー。なんか、嫌な予感したんだよね。追いかけてきて良かった」

「あっ、さっきの！」

「そうでっす。正義の味方だよ！　なんちゃって～」

内心でいろいろツッコミが飛び交ったけれど、クリスは我慢した。変な人を見る目になったのは仕方ない。

すると、さっき会ったばかりの青年は「ちぇー」と肩を竦め、くだらないことを言うのを止めた。

「ワッツさんが連れてきてたんだし、変な男に襲われてたんだぜ？　君が、俺たちの急な依頼を受けてくれた子だってのは普通に思い付くよ」

「えっと、その……」

「内緒にしておけ、って言われてるんだろ。魔法ギルドと揉めてるらしいもんな。でも、この程度の推理は俺たちにゃ朝飯前なんだよ」

今度は本当に意味が分からず、クリスは困ってしまった。

戸惑っていることが青年にも伝わったようで、彼は頭を掻《か》き掻き、倒れた男を気にしつつクリスに近寄った。

「ＮＰＣって推理力ないからさ。ま、いいや。ＮＰＣでも同じ生きてる者同士だもんな。分かってる。だから助けに来たんだ」

「あの……」

「さっきの男、魔法ギルドに雇われてた調査員らしい。こいつも関係者だろ。ワッツさんの後を追ったんじゃないか、ってのが俺の推理」

「はあ」

「んで、君のことが心配だから追いかけてきたんだ」

「……馬で？」

見当たらないことに気付いてキョロキョロすると、青年はいたずらが見付かったような顔で笑った。

「へへ。俺のスキル『俊足《しゅんそく》』で駆けてきたの。どうよ、間に合ったろ？」

「……はい。あの、ありがとうございました」

青年はにんまり笑って、両手でVサインをした。


西区の宿では危険だと言われたが、荷物もあるし飼っている小鳥がまだ戻らないと駄々をこねた。

青年は諦めてくれたが、今度は「仕方ないから同じ宿に泊まる」と言い出した。

小鳥が帰って来次第、ギルド本部の勧める宿へクリスと一緒に移動するという。

仕方なく、女将さんに事情を説明すると大層残念がってくれた。同時にクリスが襲われかけたと知って驚き、気付けなかったと謝られた。そんなの関係ないとクリスが返し、互いにああだこうだと話していたら、見ていた青年が笑った。いい宿じゃん、そう言って。

「俺、ルカ。よろしくな」

「わたしはクリスです。よろしくお願いします」

「あんた、紋様士のスキル持ち？」

それに答えないでいると、ルカは「あ、そうか」と声を上げた。

女将さんが熱々のシチューを持ってきてくれて一緒に食べているが、食堂にいた客たちが「ニホン族だって」と遠巻きに見ている。しかし、ルカは全く気にしていないようだった。見られることに慣れているのだ。

「普通はスキルは公開しないんだっけな。俺たちだって本当は言わなかったんだ。でも、仲間内では情報共有する習慣が付いててさ。すっかり忘れてた」

「……紋様士のスキルではないです。そんな上級スキル持ってたら、魔法ギルドに雇われてます」

「そりゃ、そうだ。ははは！」

その後も当たり障りのない話をして、夕飯を食べ終わった。


ワッツが来たのは、二階の部屋へ戻ろうとした頃だ。他にも職員らしき人と、治安維持隊と思われる隊員が一緒だった。

「前回の事件と今回の二件について、冒険者ギルド本部のワッツさんから話を聞いた。すまなかったね」

維持隊の西区担当だという分隊長はクリスに対して謝罪してくれた。流れの冒険者が被害者になった時に、ガレルが都市として親身に対応しない件について、彼も「良くない」と思っているそうだ。

とはいえ、ルールは守らなくてはならない。その狭間で苦労しているらしかった。

ワッツがクリスに準市民という立場を与えたのは、ギルドの持つ独立した政治性を利用したものだ。ヒントを出したのは治安維持隊の隊長だったそうだ。

人物に問題がないと判断すれば、こうした手もあるのだと示唆してくれたらしい。分隊長も賛同しているため、今回も話を聞きに足を運んでくれた。


そして、宿屋の食堂の端で急遽《きゅうきょ》、聴取が始まった。

ゲイスの事件に関して無関係のルカが、何故か一緒に聞いている。誰も気にしていないのは「ニホン族はこんなもの」という認識があるからだ。彼等が興味を持てば、拒絶しても無駄らしい。

全部説明し終わると、分隊長もクリスのために怒ってくれたが、より怒ったのはルカだった。

「こんな小さくて可愛い女の子に対して、冷たい！」

俺がぶん殴ってきてやると、大騒ぎだ。

聞き耳を立てていた他の宿泊客たちも一緒になって騒いでいる。クリスは困ってしまって、どうしようとワッツと顔を見合わせた。

とにかく、ゲイスの件はもとより、今回の二人の男の背後関係も調べた上できっちり処分すると請け合ってもらった。

更に、魔法ギルドに正式な抗議を入れるそうだ。しばらくの間は、冒険者ギルド本部の指定する宿で泊まるよう指示された。ルカたちも泊まっているというので、ものすごく嫌だったが仕方ない。断る方が余計な詮索を生む。

クリスは「イサが帰ってきたら宿を移る」と、ワッツたちに約束する羽目になった。

しかし、高級宿かと思うと気分が重い。いくら宿代はギルド持ちだと言われても、ご飯は別だ。高級宿の食事代なんて、きっと想像も付かないほど高いのだろう。近所の朝市で買ってきて、上手にやりくりするしかない。

今回の緊急依頼で得た分は、家馬車の残金の支払いに充てる。そうなるとすっからかんだ。いろいろな作業には元手もかかるし、締めるところは締めないといけない。

女将さんは落ち着いたら戻っておいでねと言ってくれ、部屋もできるだけ空けておくと約束してくれた。それが救いだ。前払いしている分を次に回してくれるそうだから、有り難い。

イサは翌日の昼に戻ってきた。

もっと長くても良かったんだよ。そう言いたい気持ちと、早く会いたかったという気持ちが両方ない交ぜになった。とはいえ、もちろん嬉しいに決まってる。

「イサー！　良かった、言いたいことがいっぱいあるの」

「ピ？」

「あのね、あのねっ。……それはそうと、イサ、汚れてない？」

「ピピ……」

何やら落ち込んでしまった。しょんぼりとテーブルの上に項垂れる。どうやら彼の旅は大変だったらしい。

クリスは急いで深皿に水を汲み、テーブルに置いた。近くには綿の布を敷く。これで小鳥のお風呂が完成だ。

イサは思う存分水浴びして、さっぱりしたようだった。

さて、イサ用の意思疎通文字ボードを使って会話してみたのだが――。

「先輩妖精さんじゃなくて、精霊さん？　精霊さんが、来てくれるの？」

「ピッ」

「え、待って。どういうこと……」

あわあわしている間に、イサは更に文字ボードをぴょんぴょんと飛んで回った。

それによると、先輩妖精から話が伝わって（どうやってかは分からないが）、いつの間にか精霊にまで行き着いたようだ。

どう、話を付けたのかと思えば、クリスが想像していなかった答えが返ってきた。

「わたしが家を？」

「ピッ」

「精霊の家を作ればいいの？」

「ピピ」

イサはいっぱい自慢してきたそうだ。「とっても素敵な家を作ってもらった、クリスはすごいんだぞ」と。

すると話を聞いた、とある精霊が「それは面白そうだ」と興味を持ったらしい。明日にでも、イサを目指してやってくるという。

「明日っ？」

「ピッ」

「でも、すぐには作れないよ？　お仕事を受けちゃってて」

「ピ？　ピピピッ」

第四章　妖精の家と紋様紙

しばらく滞在し、家の希望を出すから「構わない」そうだ。しかも久々の都会だから観光すると言っているらしい。

クリスは「観光っ？」と声を上げてから、口を開けたまましばらくぽかんとしたのだった。


イサとの話し合いも終わったため、クリスは宿を後にした。

何故か宿に泊まっていたワッツも一緒だ。ルカも当然のように一緒で、護衛として付いてきてくれるそうだ。だったら、ついでに荷物も運んでもらおうとお願いした。

「ごめんね。いつもはペルちゃんに持ってもらうの」

「いや、いいよ。ふっふっふ。実は俺、収納スキル持ちなんだよね！」

「収納スキルを？　すごい！」

「ふっふーん。自前で収納持ってると、便利よ～」

そりゃそうだ。上級スキルの収納は重さ制限がない。入れられる大きさの上限はあるらしいが、普通の人間が想像する程度のものなら十二分に入るという。

エイフが持っていた収納袋の何倍もあるのだ。なんてうらやましいスキルだろうか。

クリスの視線に気付いたルカは、にんまり笑って荷物を入れてくれた。ワッツは知っていたらしく、苦笑いだ。

その後、聞いてもいないのに、ルカは自分のスキルについて語った。

彼は「収納」「怪力」「俊足」「察知」を持っているそうだ。収納以外は中級スキルだし、怪力は攻撃スキルというほどでもない微妙な能力だというが、十分だと思う。

ワッツもクリスと同じ意見で「ニホン族ってすごい」としか感想は出てこなかった。

ルカが言うには、これでニホン族の中では下っ端らしい。

「ルカで下っ端なら、上の人はもっとすごいスキルを持ってるの？」

無邪気を装って聞いてみると、ルカはワッツをチラッと見てから頷いた。

「賢者、勇者、聖女、剣聖なんて最上級スキル持ちもいるぞ。それに、普通に上級スキルばっかり持ってるのもいる。鑑定士とか結界士、魔法士だな」

「すごいね……」

「それに比べたら俺なんて雑魚だろ」

「そんなことないよ！　わたしからしたら、すごいもの」

「そうか？」

複雑なんだろうなと思って一生懸命「よいしょ」しておいた。ルカは案外単純で、素直に喜んでいる。

ワッツは微笑ましそうに時折笑っていたが、イサは置物のように固まって静かにしていた。

第四章　妖精の家と紋様紙

クリスが宿泊する宿は、ギルド本部から歩いて数分のところにあった。

目の前に立つと、入るのにちょっと躊躇うような店構えで怖気付いてしまう。

イサもぷるりと震えてから、クリスの髪の毛に隠れた。残念ながら三つ編みをまとめているため入る場所はない。「潜らないでね」とクリスが注意している間に、いつの間にか部屋に連れて行かれていた。

何故かルカが、宿の人を押しのけて案内してくれる。

「こんなもんかな。あと、隣が俺の部屋だから！　何かあったら相談しろよ！」

「うん。ありがと」

「へっへー」

しかし、どうしてもルカの視線や態度が気持ち悪い。じとっ、とした目で見るのだ。部屋に入ったクリスは、半眼になってイサに聞いてみた。

「ねえ、第三者としての意見を聞きたいんだけど」

「ピ？」

「ルカって、もしかして小さい女の子が好きなんじゃない？」

「……ピピ」

「そう思う？」

「ピッ？」

「え、何。さっきのは肯定じゃなかったの？　違うってこと？　でもだって、ニヤニヤして見るんだもん！　そりゃあ、わたしは美人じゃないよ。モテる要素は何一つない！　だけどね、ロリコンっていうのは――」

「ピピピ、ピッピピピッピ」

「あ、はい。すみません。興奮しました」

「ピーッ」

怒られてしまって、クリスは思わず正座した。

イサが文字ボードを出せと示すので、サッと荷物入れから取り出す。イサは呆れたような気怠《けだる》い様子で足を文字の上に置いていった。

「み、て、る、だ、け。つ、み、は、な、い。罪はないの？」

「ピッ」

「え？　んーと。く、り、す、も、い、さ、を、み、る、め、が……。た、ま、に、へ、ん……」

「ピゥ〜」

溜息《ためいき》を吐かれた。小鳥妖精に。

「わたし、変態じゃないよっ？　あの人みたいに変じゃないからねっ？」

慌てて否定すると、イサはテーブルから飛び立った。そして、興奮しているクリスの顔の前で羽を広げ、ばさっとそのまま顔にくっつく。でも足で留まるわけにもいかないと思ったのだろう。重力により落ちてしまった。

床の上にぽとりと落ちる。

それを見て、クリスは落ち着いた。

「ごめん。頭がどうかなってしまいました」

「ピッ」

どうやら許してもらえたようだ。

その後、イサは文字ボードでクリスに告げた。

――あの人、クリスを本当に好きになったかも。

「それはそれでアウトだと思う」

「ピ」

クリスの意見にはイサも同意らしい。ピ、と鳴いて頷いた。

変態かもしれないが、まだ何もしていないのでセーフらしい。

実際のところは分からないけれど、興味を持たれたことは確かだ。相手はニホン族である。好きだなんだとは別の意図があったのかもしれない。

考えても答えは出ないから、クリスは考えないことにした。

結果的に自意識過剰ではないと分かったが、クリスのダメージは大きかった。

「寝よう」

「ピ」

クリスは、前世を合わせても味わったことのない「ふわふわ」の高級ベッドでしばし眠れぬ夜を過ごした。

高級宿に移ってから、ペルとは朝と晩に顔を合わせられるようになった。彼女は冒険者ギルド本部の厩舎に預けられているから、目と鼻の先にいる。

ペルは丁寧なお世話をしてもらっており、体調には全く問題なさそうだった。けれど、それとこれとは別らしく、クリスの顔を見るや喜んで鳴いた。

「ブブブブブ……」

「うん、分かってる。わたしもペルちゃんのこと好きだからね」

そんな話をしていると調教師に笑われた。ペルが母馬特有の鳴き方をしているからだ。人間のクリスに対して母親気分でいるのが、彼にも分かったらしい。「昨日までの態度とまるで違う」とも教えてくれた。バラされたペルは少々ばつの悪そうな様子で、しきりに尻尾を振ってそわそわしていた。

ペルと十分イチャイチャしたクリスは、すっかりストレスから解放された。

それにルカが、急ぎで必要だった紋様紙を受け取ると、すぐにピュリニーへ潜ってしまった。気を張る相手がいなくなったものだから肩の力も抜けた。

すると紋様紙描きの仕事もどんどん進む。毎日描いては夕方に納品するという作業を、無理なく続けられた。

第四章　妖精の家と紋様紙

精霊は、予定日の二日後に来た。予定より遅れて肩透かし感はあったが、イサによると、妖精も精霊も時間にはルーズらしい。気分次第であちこちふらふらするそうだ。

それで、よくイサの伝言が伝わったものだ。クリスは呆れてしまった。妖精界の通信手段がどうなっているのかいまだに不明だけれど、伝言ゲームになっていないといい。おかしな依頼になっていたらクリスが困る。

その精霊との顔合わせで、ちょっぴり驚くことがあった。

精霊は人語も話すと聞いてはいたが、その前の「チャンネル合わせ」がおかしかったのだ。精霊はクリスの目の前にふわふわと飛んできて、こう言った。

「ピップピポピポポピピッピッピピ※△※○……君ガ家ヲツクルヒトカネ？」

「……あ、はい」

精霊の声は、まるで電子音のようだった。

途中から変わったのは、話しながら「目の前の人間」とだけ言葉が通じるように「変換」したからららしい。クリスには何かをされた、という感覚など何一つなかった。

精霊の姿は人間のようにも見えるが、人間ではない。なんとなく人間のような形をしているが、二十センチメートルサイズの人形みたいだった。

全体的に縮まって見えるのではなく、本当に人形のようなのだ。デフォルメされているというのだろうか。

「ああ、あれだ。囚われた宇宙人だ」

「ピッ！」

「どうしたの、イサ。あ、そっか、宇宙人じゃ分からないよね」

「ピピピッ！」

「マアマア、イサ、落チ着キナサイ。ワタシハ気ニシナイ」

「えっと、その、ごめんなさい？」

「構ワヌヨ。サテ、ソレハソウト家ニツイテダ」

精霊は大らかな方だった。クリスが「人形みたーい」「目が大きーい」「可愛いー」と思って見ていることに気付いていたが、一切スルーしてくれた。

イサの方が焦って、クリスに注意を促している。彼専用文字ボードを使って。

クリスは精霊の意見をよくよく聞いて、何度か確認した。

「あなたのサイズ、そこから大きさが変わることはないです？　それと家が重くなっても、持ち運びができるんですか？」

「ウム」

「でしたら、これはどうでしょう！」

話を聞きながらメモしていた紙を見せる。

精霊は「フムフム」と思案し、やがて手を差し出した。手はデフォルメされていない。

――あれ？

クリスは間近に迫った精霊を見て、気付いた。

「小さな、ドワーフ？」

「ソノ通リ。オヌシノ同族ガ我ラヲ敬ウノハ、ソノタメダ」

精霊はドワーフをちっちゃくしたような姿になっていた。

どうやら彼等は、気を許した相手にしか本当の姿を見せないらしい。囚われた宇宙人は、ただの輪郭だった。

けれど、少しだけ細身の輪郭にしていたのがコンプレックスを感じ……。途中で考えるのを止めた。精霊の視線が怖かったからだ。

ドワーフの小型版に見える精霊は、クリスに名前を教えてくれた。

「ワタシハ、プルピ※☆※△※◇。プルピ、ト呼ブガイイ」

なんだか長い名前のようだ。途中、聞き取りづらいと思っていたら、すかさず愛称と思しき名前を教えてくれる。クリスは「あ、はい」と、ただただ呆然《ぼうぜん》と頷いた。

すると、名乗り終わった彼が早速観光へ行くという。クリスは慌てて、待って待って待つんだと引き留めた。

「交換条件！　万年筆のペン先っ！」

「ヌ。……ハハハ。忘レテハ、オラヌ」

忘れてたじゃん！　と、喉まで出かかった。飲み込んだのは、イサがパタパタ羽を動かして注意を逸らしてくれたからだ。

クリスはプルピに、何故それが必要なのかを一から説明し、「細字が描けるペン先が欲しいの！」と頼み込んだ。

頭をテーブルに擦りつけて頼んだせいか、プルピはちょっとだけ引いていた。

その後プルピが、実際にどう使っているのか見てみたいと言うから目の前で描いて見せる。特に、普通の万年筆で描く売り物の紋様紙と、自分用の小さいサイズの違いを比較で見てもらう。彼は、何度も頷き納得していた。

「良カロウ。ワタシノ持テル力ノ限リデ作ルコトヲ約束シヨウ」

「ほんと？　やったーっ！」

プルピ大好きと、彼を摑んで高い高いをした。つい、イサにするのと同じようにしてしまった。

イサはやっぱり慌てて羽をパタパタさせていたけれど、プルピは心が広い。最初は目を丸くした様子だったものの、電子音のような声で大笑いして「モットヤレ」と偉そうに命じた。

互いに、すぐには取りかかれない。クリスは冒険者ギルドからの依頼仕事がまだ終わらないし、プルピは迷宮都市ガレルの観光をしたいのだそうだ。

精霊が一体何を観光するのか詳しく聞いてみたいが、そんな時間はない。

それに聞いてしまうと、クリスも一緒に行ってみたくなる。だから諦めてイサを案内役に付けた。……というのは建前で、クリスの依頼を忘れないようにするためのお目付役である。

帰ってきたらイサから観光の内容を聞くつもりだ。

それまでに終わらせようと、クリスは朝から晩まで宿に籠もって必死に作業を続けた。

五日後に、ようやく依頼分の紋様紙が仕上がった。

早朝と夜にペルとイチャイチャする以外、高級宿の部屋に籠もっていたから、クリスの顔は青白くなっていたようだ。夜に急いで納品を済ませに行くと、ワッツが申し訳なさそうに頭を下げた。そして、仕事が終わったので、打ち上げと称して晩ご飯を奢ってくれることになった。アナも一緒だ。

食べに行った先で、ワッツがまた申し訳なさそうに告げた。

「もう少し、追加で作成してもらうのって、やっぱり無理かな？」

「まだ必要なんですか」

「そうなんだ。普段よく使っていた分は徐々に魔法ギルドから入ってきてるんだけどね。それ以外の分をニホン族が追加注文できないか打診してきたんだ」

ニホン族が依頼する紋様紙は上級であったり珍しかったりする。文句ばかりの会員がいる魔法ギルドでは即、出せないのだろう。

「あ、幻想蜥蜴の対策は問題なさそうだよ。ほら、ルカ君が初日に持って行ったろう？あれで試したらしい。昨日、残りを引き取りに来て、報告を受けたんだけどね――」

ところが、それが良すぎたらしい。ワッツが困ったような顔で続ける。

「発動があまりにスムーズで驚いていた。もっと大量に欲しいぐらいだと言われてね」

「いえ、それはちょっと……」

「そうだよね。クリスちゃんは紋様士スキルがあるわけじゃない。だから、それは無理だと断ったんだけどね」

クリスに上級スキルの「紋様士」があれば、もっと手早く描けただろう。しかも、スキルなしのクリスが丁寧に時間をかけて描いた分よりずっと、綺麗に仕上がるはずだ。どれほど難しい紋様でも描ききってしまう。

今のように朝から晩まで根を詰めなくてもいい。

現実には、肝心の紋様士スキルを持つ人は少ない。

紋様士スキルを持っていると、どこへいっても食いっぱぐれがないどころか、下にも置かぬ扱いをされる。そのため、安全な場所で、気が向いた時だけ作成するというやり方が成り立ってしまうそうだ。

クリスが追加注文について断ると、ワッツは言いづらそうな顔をしてルカからの伝言を口にした。

「大量に用意するのが難しいなら、地下へ一緒に行ってもらえないかと言い出してね。その場で必要な紋様紙を用意してもらえば――」

「お断りします」

「そうだよね〜」

「ワッツ、そんな話をよくクリスちゃんにするわね。大体ニホン族って、そういうところがおかしいのよ。普通、小さな子を迷宮に連れていこうだなんて考える？」

「まあまあ、落ち着いて。僕だって断ったよ。まだ未成年の子供を地下迷宮の最下層へ連れていくなんて、僕だって反対だ」

「当たり前よ」

アナはぷりぷり怒った。彼女が何やら呟くのを聞くと、どうやら昨日戻ってきたルカと一悶着あったらしい。ワッツは知らなかったようだ。何があったのかと問いかけている。

アナはクリスのことを気にしつつ、言葉を選んで話し始めた。

「彼、カルーナを何度もデートに誘ってね。ニホン族が相手だから、いつものようにパーンと断れなくて困っていたのよ。だから、わたしや上長が止めに入ったの。そうしたら『嫉妬《しっと》してるの？　でもごめんね、俺の愛は若い子にしか向かないんだ』って言ったのよ」

「「あー」」

ワッツとクリスが同時に声を上げ、互いに顔を見合わせて苦笑し合った。

「彼もやっぱり『ニホン族』ってことね」

「そうだねぇ」

「……あの、それって？」

クリスが問いかけると、二人は困ったような顔で、互いにどっちが説明するか視線で話し合う。

やがて、アナが根負けして教えてくれた。

「有名な話があるのよ。ニホン族は自由恋愛主義者が多くて、やりたいようにやるっていう話が」

「自由恋愛主義ですか」

「そう。それは確かに、良い方向に変化したこともあるわ。大昔は貴族の恋愛結婚なんて許されなかったもの。それが、いろいろ手続きは面倒でも、身分違い同士で結婚できるようになった。けどね、彼等はもっと先を行ってるの」

「先、ですか？」

「好きになったら口説いて自分のモノにして、次々と結婚を繰り返すのよ」

「えーと、離婚して結婚して、って感じ？」

「違うわ。どんどん増やすの。そのやり方が強引なのよ。あ、全員じゃないわよ。大昔にいたの。勇者だったかしら？」

「勇者だったね」

ワッツが補足した。クリスは頭が段々と痛くなるのを感じた。

今でこそ貴族と平民が婚姻するのは——それほど多くないにせよ——許されている。昔は許されないことだった。そのルールを変えたのがニホン族だという。彼等は自由恋愛主義を謳い、愛と平和と平等を説いた。人種の壁をなくそうとしたのも彼等だ。けれど、そのせいで逆に人種同士の戦争が起こったらしい。

「人種同士の戦争……」

「有名なニホン族がいるんだ。彼は当時の人族の王女と獣人族の族長、エルフの女王にドワーフ王の娘と結婚した。他にもいろいろと。当時はそれで平和になると思われたんだけどね。習慣の違いで、その子供たちが骨肉の争いを始めてしまったんだ。それに乗じて他のニホン族も争いを広げて……」

人種の習慣の違いなどから、悲惨な戦争へと突入した。

まあ、そこはニホン族だけが悪いと言い切れない気もしたが「無理に習慣を変えてしまったことで軋轢が生まれた」というのが後の人々の考察らしい。

ワッツは更にこう言った。

「スキル至上主義になっていったのも、ニホン族のせいだと言われているね」

「そうなんですか？」

クリスの問いにワッツが頷く。彼等は、どのスキルがどこまで機能するか研究し分類したそうだ。その後、ランク付けして発表した。当然、上級スキルを持っている者がもてはやされる。良いスキル持ちが多いニホン族は羨ましがられ、各国からの招請が引きも切らなかった。

他にもある。

「低年齢の女性との結婚を許可しようと言い出したのもニホン族で――」

「あ、なんか、もういいです」

お腹いっぱいだ。クリスの頭の中は「ニホン族っ！　何やってんだ～っ」になっていた。有名な誰かがやらかすと、同じように思われるのは如何ともしがたい。

しかも、やらかしたのは一人だけではなかったようで。アナが複雑な表情で注意してきた。

「ニホン族の男性には複数の女性を娶《めと》ったり、若い女性を好んだりする人が一定数いるそうよ。他にも変わった考えの人が多いの。だから気をつけてね」

「はい」

「一応、未成年に手を出してはいけないとなっているの。大抵の国の法律でも、未成年者との結婚は禁止と決まっているわ。ただ、彼等は自由恋愛主義を盾にするものだから」

ようするに、女の子が男の口車に乗せられて「あの人が好きだから問題ありません」と言えば、その恋愛を止めることはできない。実質的に婚姻状態になってしまうのだ。

それに関して、クリスも前世の記憶があるためなんとも言えない。アナたちも恋愛自体を悪いと言っているわけではない。

「多数の女性を侍らせている状況が、ね。刃傷沙汰《にんじょうざた》も多いのよ」

「王族や貴族には、受け継がれてきた教えというものがあるからね。弁えている方々がほとんどだ。正妻を一番にするなどのルールも確立されている。けれど、ニホン族はそうしたルールを知らないまま、平等に扱ってしまうんだ」

「なるほど」

なんとなくだが、クリスにも修羅場の様子が分かってきた。

どちらにしても気軽にハーレムを作ってはいけないということだ。実際、王侯貴族は上手くやっている人が多い。それでも権力争いでドロドロになるのだから、ノウハウのないニホン族がやれば推して知るべし、だ。

「悪い人ばかりじゃないの。こんな話ばっかりでは信じてもらえないかもしれないけど。

『聖女』だったニホン族が、死病に冒された国を一人で救ったこともあるのよ」

「『カレンの奇跡』と呼ばれる聖女のことだね。彼女はすごかったらしいよ」

「そうなんですか。知らなかったです」

「こうした話は神官が礼拝の時に教えてくれるんだよ。君は辺境《へんきょう》の出身だと言っていたよね？　それなら仕方ないよ」

カレンという聖女は奇跡と呼ばれるような力を示したらしい。

ちなみに、その後、イケメンを選んで逆ハーレムを作ったという。そこが「ニホン族だから」と言われてしまう原因のようだ。


ニホン族を好きだという人と、嫌いだという人がいる。

両方の気持ちが混在することだってあるだろう。

アナだってニホン族だけでひとまとめにしているわけではない。それでも「ニホン族」としてまとめて話すのは、過去の出来事があまりに強烈だったからだ。

たぶん、クリスに話した以上のことも、あったのではないだろうか。そんな気がした。

Ietsukuri
skill de
isekai wo
ikinobiro

第五章

精霊の家と踊り橋の補修

Episode. 5

Ietsukuri skill de isekai wo ikinobiro

クリスは「精霊の止まり木亭」に宿を移した。もちろんペルを連れてだ。冒険者ギルドが魔法ギルドと和解に至ったからである。といっても、まだ表面上だけらしいが。

結局、クリスは幾つかの紋様紙《もんようし》を追加で頼まれて納品した。その際に、表面上の和解の件と、クリスを襲った犯人の処分を聞かされた。

ゲイスは連続誘拐犯《れんぞくゆうかいはん》の仲間ではないかと疑われ、厳しく取り調べられたそうだ。けれど、ガレルを出たり入ったりしていたものの、毎回一人だった。金遣いが荒くなったということもなく、審判事由はクリスの誘拐未遂事件のみとなった。

ただし未遂とはいえ悪質だったこと、市民という立場を利用したとのギルドからの証言もあり、半年間の労働奉仕が決まった。犯罪奴隷とまでは行かなかったが、厳しい罰だ。

ちなみにギルドからの証言というのは、ワッツのことである。かなり頑張ってくれたらしい。アナがこっそりと教えてくれた。彼は、目の前でクリスが襲われかけたのに助けられなかったため、とても後悔していたようだ。

いろいろと便宜を図ってくれるので、ワッツに対して思うところはない。ただ、アナいわく「結果として助かったから、そんなことが言えるのよ」というわけで、反省は引き続きしてもらうそうだ。

そして、クリスが二度目に襲われかけた件では、チンピラが魔法ギルドに雇われたと判明して大問題になったらしい。迷宮都市《めいきゅうとし》の行政府を巻き込んだ話し合いが続いているとか。チンピラ自体の判決は早々に決まり、これも半年間の労働奉仕である。

あとは仕事を頼んだ頼んでないの泥仕合や、魔法ギルドが物も人も出し渋って揉めているのを「どこで落着させるか」だけらしい。

そのあたりはクリスに関係ないため、勝手にどうぞ、である。巻き込まれて、とんだ迷惑だ。慰謝料をできるだけ要求してもらいたい。

というのも、チンピラには財産がなかったため彼等から慰謝料はふんだくれなかった。その分を魔法ギルドからもぎ取ってほしいと切に願った。

この件で、魔法ギルドが紋様紙や魔法使いを出し渋っていたことが明るみに出て、現在は「仲直り」期間らしい。

そうはいっても紋様士《もんようし》が気軽に描いてくれるわけもなく。他の会員も手が遅いのか、やりたくないのか。数はまだまだ少ない。

結果として、クリスと冒険者ギルド本部は相変わらず契約を継続している。ただし、ニホン族の依頼を受けた時のような急ぎではない。以前と同じように採取の仕事を受けながら、内職仕事にするつもりだった。

金銭的にはもう困っていない。家馬車の支払いは済ませてしまったからだ。

問題は、馬車を預ける場所探しだ。これが少々難航していたものの、アナから吉報がもたらされた。

馬車の預かり所探しに難航したのには理由がある。

そもそも、西区に置いてくれるような場所が空いていなかった。また、馬車に人が「住める」というのが引っかかってしまった。

住居となるのに、住居として認められないという問題である。それは迷宮都市ガレルだからだ。ガレルは「住む」ことに対して厳しい。

実は、馬車の預かり所では御者《ぎょしゃ》が寝泊まりするのを許している。他の町ではアリだ。駆け出しの貧乏商人なら、御者と一緒に馬車で寝ることさえあった。もちろん、大勢が宿代わりに使うのは良くない。普通は一人が「留守番」として寝るものだ。駆け出し商人が許されるのも、あくまで「目こぼし」である。暗黙の了解だ。

ところがガレルでは、北地区の端に貧民街ができたことや、以前移住者との間で問題が起こった経験からルールが厳しくなってしまった。目こぼしできるような余裕がないのだ。ならば、寝泊まりはしないから「馬車」として預かってもらうだけでいい。

そうクリスが頼むと、アナは即日で決めてきてくれた。場所は中央地区だ。ガオリスの店からも近かった。西区と違って預け賃が高いけれど、中途半端な大きさの馬車を預かっ

第五章　精霊の家と踊り橋の補修

てもらえるところは少ないため即決した。

西区の馬車預かり所は大型専用か、普通の荷馬車しか受け入れないところが多かった。クリスの家馬車の大きさでは荷馬車扱いになるのだろうが、下手に場所をとるため敬遠されたようだ。

お金さえ払えば治安のいい中央地区に預けられる。クリスは「世の中やっぱり金か」と呟いて、アナに「そんな言い方しちゃダメよ」と叱られたのだった。

なにはともあれ、あとは旅立ちに向けて一稼ぎするだけである。いつもの採取依頼はもちろんのこと、美味しい仕事となった紋様紙描きも並行する。

魔法ギルドが冒険者ギルドの求める量を納品するまでは需要がありそうだった。


そんなある日、精霊のプルピがようやく観光から戻った。イサは、クリスが精霊の止まり木亭に戻った頃から夜には帰ってきている。上司に付き合うのは大変だとかで、度々愚痴を零《こぼ》していた。精霊はどうやら、妖精《ようせい》に輪を掛けてマイペースらしい。

プルピはドワーフの性か、ガレルの都市のみならず周辺を飛び回って素材を集めていたようだ。彼等は、夜なら自由自在に精霊界と行き来できる。だから、素材は夜のうちに移動させたようだ。一応、昼でも移動は可能だが「面倒」らしい。

その精霊界では、自分の居場所をマーキングすると「家」のような扱いになるらしく、どれだけ物を置こうとも誰かに取られる心配はないという。

説明を聞いてクリスが考えたのは収納スキルだ。似たような存在ではないだろうか。収納スキルが謎の亜空間なら、精霊界は異世界のようなもの。一応、どちらも同じ世界というくくりに入っているそうだが、よく分からない。

プルピは説明が面倒になってくると「マ、ソウイウワケダ」の一言で済ませるからだ。どちらにしても、荷物をいくらでも置いておける場所など、なんとも羨ましい話だった。クリスは「いいね！」と連呼した。そのせいか、プルピは何か預かってやってもいいんだぞと言ってくれた。

速攻でお断りした。時間にルーズな彼等に預けて、万が一持ってきてもらえなくなったら困るではないか。イサは焦って羽をパタパタさせていたが、プルピはクリスが断っても気にする様子はなかった。

さて、そのプルピの家だ。精霊界にあるマーキングした場所に、彼は家を置きたいらしい。今は自然そのもの、木の洞で休んでいるそうだ。

家にこだわる精霊はいないため大抵はそんなものらしい。そもそも、寝るということすらしないそうだ。ただ、休みはする。それに人間と同じような生活をしてみたいと考える精霊だっているそうだ。プルピも物づくり精霊として興味があったらしい。

材料は揃っている。金属を使わない自然素材ばかりを集めた。足りない分は山から採取し、その他はプルピ自身が用意している。

――ならば、あとは作るだけ。

「じゃあ、今から作るね」

「ウム」

プルピが見ていたいというから特等席のベッドを勧めたら、案の定寝そべっている。そこはかとなく偉そうだ。

でも、他にはテーブルか窓の桟しかない。そして、邪魔になるのでテーブルは端に寄せられている。イサの家も端っこに置いてあった。

作業場はベッドと机の間、コタツが置ける程度の広さしかない。

その狭い場所にシートを敷いて「家つくり」開始だ。


プルピの要望はこうだった。
一　四角いものに憧れている　↓　人の家も直線で四角い方が格好良い
二　同じ場所だと飽きてしまう　↓　だから精霊界のマーキング場所が度々変わる
三　小鳥用の出入り口が欲しい　↓　鳥型の妖精を招待したい
四　家具にこだわりはない　↓　そもそも家具の意味が分からない

——任せなさい。

クリスは予め描いていた「家」の完成図を横に、猛烈な勢いでプルピの家を作り始めた。

まずは用意した薄い板を正方形に切っていく。たくさんだ。何十枚と作る。

次に穴を開けた。設計図を確認しなくても脳内には全てが展開されている。穴は正方形の真ん中に丸く開けたものや、四角いもの。U字形に切り抜いた板もある。全く切り取らない正方形の板も残した。これが壁になる。穴は通路や出入り口だった。

これらを組み合わせるために、正方形の板の端に凹凸を付けた。糊《のり》は米を使う。日本の家庭料理を作るお店で働いた時に分けてもらっていたのだ。粉になるまで潰したものを、水に浸《ひた》して火に掛け混ぜた。とにかくダマにならないよう丁寧に混ぜていく。根気よく混ぜて、ちょうど良い粘度になれば完成だ。

クリスが用意していたのはここまでだったが、家つくりスキル発動中にこれだけではカビが来るかもしれないと気付いた。何が必要だろうか考えるまでもなく「酢だ！」と気付く。急いで宿の女将のところへ行って、酢を分けてもらった。

板材は檜に似た木だ。ガレルの周辺によく生えている。ガオリスに分けてもらった。比較的安価で手に入る上、カビが付きにくいという特性がある。

板には小さな穴を開けた。正方形の板材とは別に用意していた、細長いものや小さくカットした木々を組み合わせていく。これは作り付けの家具になる。家具といっても、テーブルや椅子や棚だが、がらんどうより良い。

第五章　精霊の家と踊り橋の補修

一つの板にくっつけて、床面となる正方形の板にも穴を開けて嵌《は》め込《こ》む。

クリスの作業を見ていたプルピとイサが何か騒いでいた。けれど、クリスにはどこか遠い場所の声にしか聞こえなかった。

ただのＢＧＭだ。クリスは家つくりの世界へと入り込んだまま作業を続けた。


出来上がった正方形のボックスは全部で八個。

ボックス自体は糊を使って固定している。一つ一つが部屋であり完成品でもある。

このボックスそれぞれの端に凹凸の細工を作り付けた。上下によって凹凸の場所が違うため、重ねることができる。

プラケースなどのボックス収納によくある「何個も重ねられて、ずれない」形だ。つまり、正方形ボックスの「部屋」を組み合わせることで「家」となる。

どんな組み合わせでも可能だ。当然、出入り口は同じ形にしている。Ｕを逆さにした形の穴が、プルピや他の精霊たちの動線で、丸い穴が小鳥たちの出入り口だ。上下に開けた四角い穴は二階三階への移動部分となる。

一つのボックス内――部屋の内部――は固定だけれど、何も細工していない部屋もあるから自由に模様替えが可能だ。何よりも、ボックス自体が組み合わせ自由である。家を置く場所によって、あるいは気分で「各部屋の組み合わせが自由に作れる」のだ。八階建てにしたっていいし、横に並べてもいい。また、ボックスを増やすのも容易い。

プルピは台所など、人間が必要と思うような部屋は要らない。だから、ほとんどの部屋には何もなかった。けれど、何もなさすぎるのは寂しい。せっかくの家だ。プルピに希望を聞いた時に確認したが、そこから更に棚を作ったり、ベッドも作ったりした。

皆で語らうことのできる部屋もだ。ここにはソファを作り付けた。

ソファの材料は細い蔓《つる》で編んだ。夏は涼しく見えるし、冬には専用のカバーを作ったので掛ければいい。こちらはプルピが集めてきた素材の中に黄金羊の毛があったので、簡単なんちゃって毛布にした。

通常、羊毛を糸にするまでは時間も労力もかかる。家つくりスキルがあっても、さすがに時間的に無理だと判断した。だから、洗浄だけして羊毛フェルトの状態にしたのだ。この洗浄を、家つくりスキルは「家を作るために必要なもの」と判断した。

本来なら特殊な洗剤で洗う必要があるらしいのに、家つくりスキルがそうクリスに示したのだ。しかも、クリスが「洗浄」と思うだけで刈り取られてきた毛が綺麗になった。

さすがにその時は、びっくりしてしまった。それでもクリスの手は止まらず、羊毛は板状のロールにまで成形することができた。

プルピの家はクリスが思うよりも早く出来上がった。家つくりスキルを解除すると、途端に力が抜けて床に寝転んだ。

「あー、疲れたー」

第五章　精霊の家と踊り橋の補修

「ナント素晴ラシイ。コノヨウナ作業ヲ見ルコトガデキルトハ思ワナカッタ」

「ピッ！」

「ウム。早速、中ヲ見テミルトシヨウ！」

プルピとイサが、完成したばかりの家に入っていく。

組み合わせの関係で出入り用の穴が外側に来てしまう場合は、壁にするための閉じる板がある。内側から閉じて固定できるようにしていたが、そうした説明をせずとも、プルピは分かっているようだった。

上下へ移動するハシゴ階段も壁に嵌めておける。もちろん、上下に引っかけたままにしておいてもいい。

玄関には布のカーテンがある。彼等が出入りするたびに揺れ動く。プルピには言われていなかったが、人の家のように完全に閉じなくてもいいと思ったからカーテンにした。彼は木の洞で休憩していたらしく、内と外との感覚がない。外で寝るのも平気だ。

同じ理由で、小鳥用の出入り口にも閉じておくための扉は付けていない。小さな穴なので窓とも言える。

他に、細々した不要な細工物は、物置代わりの部屋の壁に嵌め込む形だ。ついでに何か物を置いておけるようにと棚も作ったから、紐《ひも》で固定もできる。

プルピは部屋から部屋へと走り回って楽しそうだった。

鳥として飛ぶイサには一つ一つの部屋が少し小さめかもしれないが、移動はできる大きさだ。一緒になって楽しそうにピッピと喜んでいる。

しばらくして走り回るのに疲れたのか、落ち着いてきたプルピがボックスの家から出てきた。クリスも落ち着いたので起き上がって床に座る。

「良イ、良イゾ！　サスガダ、ドワーフノ娘」

「クリスです。あと、ドワーフの血を引いてるって分かるんですか？」

「分カルトモ。我ラニ近シイ者ヨ」

姿が似ているから「近しい」と言っているのかと思えば、そうではなかった。

クリスの顔に疑問が浮かんだからだろう。プルピは目の前に飛んできてクリスを指差した。

「ドワーフハ元々、精霊ニ愛サレタ種族デアッタ。一族ニ加護ヲ与エタタメニ、同ジ姿トナッタノダ」

「へぇえ。あ、じゃあ竜馬《りゅうば》みたいなもの？」

「ソノ通リ。アレハ個体へ与エルモノダガ、ドワーフハ一族ニ与エタノダ」

「え、じゃあ、わたしも加護持ち？」

「ソレハナイ」

「あっ、そう……」

なーんだ。クリスは天井を見上げて笑った。自分にも何かすごい力があるのかしらと、ちょっとでも喜んだのが恥ずかしい。

すると、プルピがクリスのおでこの上に乗った。

「あのー、そんなところに乗らないで」

「加護ハ、当時ノ一族ガ与エラレタモノダ。シカシ、姿形ナドガ引キ継ガレタヨウニ種族特性トシテノ能力モ引キ継ガレタ。オヌシニモマタ、細々トデハアルガ良イ血ガ引キ継ガレテイル。ナンナラ、ワタシガ加護ヲ与エテモ良イノダガ」

「あー。いや、いいです。なんか、だって、その場で変わったりするんだよね？　これ以上小さくなったり、そういう形になるのはちょっと」

　クリスが遠慮したら、プルピはちょっぴり不機嫌そうな顔になった。そのまま、おでこの上に座り込む。そろそろ首が痛いので止めてほしいなと、徐々に首を元に戻す。

　プルピはクリスの鼻を滑り台のようにしてずるずると落ちていった。イサが何かピピピと騒いでいるけれど、クリスだって落とすつもりはない。そっとプルピを掴《つか》んで、胸に抱きしめた。

「姿ヲ変エタイト思ウノハ加護ヲ与エラレタ側ダ。オヌシガ嫌ナラ変ワルコトハナイ」

「え、ほんと？」

「ウム」

「じゃあ、加護、ください」

「……何カ、アッサリトシタ感ジモスルガ、マア良イカ。素晴ラシイ家ヲ作ッテクレタ礼ダ」

「あ、待って。お礼は万年筆の方です」

「分カッテオルワ。全ク……」

ぶつぶつ文句を言いながら、今度はクリスに分からないピポパの電子音言葉で何かを告げた。

胸に抱きしめていたプルピから、光の粒が飛び出て舞い上がり、まるで意思を持った何かのようにクルクルと踊り始める。

何事かと思ったが、その粒たちはやがて一斉にクリスめがけて飛んできた。

危ないだとか、怖いという気持ちはなかった。

温かくて優しいものに包まれる安心感だ。その予感は、すぐに本物へと変わった。


――ああ、加護をいただくというのは、こういうことなのだ。


気軽に「くれ」と言ってはいけないものだと知った。

それぐらいすごいものだった。

頭の中が焼き切れそうな奔流を感じるのに、決して痛くも怖くもない。

これは興奮だ。

物づくりに必要な何かがインストールされた。

クリスはそれを喜んでいる。体全体で受け入れていた。

「すごい……」

姿は一切変わることがなかった。

正式な鑑定でもしない限り、クリスに加護があるとは分からないだろう。つまり誰にもバレずに済む。家つくりスキルの補助としても、物づくり精霊の加護は有り難い。

クリスはプルピを掴んでキスをした。

「ありがとうっ！」

「ヌ、分カッタカラ、止メヨ。若イオナゴガ、ハシタナイ」

「若いからやってもいいんじゃない。わたし、まだ子供だよ。大人になったらキスなんてしないから！」

「ムム……」

プルピは複雑そうな表情で目を細めた。けれど、案外嬉しがっているのが、その小さな顔からでも分かった。

クリスはツンツンとプルピの頭や頬を突《つつ》いて笑った。

イサが慌てて助けに入ろうとして、運悪くクリスが払ってしまうことになり落っこちてしまった。可哀想なことをしたが、怪我はなくホッとしたクリスである。

気になっていた精霊プルピの家が出来上がった。

交換条件はクリス専用の万年筆を作ってもらうことだ。

ペン先には貴重な精霊金を使うという。精霊の世界に存在する、魔力との相性が良い金だ。ペン自体は魔鋼《まこう》を使うが、肝心の紙と触れる部分は、金の柔らかさが向いている。

クリスが持っている万年筆のペン先も金だ。ただし純金ではない。加工の問題と強度の関係で他の金属が混ざっている。

精霊金は魔力によって形を変え、魔力の伝導率も高い。

つまり、繊細な模様を描くのに必要なペン先を作るには、最適の素材といえる。


精霊は金属との相性が悪いと聞いたことのあるクリスは、ついでなので疑問をプルピにぶつけてみた。

返ってきた答えはこうだ。

「別ニ、相性ガ悪イダトカ、ソウシタモノハナイゾ」

「あ、そうなんだ」

そもそも、精霊は金属を加工してどうこうするという考えがないため、苦手だと思われているらしい。精霊の中でも物づくり精霊のプルピたちは異端のようだ。

大抵の精霊は、ふわふわーっと楽しいことだけをして生きている。彼等は自由に過ごす生き物（？）らしい。

「精霊金モ精霊銀モ、魔力ヲ込メテ使ウノニトテモ向イテイルノダ。ソノアトノ管理モシヤスイ。何ヨリモ持チ主ニ忠実ナ物トナルデアロウ」

文字通り、持ち主に従って育っていくものらしい。

普通の万年筆だって使うごとに自分専用の書き心地となっていくのに、もっと馴染むというわけだ。

クリスはワクワクした。出来上がりがとても楽しみだ。しかし残念なことに、すぐには作れないという。

「軸ニモコダワリタイ。狙ッテイルモノガアルノダ」

プルピは「フフフ」と楽しそうに笑った。

こういうところは自分と似ている気がする。クリスは妙に恥ずかしいような、しかし仲間意識のようなものもあって複雑な気持ちになった。

とりあえず、精霊仲間に軸となる材料の取り寄せを頼んでいるそうなので、もう少し待つしかない。お預けである。精霊たちの「もう少し」がどれぐらいか分からないが、良い品のためだ。我慢するしかない。

では、いつも通りの仕事をしようと思ったクリスだったが、プルピに待ったを掛けられた。ガレルの都市内を観光している際に、あることが気になったそうだ。その場所を「家つくり」スキルで直してほしいと頼んできた。

「北地区にある小さな橋？」

「ウム。精霊ノ残リ香ノヨウナモノガ感ジラレタ。良イ橋ダッタト思ウノダ」

「うーん。でも勝手に補修してもいいのかなあ。それに橋は、家じゃないんだけど」

ごねたつもりはないが、ごねたように感じたらしいプルピが、プレゼン（？）を始めてしまった。いわく、家にくっついている橋だから家の一部だと思えば大丈夫。もちろん報酬も渡すと。

内心で「やった！」と思ったクリスである。少し悩むフリをして「いいでしょう引き受けます」と胸を叩く。プルピは万歳で喜んだが、床に落ちたままのイサは呆れた様子で「プッピィィ」と鳴いていた。

そんなこんなで、翌日は朝から両肩に妖精イサと精霊プルピを乗せ、北地区へお出かけだ。ペルとは朝のうちにしっかりスキンシップを図った。ペルについては、馬番をしてくれるロキが農家の手伝いに行くというため、連れて行ってもらうよう頼んでおいた。

北地区までは乗合馬車を使う。何人かと乗り合わせたが、小鳥でもあるイサには気付くが、プルピは全く見えていない。見えない人はとことん見えないようだ。

北地区の大通りで降り、裏路地へと入った。プルピが頭の上に移動し、あっちだこっちだと指示する。

着いたのは、以前クリスも「ヤバい」と思った、朽ちかけの小さな橋がある家の前だ。

「あー、ここかー」

「知ッテオルノカ。コノ上ノ橋ニ、カッテ精霊ガ遊ンデイタデアロウ痕跡ヲ感ジタノダ」

「ふうん。そう言えば小さな橋だし、案外精霊のためのものだったかもね」

子供用かもしれないが、二階屋上から路地を挟んだ隣の屋上へと繋がる変則的な橋は、細い上に手摺《てす》りもなくて危険だ。今はもう誰も使っていないだろう。というのも、橋が架《か》けられた家のどちらにも、人が住んでいる気配がないのだ。

窓ガラスには板が打ち付けられており、隙間から覗くと部屋には埃が溜まっている。

橋を補修するにしても、家に入って屋根に上がる必要があった。

さて、どうしようとクリスが考えていたら、不審に思ったらしい近所の人が男を連れてやって来た。こうした下町ならではの繋がりがあるのだろう。

ここに来るまでに理由をいろいろ考えていたものの、結局は素直に話してみることにした。どのみち「空き家」とはいえ勝手に補修するわけにはいかない。

町の顔役に話を通す必要があると思っていたから、向こうから来てもらえたのは逆に有り難い。

「お嬢ちゃん。そこで何してるんだ」

「この空き家と、上の橋を見ていたの」

「踊り橋か」

「踊り橋？」

「……昔、そう呼ばれていたのさ」

クリスは「ふうん」と返事をしたものの、なんとなく想像が付いた。

小さな子には妖精や精霊が見える者が多い。この町の子も、精霊を見付けて遊んだのではないだろうか。精霊は楽しいことが大好きらしいし、この小さな橋に喜んで遊び場にしたのかもしれない。

想像すると面白く、クリスは笑った。プルピが頭の上から下りてきて目の前に浮遊する。早く目的を告げろ、ということだろう。クリスは強面の男を見上げた。

「とある存在に橋を補修してほしいって頼まれたの」

「……とある存在だと？」

「そう。でも、勝手はできないし、どうしようかと悩んでいたところにオジサンが来てくれたの」

「俺はまだオジサンじゃねぇ」

「あ、ごめん」

――分かるよ、その気持ち。

クリスは不意に、前世のことを思い出した。三十を目前に控えていた頃が一番、年齢を気にしていた気がする。先輩方は「三十を過ぎると案外気にならなくなる」とおっしゃっていたが、その境地に至る前に死んでしまった。

とにかく、オバサンと呼ばれるのが嫌な年頃だったから、彼の気持ちは分かる。でも見るからに三十を超えてるんだから、やっぱりあなたはオジサンなのでは？　と思ってしまった。少なくとも今のクリスは十三歳で、目の前の男性は倍以上の年齢だ。

そんなクリスに気付いたからか、彼はほんのり顔を赤くした。

「……ゴホン。俺はダリルだ。このあたりの顔役みたいなもんだ」

「なるほど。では、ダリルさんに許可を取ればいいんだね？」

「待て。お前、ここがどういうところか知ってるのか？」

「迷宮都市ガレルの北地区だよね。ちょっぴり治外法権めいた？」

ダリルの顔が厳しくなっていく。同時に、クリスを見る目が胡乱《うろん》な者を見るかのようになる。

困ったなーと思っていたら、プルピがダリルのところに飛んでいった。そして、彼の周囲をクルクルと回って何やら文句を言っている。

早く認めろだとか、ぼんくらだとか。

最終的に身体的特徴を責め始めたので、そこは止めた。だって、どうにもならないことを言ったって仕方ないではないか。

彼を手っ取り早く止めようと、クリスは近くにいたイサを摑んでプルピにぶつけた。もちろん、そっとしたつもりだ。こうしたじゃれ合いはよくやる。高い高いと上空へ投げる遊びの、横に投げるバージョンだ。けれど、ぴゅーっと飛んで戻ってきたふたりに怒られてしまった。

——あれ？

本気で怒ってるわけではないがプリプリしているプルピを見て、クリスは首を傾げた。そう言えば、この遊びをプルピに対して行ったのは初めてだったかもしれない。

しかも、小鳥を投げつけたクリスを見て、ダリルがドン引きだ。いや、益々胡乱な目付きになった。

「えっとですね。とある存在が早く修理させろと文句を言い始めたので、止めようかなと」

「……俺の想像が当たっているなら、その存在に物をぶつけるのはアリかナシかで言ったら完全にナシだよな？」

「あ、やっぱり、とある存在の正体には気付きますか」

「気付かないと思うのかよっ！」

思い切り突っ込まれて、クリスはうへぇと肩を竦《すく》めた。

ダリルは大きく息を吐き、チッと舌打ちするとクリスに顎を動かして「こっちに来い」と言った。

顔役の集会所にでも連れて行ってくれるのだろうか。少しだけ不安になったものの、人間相手なら握力でなんとかなるかなと指をワキワキしながら付いていった。

もちろん、専用の紋様紙はあちこちのポケットに準備万端である。


迷路のような裏路地を抜けると、ちょっとした広場に出た。

前回は見なかった場所だ。奥まったところにあるため、地元民しか知らないのだろう。

家が密集して建てられている中、二棟だけ高い建物があった。一つは上の方が物見台のようになっており、一つは時計台だ。その物見台の方の入り口から奥へ進むと、小さな中庭があった。長椅子が乱雑に並べられている。そこに何人かのお爺さんが座っていた。

「長老、変な客人だ」

「おや。このあたりじゃ見かけない子だね」

「西区あたりの子かもしれんな」

「いやいや、外の子じゃないかね」

ふぉふぉふぉ、と笑うのは、歯抜けになったお爺さんだ。

そうか、この世界では歯を入れることがないのか。クリスは重大な事実に気付き、歯磨きをちゃんとしようと心に決めた。

その間にも話は進んでいる。

「六三の右三にある踊り橋、あれを修理したいんだと」

「ほう？」

「とある存在に頼まれたって言ってる」

「ほほう」

ぎょろりとした目で見られる。クリスはプルピを摑んで目の前に差し出した。

「この子が、気になるから修理してほしいって」

「ふむ。わしには見えんが」

「しかし、どうやって修理するんだ？」

「あそこは修繕が難しい場所だったのう」

橋は変則的だった。普通に作り替えるのでは難しいし、石造りの橋が家に組み込まれているため、全体を潰す必要があるのだろう。

はたして、彼等が長年放置していたのもそこが原因らしかった。

「完全に取り壊してしまうと、家も何も建てられなくなるのじゃ」

「詳しく話すと、隣の家も空き家でな。ガレルには『二軒以上の空き地が続く場合は宅地開発を許可できる』という法があるもんで、厄介なのさ」

宅地開発のためという大義名分で、周辺住民に「違う場所へ行け」と命じることができるらしい。

「えー」

迷宮都市ガレルは何を考えてるんだ！　と、住民の立場で考えたクリスだったが、成長著しい場所の土地開発は進む。そういうことあるよね、と納得した。

きっと地上げなどもあるのだろう。立ち退きは連鎖反応を起こす。彼等は住む場所を守ろうとしているのだ。


しかし、元からいる住民でさえ、家に住めない。

クリスは迷宮都市に来た時のことを思い出した。素っ気ない言葉で「家は作れない」と言われたことを。

——家は大事だ。自分の家を守りたいのは誰でも同じ。

クリスは自信満々に告げた。

「大丈夫、壊さず『補修』で直してみせます」

「……本当に？　お嬢ちゃんが？　小さいのに」

「見た目で判断しないで。わたしにはスキルがあるの」

「ほほう」

補修はまだやったことがない。けれど、できるはずだ。家つくりスキルがそう言ってる気がした。

プルピの加護だってある。そう、物づくり精霊の加護だ。

クリスは胸を張った。

「これまでに、たくさんの家を作ってきたんだから。任せなさい！」

倉庫だとか鳥の巣だとか、家馬車に精霊用の小さな家だけど。

嘘は言ってない。

「行政に一泡吹かせてやりましょう！　立ち退きなんてさせないんだから。せっかくの家があるんだもの。絶対に残してみせる」

力こぶを作ったが、そこは見えなかったようだ。

それより、クリスの突然の宣言にお爺さんたちは何故か喜んだ。わいわい騒いで、ダリルに「やらせてやれ」と許可を出す。

ダリルは呆れた様子だったけれど、仕方ないと諦めたようだった。

それでも、本当にちゃんとできるのか壊さないのかと心配らしく、家の内部から少しずつ修繕するようにと命じられた。

そして、クリスのことを付きっきりで見張るらしい。

「だったら助手ね！」

「……はっ？」

「だって、何もしないで突っ立ってるなんて、木偶《でく》の坊《ぼう》――」

「俺は顔役だぞ、こら」

というわけで、手伝ってもらうことが決定した。主に材料集めだ。

クリスたちはまた踊り橋のある場所まで戻った。

家つくりスキルを少しだけ発動させる。すると、足りないものが次から次へと頭に浮かんだ。

「石が必要なの。同じ材質の石なら何でもいいから用意して。板材はこれだけ。目地剤もいるね。石工用の道具はあるかな？　楔《くさび》も欲しい」

道具類は現場で借りることにした。持っているが、取り出して見せたくなかった。収納魔法が掛けられたポーチを、治安が悪いとされる場所で出す勇気はさすがにないからだ。

クリスの告げた内容を、ダリルは午前中のうちに用意できるという。その間に、クリスは近くの屋台で簡単に昼ご飯を済ませた。イサにも分けていると、プルピもチラチラ見てくるためパンを追加で頼む。

プルピとイサは、花壇の縁に腰掛けたクリスの横でパンを食べた。

屋台のお兄さんが二度見していたのは、たぶん精霊が見えないせいだ。パンが宙に浮いて徐々に消えていくのはホラーでしかない。

クリスは素知らぬフリで食べ終えた。

午後になり、クリスはダリルと共に壊れかけの家の中に入った。

彼には家つくりスキルについてと、発動したら周りが見えないことを説明した。その間の補佐を頼むつもりでだ。クリスの作業を補助してもらうのはもちろんのこと、誰かに邪魔されないよう護衛の意味もある。

クリスはゆっくりと息を吸って吐いた。

「……では『家』の補修を始めます」

「お、おう」

「ピッ！」

「早ク、ヤルノダ」

頭の中で強く「家を補修する」と念じながら、家つくりスキルを発動した。瞬時にどこをどうすればいいのかが分かる。

基礎の部分で欠けている箇所を見付けた。まずは二階部分が落ちてこないよう、板材を使った補強を始める。

それから土台を、細い丸太を使って外していく。石なので重いが、てこの原理を使えば問題ない。何よりもクリスはドワーフの血を引いている。腰を落とし、背筋を使って持ち上げれば、今の「家つくり」スキル発動と合わさって問題なく動けた。

基礎を取り替えると、剝がれ落ちた内部の塗装や窓枠などに使われている朽ちた板材を補修していく。

塗装剤は混ぜ合わせるのに力がいるが、今のクリスにはどうということはない。元々、石を積み上げる作業もスキルがなくたってできるのだ。今はスキルが発動しているから、ミキサーを使ったかのように手早く混ぜ合わせられた。

塗りもあっという間に終える。


その調子で二階部分も内部から補修した。

階段も板材で掛け替える。最後に補強していた板を外して、内部は終わりだ。

外壁に触る前に、もう一つの空き家へ入って、こちらも内部の補修を済ませた。

内部が終わると屋上と屋根だ。屋上には土が溜まっており、端っこには雑草が生い茂っている。排水溝が詰まっており、雨水が溜まって育ったのだろう。

これらも全部掃除した。補強に使っていた丸太を削って簡易の雨樋《あまどい》も作った。

屋根は板材で葺《ふ》き替《か》えて、防水塗装をしてしまう。


ここからは難関の橋だ。

二つの家に組み込まれて作られた石の橋。目地剤が流れ、石の重みだけでなんとか落ちずに済んでいる。いわゆるアーチ橋のようなものだった。

下から丸太で支えをしたが、たぶん、セーフ。落ちないはず。

何故なら、これは家の一部だ。スキルが発動中は補助として「スキルが支える」だろう。

本来なら足場を作って大々的に作り替えるべきだ。けれど、そんなことをしていたら時間がかかる。

だからこそ、クリスのスキルで急いで補修するのだから。

下側の欠けて落ちてしまった部分に石を詰め、補強材を注入する。橋の上のゴミも片付けた。アーチ状なので誰かが歩けば滑ってしまうから、苔も完全に取り除く。

丁寧に掃除をすると土台が見えてきた。石の隙間に土が入り込んでしまっていたから、それらも全部取り除いた。ちょうどいいサイズの石を嵌め込んでから補強材を詰める。石はダリルが二階の屋上から渡してくれた。大の男だと橋にはまだ乗れないため、大きな木べらを作って、それに荷を載せてもらった。

木べら自体は家つくりと関係ない道具になるが、プルピの加護のせいか、あっさりと作れた。家つくりスキルの影響も受けているのだろう。

クリスは内心で驚きながらも、次から次へと見えてくる問題点を改善していった。

たとえばアーチ状の橋を歩けば苔がなくとも滑ることだって有り得る。それは、接地面の石にギザギザの溝を掘ることで解消した。掃除しないとまた土埃が溜まるかもしれないから、なるべく雨で流れるように溝の形を細工してみる。

橋の細かな補修が終わると、土台となる家の屋上を再度補強し直した。鉄筋を入れてセメントを流し込むのだ。この町で使うセメントは地下迷宮から採れる魔石灰である。使う水と魔力によって強度や粘性が変わってくる。

第五章　精霊の家と踊り橋の補修

魔石灰は、大工スキルや石工スキルなどを持っていると魔力を込めることができた。魔力を込められない時は別に追加する材料が必要となるが、今回はクリスの家つくりスキルでもできた。

このスキルでセメントの乾燥までできる気がしたが、魔力をかなり消費した気がして自然に任せる。魔力は徐々に増えているし、家つくりスキルのレベルが上がっていけば比例して上がるだろう。だから今は無理をしない。

踊り橋の両側根元を補強し終えると、今度は外壁の補修に取りかかった。

外壁の欠けている箇所に小さな石を整えて詰める。大きな石にひびが入っていれば補強材を注入だ。それから石の色に合わせた塗装を行う。

扉は木で出来ているため、表皮を薄く削った。窓ガラスは割れた部分を取り除き、七色《なないろ》飛蝗《ばった》の後翅《こうし》ガラスを使って金継ぎのようにくっつけた。

使い道のなかった大きめの青と黄色の後翅ガラスが美しい。これぐらいの量なら、背負っていた袋に入っていたことにできる。こっそりポーチから出して使ってみた。

玄関扉には細工を施した。これは家つくりスキルというよりも物づくりの加護の力だ。細めの彫刻刀を使って、紋様紙に描く文字を彫った。玄関扉によく使われる「保護」の文字である。魔力を通さねば使えないし、今の時代は「おまじない」に近い魔術文字と言われている。それでも古い時代から使われている大事なものだ。

その魔術文字を、模様のように崩して描く。二つの家に形を変えて同じ紋様を描いた。ぱっと見た目には同じ文字と分からない。

少し離れて、家を眺める。

橋はどうだろう。念のため丸太でまだ支えているが、問題はなさそうだ。

そこでクリスのスキルは切れた。

ホッと一息つくと、ダリルが興奮した様子でクリスの肩を叩いた。

「終わったな？　終わったんだろう？　なあ、すごいじゃないか！」

「そう？」

「そうだとも！　あ、疲れたのか。そうだろうな。あんなすごいスキルだ。そりゃあ疲れる。よし、飯を食おう。こっちだ」

「いや、待って、まだ片付けが……」

「支えは明日にならないと外せないだろ。あれは若いもんにやらせるさ。それより座って休む必要がある。何か食べながら休憩しよう」

そう言われて空を見上げると、もうそろそろ夕方になろうかという頃合いだった。

クリスにすれば時間がかかったように感じたが、ダリルには違ったようだ。最初は胡散《うさん》臭《くさ》そうにクリスを見ていたというのに、手のひらを返して褒めてくれる。

「いやぁ、すごい。こんなにちっこいのに、あの重い石を運んで嵌め込むとはな。支えの丸太も一人で持ちやがった。お前らも見ていただろ？」

「マジ、すごかったっすよ！」

「俺らなんて四人がかりで運んだんすよ」

と、ちょっと柄の悪い風体の若者と語り合っている。

クリスは少し疲れたので黙って食事をしていた。イサとプルピも椅子に座って食べている。死角を作ってあげたものの、食事を次々と運んできてくれる女性には見えていたようだ。何度か覗き込んで首を傾げていた。肉が空中に浮いて消えるのは、確かにおかしい。

ダリルはとにかくクリスをべた褒めし、無償でやったことにとても感謝してくれた。無償といっても、こちらからすればプルピの依頼であり報酬も受け取る予定だ。まだ何をもらうかは考えていないが、加護をもらったことでもういいかなという気持ちもある。

実際、家つくりスキル発動中にも感じたが、以前と比べて物づくりに関する精度が高くなった。加護は徐々に体に馴染み、作り替えていくだろう。クリスの望むように変化するはずだ。

もちろん、物づくりから逸脱するような大きな才能は芽生えない。

クリスの持つ、ドワーフの血や家つくりスキルを底上げするものが増えただけだ。しかし、その底上げが大事である。

「しかし、精霊様々だ。そこにいるんだろう？」

「うん」

「俺も小さい頃は視《み》えたんだが」

「……幾つぐらいで視えなくなったの？」

「俺は六歳頃だな」

「早っ」

「この町で暮らしてるとスレてしまうんだよ！」

一般的には大人になれば視えなくなるというが、視える人もいる。信じるか信じないかの差だとも聞く。その違いは精霊にも分からないらしい。

もっともクリスだって、そう見せられていたとはいえ、最初は捕らえられた宇宙人のようだと思っていた。人のことは言えないのだった。


ダリルは、クリスが冒険者ギルドに登録していると聞くと、指名依頼を出すと言い出した。他にも補修してほしい家があるようだ。

悩んだが、明後日ならいいかと請け負うことにした。ちなみに明日はペルを連れて外へ行く。久々に森を満喫したい。

そんな話をしていれば当然時間も経ち、暗くなってしまった。

乗合馬車に乗るつもりだが、表通りまでは遠い。ダリルは送っていこうと付き添ってくれた。

第五章　精霊の家と踊り橋の補修

道中、クリスは思い出して、ゲイスに襲われた事件について語った。

あの時、ゲイスはクリスを誘拐して奴隷として売るつもりだったらしい。ゲイスは取り調べで、一緒にいた男二人について「北地区でチンピラを雇った」と白状した。

その二人はまだ見付かっていない。

「なんだと。うちの奴等が加担していたってのか？」

「オジ……じゃなかった、ダリルさんのところの若い衆かどうかは知らないよ。北地区全体が一枚岩ってわけじゃないんでしょ」

オジサンと言いかけて、ダリルが目を細めたために慌てて言い直した。ダリルはそのことには触れず「そうだな」と頷《うなず》いた。

長老の考えに反対の人もいるらしい。長老たちは決して急進派などではないという。保守的でもなく、なるべく皆の意見を聞いて中道であるよう苦心しているらしい。

ダリルも「下町だからこそ一致団結すべきなのに」と愚痴を零す。どうやら好き勝手に活動する人が一定数いるようだ。そんな人がいれば治安も悪くなり、行政だって武力介入する。迷惑を被るのは一生懸命生きている真面目な庶民だ。

「人攫《ひとさら》いの手伝いなんぞ、とんでもねえ。俺たちでも捜してみる」

「ありがと。主犯のゲイスは捕まって刑が確定したんだけど、いくら雇われだっていっても、いたいけな少女を誘拐しようとするのはダメだからね」

「……まあ、確かに少女だけどな。いたいけか？」

ギロッと睨《にら》んだら、ダリルは両手を挙げた。

「でも、北地区に一人で来るぐらいだ。何か、いいスキルでも持ってるんだろ？」

「そういうんじゃないけど、必殺技ぐらいは」

「はは。そうだろうな。そうじゃなけりゃ、地元じゃない普通の女の子がここへ入ってきたりしないさ」

ともかく、以前から続く誘拐事件のこともあり、気をつけろと念押しされた。

ダリルは乗合馬車の御者にチップを払い、クリスが降りるまで見てやってほしいと頼んでくれた。


翌々日、ギルド本部で指名依頼を受けた後に北地区へ向かった。

ダリルが乗合馬車の乗降場所で待っており、なんとなく嬉しくてクリスはふふっと笑った。

この日はイサとプルピは付いてこなかった。プルピの仲間から連絡があって、万年筆の軸の材料を取りに行ったのだ。ついでにイサも一緒に連れていくと、夜のうちにあちらの世界へ行ってしまった。

踊り橋がどうなったか見なくていいのだろうかと思ったが、彼は精霊だ。自由に飛び回り自由に過ごすのだろう。

ダリルに頼まれた家の修理は三軒だった。けれど、踊り橋のところほど難しくなく、午前中で終わった。

ついでに気になる箇所を見付ける都度、補修していく。町の人たちは小さなクリスがせっせと補修しているので不思議そうだった。そのうち、ダリルに文句を言い始めた。

「こんな小さな子にやらせるなんて！」

「この子が何やったのか知らないけどね、罰にしたってやり過ぎだよ！」

という感じである。

クリスは、クリス自身の名誉のためにもきちんと説明した。仕事として請けていること。スキルを使っての仕事だが、女の子だと大工仕事に就けない。だから冒険者ギルドで働いている、ということもだ。

下町の女性は強い。クリスの話を聞くと一緒になって憤慨してくれた。外から来た人間に冷たいガレルについても言及した。更に愚痴が広がる。彼女たちは彼女たちで、自分たちは古くから住んでいるのに行政の態度が良くないと文句があるらしい。

昼は近所の人たちが持ち寄って、通路で食べることになった。ここではよくあることらしい。形の違うテーブルや椅子が各家から持ち寄られ、各自お得意の料理が出てくる。

こういうのも面白い。クリスは楽しんで過ごした。

踊り橋の様子も確かめ、安全に渡れることが分かった。手摺りを付けたから、大人も子供も通れる。ただし、二軒の家の人だけが使うようにした方がいい。誰でも通るとなると傷みも激しくなる。

そんな注意点を話してもまだ早い時間で、クリスは「明るいから」と見送りを断った。

第六章

誘拐事件と小さな英雄

Episode. 6

Zetsuhuri skill de isekai wa ikinobiro

帰る際、ダリルは「また何かあったら指名依頼を出したい」と言った。けれど、クリスはそろそろガレルを出て行くつもりだ。

彼にそう告げると、とても残念だと惜しんでくれた。ガレルに住むための裏技があればと、しきりに言ってくれるほどだった。たとえば、誰かの養子になるという方法もある。よその町なら市民になれる方法だが、ガレルでは厳しい審査が入る。それに下町の人が申請してもなかなか通らないらしい。

クリスはもう出て行く気満々だから、ダリルに「決心は変わらない」と答えた。

それから、仕事終わりの達成感に満たされたまま、乗合馬車に乗った。

そこで事件に遭《あ》った。

クリスだって、北地区が下町だということは分かっていた。治安云々は住んでいる彼等自身が口にしていたから気をつけてもいた。

ただ、北地区とはいえ中通りの、乗合馬車の乗降口まで来たら「大丈夫だ」と思ってしまっても仕方ないと思う。

ましてや、見慣れた乗合馬車がいつも通りに走ってきたらホッとするのも仕方ない。

まさか乗合馬車が都市の許可を受けていないものだとは、想像すらしていなかった。

行政からの許可証を偽造されていれば分かるはずもない。それでも地元民なら「このあたりを回る御者《ぎょしゃ》とは違う」と気付いたのだろうか。

クリスは全く気付けなかった。

素直に乗り込んで、乗り合わせていた気のよさそうなオバサンにもらった飴《あめ》を舐めてしまった。安易に口に入れたのは、彼女の子供だと思っていた少女も一緒になって飴を舐めたからだ。

前世と今世合わせて、最大の痛恨ミスだった。


目が覚めた時、真っ先に考えたのはイサのことだ。今夜、宿に戻ってくる予定だった。

クリスの姿が見えなければ心配するのではないか。

宿の女将さんだってそうだし、ペルを見てくれているロキも気にするだろう。

なんという大失態だと頭を抱えたいが、残念ながら後ろ手に枷《かせ》を嵌《は》められているのだった。

とにかく冷静になろうと、クリスは真っ先に部屋を観察した。部屋というよりも小屋だ。しかもカビ臭い。

かすかに土の匂いもする。湿った土だ。板のすぐ下は地面だろう。水気が多い気がする。

耳を澄ませば遠くに獣の声。

すぐに迷宮都市《めいきゅうとし》の外だと気付いた。

しかし、クリスが採取によく使う森にこんな小屋はなかった。もっと手前、あるいは西側かもしれない。

誘拐犯《ゆうかいはん》たちは隠れ家を、北部にある地下迷宮近くに作れなかったようだ。

小屋の様子から他に部屋はない。扉の外はすぐ森だ。けれど魔物が近付いてくるような気配は感じられなかった。獣避けの薬草を焚《た》いているようには思えなかったので、結界を張っているのかもしれない。あるいは森の中でも、かなり浅い場所という可能性だってある。

そこまで考え、今度は自分自身の様子を観察した。先ず、後ろ手が結構つらい。どういった罠があるか分からないため、クリスはゆっくりゆっくりと体を動かし、一番楽な体勢に持っていった。

体に妙なことをされていないかどうか、考えるのも嫌だが考えた。たぶん大丈夫。目を瞑《つむ》って感覚を研ぎ澄ます。大丈夫。大丈夫。と、自分自身に暗示を掛ける。

――よし、大丈夫だ。

クリスはホッとして力が抜けるのを我慢した。ここで安心してはいけない。

次に、身を丸くして胸元を見た。ポケットの中身は取り出されているが、それはダミーだ。構わない。

細工した内側のポケットにある、クリス専用紋様紙《もんようし》は無事だった。

リストバンドはダメだ。外されている。髪留めも外されているが編み込みはそのままだった。つまり髪の中に仕込んだピンも見付かっていない。取り出すのに多少の時間はかかるが、こうした場合に備えていたものだ。後ろ手なので取れないが、機会はいくらでもある。

パンツのポケットのボタンも外されていたが、細工した内側には気付かれていない。紋様紙がまだ残っていることが感触でも分かった。

ポーチはなく、ブーツは脱がされていた。ブーツにも仕込みはあるが、この分だと気付かれていない。単純に逃げられないよう取り上げられただけだろう。

服を脱がされていなかったのが不幸中の幸いだった。

――大丈夫。

クリスは何度も自分に言い聞かせる。大丈夫、大丈夫だと。

静かに息を吸い、ゆっくりと吐き出した。ドッドッと音を立てる心臓がやがて落ち着いていく。

落ち着くと、後ろ手でチュニックの裾《すそ》をめくり上げた。パンツのベルトに触れる。内側に切り込みの細工を入れていた。そうっと、音を立てずに指で探る。何度も練習したから、場所さえ分かればスッと指を入れることができる。

紋様紙を取り出し、その場に置いた。またゆっくりと体を移動させて紋様紙が「破れたり汚れたりしていないか」確認する。

問題ない。これなら失敗はしないだろう。

紋様紙が不発になることは多い。紋様描きに失敗しているのも理由の一つ。でももっとも多いのが破損だ。きちんと保管しておかないと、少しの破損でも魔法に影響する。

不発だけならまだいい。怖いのは、暴発だ。

クリスはもう一度体を移動させ、後ろ手にそっと紋様紙を摑《つか》んだ。魔力を通す。中級の【身体強化】が発動した。紋様紙が消えたのが分かる。

指を何度か動かして力を込めた。枷は木の感触だった。もし、細い鉄のワイヤーでも仕込まれていたら肌が切れるかもしれない。でも、直接肌に触れる部分に鉄の感触はなかった。だから、少しでも異変を感じたら止めるつもりで、そろりと力を入れた。

メリメリと音を立てて枷が外れる。なるべく音を立てないように、床に枷が付いた状態で続けた。

やがてコトリと、小さな音がして枷は外れた。

縄もぐるぐると巻かれていたが、こちらは簡単に引きちぎれた。

起き上がり、手首に怪我がないことを確かめる。クリスは背後の枷を見て溜息《ためいき》を漏らした。

「ただの木の枷じゃない……」

魔力封じもなければ鉄製でもなかった。鉄は留め具に使われているだけだ。なんて単純で粗末《そまつ》なものか。【身体強化】の紋様紙を使うまでもなかった。

「っと、こんな時に出し惜しみしちゃいけないんだった」

クリスは悪い癖が出たと、頭を振った。こういう時に使わずして、いつ使うのだ。

はぁっと息を整え、クリスは拳を握った。目は据わっている。さっきまでの不安な気持ちが、怒りによって吹き飛んだ。

「わたしを誘拐したことを後悔させてやる。見てなさいよ、絶対に許さないんだから」

胸元やパンツのポケットに、大事な身を守り攻撃するための紋様紙があると分かったからこそ言えるのだが。それでも怒りの方が勝った。

それは恐怖ゆえのことだったが、クリスは努めて考えるのを放棄した。


クリスはまず、自分自身に上級魔法の紋様紙【完全結界】を発動させた。これで、しばらくは誰の攻撃も受けない。

次に攻撃魔法の紋様紙を、取り出しやすい表の胸ポケットに移動させた。

片手に【状態低下】の紋様紙を、もう片方の袖にも攻撃用の紋様紙を隠し持った。そうしてから、ゆっくりと小屋の戸を開ける。

やはり誰もいない。見張りもいなかった。

クリスはパンツのポケットにある【探知】を発動させた。「人」に絞っての探知だ。魔力の指定が難しいため、使う前には深呼吸する。

「離れたところに七人？　違う、十人だ。三人は小さい……」

誘拐された子供たちだと気付いた。人に絞った探知だったので、どういった場所かは分からない。けれど、森の中であることから洞窟などではないだろうか。


さっきまで、クリスは「まずは身の安全を」と考えていた。

これほど警戒しているのも、いつ犯人が戻ってきてクリスを掴まえようとするか分からないからだ。相手に強い魔法使いがいればどうしようもない。何より、攻撃スキル持ちだとクリスでは敵わない。

魔女様考案の紋様紙が取られていなかったとはいえ、使う人間の地力が弱ければ負けてしまう。魔女様も紋様紙に頼り切るなと言っていた。

過信するのは良くないと、前世を合わせての経験上で知っている。

本来、クリスは慎重な性格だ。けれど、誘拐されたことによる恐怖がいまだ治まらず、興奮していた。

何よりも、小さい子供がまだ捕まっているという憤《いきどお》りが、それを凌駕《りょうが》してしまった。

クリスは編み込んだ髪の中にあるピンを取り出した。外見からは太いピンにしか見えない。その内側に細工してある、丸めた紋様紙を確かめた。丸めても大丈夫なように処理していることからも、売り物として換算すればとても高価になるであろう紋様紙だ。でも構わない。今が使い時なのだ。

「待っててね。絶対に助けてあげるから」

クリスは自分自身に【防御】の魔法を重ね掛けした。反動があることは知っている。良くない使い方であることも。けれど、その対処方法だって知っている。

大丈夫。今度は違う意味の大丈夫だ。

クリスは上級の【探査】を使って、気配を感じた場所へと歩き出した。


明け方に近かった。

どこかから鳥の甲高い声が聞こえる。獣の気配は感じられない。人が行き来する道だからだ。獣道が、人のための道になっていた。

とはいえ森の中の道である。ブーツを取られているクリスは、小屋にあったロープを足に巻いて靴代わりとした。

ないよりはマシという程度だが、意外と滑り止めになっている。

十五分ほどで誘拐犯の隠れ家と思われる場所に到着した。

クリスが想像したとおり洞窟だった。出口には男が一人、見張りで座っている。紋様紙の【探査】がまだ発動したままだから、彼等の配置も分かった。奥まった場所に子供たち、手前の部屋に六人が集まっている。

クリスはまず見張りの男に【状態低下】を使った。

離れた藪の中からでも命中させることができるのは、「指定」が完璧になるよう何度も練習したからだ。加えて、魔女様考案の紋様紙だからでもある。普通の紋様紙よりも効きが良い。

男は目眩《めまい》を起こしたかのようにフラフラッと体を揺らし、その場に寝転んだ。元から座っていたため派手な音は立てなかった。

しばらく待っても中から人が出てくる気配はない。

洞窟内の様子は分かっている。クリスは誘拐犯たちのいる部屋の前だけ気をつけて、奥へと進んだ。

念のため【隠密】を使った。誘拐犯たちは明け方だったからか、ほとんどが寝ている。一人は起きていたが、酒を飲んでいて侵入したクリスに全く気付いていない。

クリスは奥まで辿り着くと子供たちの様子を窺ってから【完全結界】を部屋全体に掛けた。これで安心だ。

中に入って様子を見るが、三人とも重なるようにくっついて寝ている。クリスよりも幼く、一人は幼児だった。頬に涙の後があり、瞼《まぶた》がピクピクと動いている。怖い夢でも見ているのだろうか。起こしてあげたいが、今はまだ止めておこうと考えた。先に憂いを消すべきだ。

クリスは来た道を戻った。

部屋を窺うが、誰も起きてこない。

クリスはまた【状態低下】を使い、すぐに【拘束】を発動させた。魔法を弾かれるかもしれないと次の一手も考えていたが、それはなかった。

誘拐犯の一味にしてはお粗末だ。他にまだ仲間がいるのかもしれない。クリスだけ別にされていたことからも、何らかの意味があるはずだった。

念のため、男たちを物理的に拘束しようと部屋に入った。慎重に、だが素早くロープで縛り上げていく。

ロープ使いは魔女様に教えてもらった。

魔物の素材には生きたまま剝ぎ取ることで高価になるものもある。そういう理由で教えられたのに、いつの間にか人間を捕縛する際の「決して外れない緊縛方法」も教わることになった。

魔女様の話はたびたび脱線するので、当時はその延長だと思っていた。

そうでなかったことは、今、身をもって感じている。

「魔女様、ありがとう」

――わたしに知恵を授けてくれて。

クリスは感謝しながら、男六人を縛り上げた。

それから、盗まれていたポーチを見付けて腰に巻き直した。中身は無事だ。魔女様がクリス専用にしてくれていたため、彼等は本当の中身を見ることができなかったのだろう。ゴミのように捨てられていた。

ブーツは見当たらないから諦めた。腕に巻いていたリストバンドもない。幸い、腕に仕込んでいたものは【防御】などの補助的役割のものだ。しかも対外用に作った紋様紙で、普通の魔術文字で描いている。魔女様考案の魔術紋《まじゅつもん》でなければ見られても問題ない。

クリスは次に、子供たちを連れて逃げだそうと考えた。けれど、幼児もいるのに森の中を歩いて行けるだろうか。

思案していると、洞窟の外に生き物の気配を感じた。

誘拐犯の仲間かと思って急いで外に出たが、いたのは赤猿《あかさる》という魔物だった。二メートルほどの凶暴な魔物だ。

――もっと深い森にしか現れないはずなのに。

そんなことを考えたのは一瞬だった。赤猿は群れになっているはずだ。それに、赤猿を好物とする角熊《つのぐま》というグリズリー並みの魔物が来るかもしれない。クリスは一瞬の躊躇もならぬと、袖に隠していた紋様紙を取り出した。

上級の攻撃魔法【業火《ごうか》】だ。

クリスは、普通の紋様紙を使った経験は何度もある。もちろん、魔女様考案の魔術文字で描かれた紋様紙も度々使った。

けれど、売り物の上級紋様紙は勿体無いから滅多《めった》に使わず、魔女様の上級攻撃魔法に至っては描くのが難しくて試したことがない。そもそも、上級の攻撃魔法を使うような目に遭ったことがなかった。

そのため本来の威力を理解していなかった。

「えっ……」

紋様紙が魔法を発動した瞬間に、強烈な炎が現れた。ゴオォォォォという激しい音を立て、文字通りの「業火」がクリスの目の前を焼いていく。

いや、消し去ってしまった。

魔物たちは断末魔さえ上げられなかった。あっという間の出来事だった。まるで紋様紙に魔力を通した時のような消え方だ。サラサラと、何も残さずに消えていく。

これが、魔女様の上級攻撃魔法なのだ。

業火の威力はとどまるところを知らない。

魔法で生み出された脅威《きょうい》の炎が、森を吹き飛ばした。地面も抉《えぐ》っている気がする。クリスは呆然《ぼうぜん》と立《た》ち竦《すく》んだ。

「……どうしよう。怒られる」

――誰に？

それよりも、身体強化が切れる前に動いた方がいいのではないだろうか。そう、クリスの中の冷静な部分が叱咤する。

我に返ったクリスは急いで洞窟に戻り、男たちが転がっている部屋にいいものはないかと探した。

小さな荷車が端に置いてあった。山道を行くのにちょうど良さそうな細幅のものだ。食料品でも運んだのだろう。軸が壊れかけているが、修理して補強すれば使えそうだ。

クリスは、これなら子供三人ぐらい乗せられるだろうと考えた。思い立つと、ポーチからトンカチなどの道具類を取り出した。

家つくりスキルをなんとかして発動させようかとも考えたが、クリスには物づくりの加護がある。それに今ここで集中状態に入るのは危険だ。

クリスは地力だけで荷車を改造した。


急いで作業を終えると、次に寝ている子供たちを起こした。部屋に【防音】を掛けていたため、子供たちは眠ったままだったのだ。

起き出した子供たちは攫われたことを思い出したのだろう。恐怖で震え始めたが、見た目が幼いクリスを「誘拐犯の仲間」だとは思わなかった。そのため、すんなりとクリスの話を聞いてくれる。

　クリスが優しく、ゆっくりと説明したのも良かった。

「ほ、ほんとに助かるの？」

「悪い奴等は縛ったから大丈夫だよ。でも、ここから逃げないとダメなの」

「どうして？　お迎えが来たんじゃないの……」

　ぐすぐす泣く女の子には、抱きしめて頭を撫でた。もっと小さい幼児は意味も分からず泣いている。そちらは、もう少し大きい子が抱っこしていた。その子だって涙目なのに。

　クリスは安心させようと、笑顔を見せた。

「お迎えはまだなんだ。ここが森の中だから、みんな分からないんだよ。だからね、わたしたちが自分で戻れば、帰るのが早くなるよ」

「早く、帰れるの？」

「そうだよ。早く帰ろう？」

　早く帰れる、という言葉に女の子は希望を持ってくれた。もう一人の女の子も顔を上げる。クリスは安心させるように深く頷《うなず》いた。

「大丈夫。わたしがちゃんと運んであげるから。一緒に帰ろう？」

「……うん」

「わたしも」

　幼児は、これまで一緒にいた女の子二人の声音が変わったことに気付いたようだ。泣くのを止めて顔を上げた。それからクリスを見て、きょとんとする。

「帰ろうね？」

「あうー」

「お姉ちゃんたちと一緒だよ。大丈夫。ママとパパのところに帰ろうね」

「まま！」

ママという言葉に目を見開き、幼児はきょときょとと辺りを見回した。

「外の向こうで待ってるよ。さ、一緒に行こう」

「あう！」

幼児の元気な声で、二人の女の子も立ち上がった。


一番大きい七歳ぐらいの女の子に幼児を抱っこしてもらい、五歳ぐらいの女の子には荷車の前に乗ってもらった。

簡易の背もたれは作ったものの、あくまでも急場しのぎだ。座面に三人をベルトで固定してから、クリスは荷車を引いた。

「お、お姉ちゃん、クリス、大丈夫なの？」

「大丈夫！　任せなさい！」

ドワーフの血を見せてやる。クリスは腰を入れて一歩を踏み出した。

外では、まだ火が燻《くすぶ》っている。次の魔物が来るまでに、どれぐらいの時間が稼げるだろうか。とにかく急ぐしかない。

なにより、補助系の魔法の効果が切れたら反動が来る。耐えられるかどうか分からないのだ。対処方法はあるけれど、今回のように強い上級紋様紙を自分自身に重ね掛けした経験はないから不安だ。一刻も早く森を抜けようと、クリスは何度も【身体強化】を掛け続けた。反動だろうが何だろうが、今、生きていなくては意味がない。

荷車を通せないような獣道には板を敷き、なんとか乗り越えて進んだ。

森を抜け林になり、やがて遠くに街道が見える。草原地帯だ。その道の先に、迷宮都市ガレルが見えた。

もう少し。あと、もう少しだ。

門に大勢の人影が見えた。誰かがこちらを指差している。馬の足音も聞こえた。太く響く足音。

「ペルちゃん……」

呟いて、安心してしまったのかもしれない。人の姿があることにも。彼等が本当に助けてくれるのかどうか、普段ならもっと疑っただろう。けれどもう限界だった。

身体強化の効果は長く続かず、徐々に体への負担が蓄積《ちくせき》されていた。まだ体力的には大丈夫だと思っていた。しかし、気持ちの方が持たなかったようだ。

クリスは草むらに膝をついてしまい、そこでプッツリと気力が切れるのを感じた。


クリスはペルに顔を舐められる夢を見た。

入れ替わるように頬を撫でる優しい羽。髪の毛を引っ張るかすかな痛みも感じる。

すぐに痛みは消えた。

誰かの大きな手が、優しく優しく優しく頭を撫でていく。


——お母さんかもしれない。夢だから、お母さんだ。

クリスの幼い頃に死んでしまった母親は、産後の肥立ちが悪く寝込みがちだった。それでも笑顔を絶やさず、いつだってクリスを可愛がってくれた。母親はベッドの中からクリスの頭をよく撫でてくれたものだ。

お母さんに会いたい。不思議と、前世の母に会いたいとは思わなかった。父にもだ。きっと愛されていたという実感がないからだろう。

同じことが今世でも言える。クリスの父親にも会いたくなかった。愛されていなかったからだ。

この世に、自分のことを愛してくれる人はもういない。

前世、婚約者と別れた時にも思った。誰もいない。わたしは一人。

——わたしは一人なんだ。


その時、また頬を舐められた。

「ブブブ……」

母馬が仔馬を愛おしんで呼ぶ声。

「ペルちゃん？」

そうだ。クリスには、ペルがいるではないか。慌てて起き上がった。

「ペルちゃん！」

「ググググ」

「おい、こら、急に起きるな」

「だって。ペルちゃん！」

エイフの言葉に思わず返す。自分を愛してくれるものがいる。これがどれほど嬉しいことか。この世に誰もいないという恐怖を、エイフは知らないのだ。

……けれど、エイフはここにいる。

クリスはペルに頭をすりすりされながら、彼女にしがみついた。そこに、イサが飛んでくる。そうだ、イサもいた。ほどけかけている三つ編みにはプルピがぶら下がっている。

「イサ、プルピも！」

「だから動くなって。お前は倒れたばかりなんだぞ。あと、俺の名前も呼んでくれよ」

「エイフ！　……来るのが遅いよ」

男らしい筋肉の、見るからに厳めしい鬼人族《きじんぞく》は、困ったような表情でクリスに頭を下げた。

久しぶりに見たエイフは、疲れ切った様子だ。

クリスのことを心底心配していたのだと、その目が語っている。申し訳なさそうな表情で、彼には似合わない。

「……八つ当たりだから、そんなに落ち込まないでよ」

「いや。俺が悪かった。ちゃんと見守るって言ってたのに」

「攫われたのは町の中だったの。エイフは悪くないよ。わたしに緊張感が足りなかったのが悪いんだから」

「それこそ、お前が悪いんじゃない」

大きな手のひらが頭の上に来た。一瞬ためらい、それでも置かれる。優しく緩く撫でられた。

「ニホン組の強引な誘いを断れなかった。いや、俺の中に功名心もあった。記録を塗り替えるメンバーに俺の名前が入るだろうと、期待もした。本来なら潜る時期じゃなかったのにな。そのせいで、お前は何度も危険な目に遭った」

「わたしはエイフのパーティーメンバーじゃないし、ただの流れの冒険者だよ。そこまで気にすることじゃない」

「責めてくれよ」

「責めるとしたら、自分自身をね。本当にバカだった、わたし。あんな古典的な方法で攫われるなんて」

「そうだ、その事情も知りたいと治安維持隊やギルドから人が来てる。だが起こすに忍びなくてな。ペルも、お前を連れて行かせまいとさっきからずっと守ってるんだ」

そう言われて、クリスは自分が今いる場所を確認した。

精霊の止まり木亭にある厩舎《きゅうしゃ》だった。西区の門から近いため、ここにいったん連れてきたのだろう。

辺りは暗いが、家々にはまだ明かりがついているし、気温もそれほど下がっていない。クリスが倒れていたのは半時もなかったようだ。

「もうすぐ医者が来る。それまでに部屋へ運びたいんだが。ペル、お前だってクリスを治したいだろ？」

「ヒィーン！」

「俺に怒るなよ」

もうお手上げだと、エイフは困った顔だ。イサとプルピはクリスの両肩に乗ったまま離れない。みんな、クリスが大事だと言わんばかりだ。

　クリスは嬉しくて笑った。

　笑ってみると、自分がどれほど疲れているのかが分かった。

「ちょっと待って。先に紋様紙を使うから」

「紋様紙？」

「あ、お医者さんに払うお金ってどれぐらいかな？　それによって使う紋様紙が変わってくるの」

「……あのなぁ。医者代は治安維持隊から出るよ。出なけりゃ俺が出す。ていうか、他にも出したいって奴が大勢いる。だから、そんなこと言うなよ」

　クリスはびっくりして首を振ったものの、治安維持隊が出してくれるなら儲けものだと考えを改めた。

　ならば、使う紋様紙は一枚でいい。中級の【整調】だ。上級の【整正】よりも劣るが、中級分の働きはしてくれる。読んで字のごとく、体の調子を整えるものだ。完全な回復にはならないが、それは医者に任せたい。

　自力で治すしかない場合、上級の【修復】と【原状回復】を使うつもりだった。とっておきの紋様紙である。初級の【回復】と中級の【治癒】よりも当然レベルは高い。

　その分、描くのはかなり大変だ。

　使わずに済むなら、その方がいい。クリスは安堵して【整調】を使った。

エイフはクリスが小さな紋様紙を使うため気になったらしいが、ペルが邪魔をするし外からロキたちが騒ぐのもあって見えなかったようだ。

宿に入ると、女将さんとロキ、普段は調理のため奥に引っ込んでいる親父さんが総出でクリスを労ってくれた。

一番大きい部屋が用意されていたし、ベッドは新しいシーツで気持ちいい。ベッド横のテーブルには柔らかいパンとスープが用意されている。果物も食べやすいように一口大に切ってあった。

みんなもう、クリスがどんな事件に巻き込まれたのかを知っているようだった。涙ぐんで「無事で良かった」「子供たちを助けた英雄だよ」と漏らしている。

それを聞いてクリスもハッとした。

「あの子たちはっ？　生きてる？　怪我は？」

「無事だ。疲れちゃいるが、怪我はしていない。お前の方がよっぽど、ひどい有り様だったよ」

「よ、良かったぁ……」

あの時の自分の行動が正しかったのかどうか、結果を見るまでは分からなかった。

もしかしたら、洞窟に引きこもっている方が正しかったかもしれないのだ。

実際には、西門に捜索隊が集まっていた。結果として、クリスの行動は間違っていなかった。

「詳しいことは後で話すが、実は北側の山に迷宮の別穴が開いたらしい。上層で騒ぎがあって急遽《きゆうきよ》、上がってきていたんだ。そこでお前のことを知った。しかも、都市外へ連れ出されたとの情報もあった」

どうやら地下迷宮の真上、地上部分に穴が開いた可能性が出て、急ぎ調査隊を派遣することになったそうだ。その矢先にクリスの情報がエイフの耳に入った。

一緒に地上へ戻っていたニホン族――エイフはニホン組と言う――が、別穴の調査に向かった。エイフは彼等と分かれて捜索隊に加わろうと、西門に集まっていたそうだ。そこで、クリスを発見した。

朦朧《もうろう》として倒れたクリスは喋ることができなかったけれど、子供たちはちゃんと大人に話した。魔物がたくさんいた、と。

エイフが渋い顔になった。

「赤猿が出たんだってな？」

途中で何度か魔物と遭遇した。その時は小さな魔物ばかりだったため、クリスだけで対処できた。

しかし、子供たちが「すごいすごい」と手を叩いて喜んだものだから、クリスは静かにさせようと「赤猿が来るから静かに」と言い聞かせたのだ。

それを覚えていたのだろう。子供たちは「赤猿が出た」と大人に伝えた。

「それはそうなんだけど。でも、魔物の氾濫《スタンピード》の方が心配だよ」

「そっちは問題ない。ニホン組も誘拐事件のことを気にしていたが、皆に頼まれて北の森へ向かってくれたよ」

「そうなんだ、良かった……」

肩から力が抜ける。

同時に、体のあちこちがズキズキと痛み出してきた。体調はかなりマシになったが、その分興奮が抑えられて痛みを感じるようになったらしい。お医者さんが早く来ないかと思っていると、急いだ様子で来てくれた。

一緒に治安維持隊の人もいる。ただし、エイフだけでなく女将さんも「治療が先だ」と言い張ったため、部屋の隅で待ってくれた。以前、顔を合わせた分隊長の他に隊長と思しき男性もいる。廊下にも人の気配がして、あらゆる関係者が集まってきているようだ。

これはいよいよ大事だなと、クリスはどこか他人事のように感じた。

怪我は足が一番ひどかった。爪が剝がれ掛けていたし、切り傷も多い。足の裏など小さい石ころが突き刺さったままだった。手のひらの皮も破れていた。

医者はエイフが睨《にら》んでいるからか、他の人たちの注目の的だったからかは知らないが、全力で治療してくれた。

なんと中級でもある薬師と治癒スキルを持つ、すごい人だ。異物を取り除いて、ある程度縫い合わせるなどしてから治癒スキルを何度も掛けてくれる。

クリスは「紋様紙と違って手間がかかる」などと、失礼なことを考えながら医者の治療を眺めた。魔法は掛けすぎても良くない。ひどい怪我以外は薬草を使った湿布で治す。丁寧に処置してもらい、痛み止めも飲んだ。明日も様子を見に来てくれるそうだが、念のためと薬草湿布の替えを置いていってくれた。

一息つくと、事情聴取が始まった。

何故か母親みたいに世話を焼くエイフも一緒だ。ちなみに、イサとプルピもクリスの世話を焼いているつもりらしい。さっきからずっと、果物をせっせと運んでいる。パンもスープも飲んだがあまり食べられず、果物も置いていたのに。仕方なく、ふたりに手伝ってもらってモソモソと食べている。

そんな中での事情聴取だ。

分隊長には、とにかくクリスが覚えていることを一から説明してほしいと言われた。クリスは思い出せる限りの記憶を総動員して、皆に話して聞かせた。

意識を失ったのは乗合馬車でもらった飴が原因であること。疑わなかったのは、女性の娘と思しき少女も一緒になって舐めたから。飴は袋から無造作に取り出された。舐めて数分で意識を失った。

意識を取り戻した際の小屋での様子。紋様紙を使って枷を外したこと。小屋に一人だったから逃げ出せたと、細かに説明する。

しかし、段々と疲れてきた。子供たちを助け出したくだりになると、クリスは説明を端折り始めた。それに、【業火】の紋様紙について詳しく説明するのは難しい。

だからかどうか、維持隊の男性たちが推理し始めた。

「誘拐は乗合馬車でか。確実に女と子供の仲間がいるな」

「小屋に一人置かれていたのは追跡を恐れてかもしれん」

「最近、厳しく検問していたからな」

「しかし、奴等はどうやって門を通り抜けた？」

顔を見合わせて話し合う。それぞれが気になったことを口にし、一人はメモに書いている。クリスは誰にともなく聞いた。

「子供たちは？　あの子たち、何か覚えてませんでしたか？　そうだ、それと親御さんには会えたのかな」

「ああ、そうだったね。君は知らなかったか。子供たちの両親は、西門へ集まっていたんだ。捜索願の届けを調べるまでもなかった」

「え？」

「町では大騒ぎになっていたからね」

「騒ぎに？」

クリスが誘拐されたことで騒ぎになるはずがない。これまでも誘拐はあったのだ。

では何故か。エイフが呆れたような声で教えてくれた。

「ニホン組が怒り狂ってたんだ。あんな目立つ奴等が大騒ぎで『俺の嫁を誘拐した奴がいるんだぞ！』とか『嫁はともかく小さい子を誘拐ってやべーだろが』なんて言って回ってたんだ。すぐに話が広まるだろ」

クリスはポカンとしてしまった。

その間に治安維持隊の男たちが話し始める。

「『もし俺の嫁がちょっとでも怪我してたら、この町ぶっ壊してでも犯人捜しする』なんてことも叫んでましたね……」

「言ってたな」

「西門では『魔物の氾濫《スタンピード》が起こる』などと騒がれましたし。情報統制も何もあったものじゃない」

クリスは頭を抱えた。

町の人は怯《おび》えただろう。あの、ニホン族が騒ぎ立てるのだから。しかも魔物の氾濫《スタンピード》騒ぎだ。

しかし、クリスの問題はそこではない。

「『嫁』って誰のことですかね。それと、騒いでいたヤバい人たちに、わたし会いたくないんですけど」

全員が無言になった。

「誘拐された子、みんな十歳以下ですよね？　百歩譲って、その『嫁』がわたしだったとしましょう。でも、わたしも立派に子供なんですけど！」

「分かってる。分かってるって。お前のことは俺が守ってやるから」

「絶対だよ？　絶対に守ってね？　エイフしか頼れる人いないんだからぁ……」

最後は泣き言になってしまった。もう嫌だ。クリスは頭がいっぱいになって、愚痴を零《こぼ》した。

「ガレルを出て行く。絶対。明日、精算して、ギルドに届けを出すんだ」

「いや、お前、無理だろ」

「そうですよ。それに、困ります。報奨金のこともあるし、子供たちの親もお礼を言いたいはずです。冒険者ギルドからも話があるそうで――」

廊下の気配はギルドの職員らしい。

でももう、いっぱいいっぱいだ。クリスは自分でも目が据わっていくのが分かった。するとエイフが、皆を追い出してくれた。

「みんな出て行くんだ。さっきの話を聞いてたろ。こいつ、薬で眠らされて、起きてからは一切寝ずに動き回っていたんだ。さっきも大して寝ちゃいない。疲れ切ってる。クリスが言ったとおり、こいつはまだまだ子供なんだ。こんな遅い時間に大勢で押しかけていいわけない。他の誘拐された子供たちは、もう親と一緒だろうが。聴取だってされてない」

「……そうだね。そうだった。申し訳ない」

隊長は恥じた様子で、クリスに謝った。

彼等はすぐに出て行った。女将さんも、廊下にいた人を追い出しにかかった。


エイフは残ったままだ。

「俺も邪魔だろうけどな。お前が心配だから、父親代わりで見ていてやるよ」

「……あながち違うとも言えない年齢差だもんね」

「お前なぁ」

「へへ。でも、うん。ちょっと怖いから、寝るまでそこにいて」

「……素直じゃないか」

「うん」

イサが心配そうにクリスの膝の上に乗った。プルピは枕元にいる。何も喋らないが、静かにクリスを見守っていた。


エイフは本当に見ているようだ。テーブルを退《ど》け、椅子をベッドの横に置いた。それから「早く寝ろ」と背もたれのクッションを抜いてしまう。

クリスは良い匂いのするシーツに埋もれた。

大丈夫。イサとプルピがいる。それに、口は悪いけど、冒険者の先輩として頼りになるエイフもだ。

——大丈夫。

今日一日、何度も自分に暗示を掛けた言葉。それを寝る間際まで、クリスは続けた。

翌日、残りの誘拐犯を捕まえるために人相書きを作った。もちろん専門の人が描いたものだ。ベッドの住民だったクリスの話を聞いて、あっという間に作られた。複写もスキル持ちの人によって作られる。

エイフはそれを持って出て行った。自らの手で捜すらしい。

部屋を守るのはロキだ。彼はエイフからチップを渡されたが断った。町の英雄であるクリスを守るのは自分の仕事だと言って。

午後からはワッツとアナが見舞いに来てくれた。

夜にはダリルまでもだ。どうやって「クリスが精霊の止まり木亭に泊まっている」と知ったのか問うと、ニヤニヤ笑って種明かしされた。

クリスは今や、迷宮都市ガレルの有名人なのだそうだ。特に庶民には知られているらしい。自分だって誘拐されたのに、同じく誘拐された子供たちを連れて森を歩き通した。それが広まったらしい。

「えぇー。やめて……」

「なんだよ、そんなに嫌そうな顔しなくても」

「嫌だよ」

ダリルは「英雄税だから我慢しろ」と笑った。しかしすぐに表情を改めた。

「すまん。俺がちゃんと送ってやれば、クリスが偽の乗合馬車に乗ることもなかった」

ガバッとベッドの端に手を突いて頭を下げる。彼は早口で続けた。

「地区が違うと御者の顔を覚えてる奴なんていない。許可証が本物かどうかなんて分からないだろう。それに乗合馬車を使って誘拐しているとは、誰も考えてなかった。でも、そんなのは言い訳だ。もう少し用心していれば、クリスがそんな目に遭うことはなかった」

ダリルの視線がクリスの足に向いた。シーツからはみ出ている両足が、包帯でガチガチに守られている。

添え木があって大仰に見えるが、これは足の裏を怪我しているからだ。安静にしていてもトイレにだけは歩いて行くしかない。誰かに抱っこで運ばれるのは嫌だったから、工夫した。骨が折れているわけではない。

そう説明しても、ダリルは首を振るだけだ。

「悪手ばかりが続いてしまっただけだよ。気にしないで」

無事だったのだから、それでいい。

けれど、ダリルは痛ましそうにクリスの両足を見つめて首を振った。


彼は他にもまだ謝ることがあると言って、ベッドに手を突いた。

「前に話していたチンピラ、ようやく見付けたのに逃げられてしまったんだ。すまん！」

「見付かったんだ……」

「ああ。貧民街の奴だった。貧民街の半分を、オリーってヤクザ者が仕切っているんだが、その手下だった。オリーは冒険者崩れでな。北地区出身じゃないから、長老たちの説教なんざ聞くわけもない」

「そんな相手、大丈夫なの？」

「逃がしたのは失態だ。捕まえて維持隊に突き出したかったんだが」

そんな話をしていたところにエイフが戻った。

エイフは誘拐犯の一味を治安維持隊と一緒になって捜査していた。途中で戻ったのはクリスの様子を見るためだろう。

クリスは「お疲れ様ー」と手を振ろうとした。が、彼は部屋に知らない男がいることに目を細め、突然威圧を放った。クリスは慌ててエイフを止めた。

「違う違う、この人いい人！」

焦ってしまって早口言葉のようになった。ダリルは固まったままである。

クリスは急いで説明する羽目になった。エイフは納得すると威圧を収め、今日の成果を教えてくれた。

「クリスをハメた女と子供だが、貧民街の奴だった。誘拐犯を率いていたのはオリーってチンピラだ」

「「オリー！」」

クリスとダリルが同時に叫んだ。


この日、迷宮都市ガレルでは大捕り物が繰り広げられたそうだ。

エイフはもちろん治安維持隊も、更には地下迷宮の氾濫《スタンピード》を押さえた「ニホン組」まで参加しての大々的な大捕り物だったらしい。

これまで何の進展もなかったものが一気に解決できてしまった。そういうところも彼等の良さなのだろう。

ただし、かなりメチャクチャだったらしいが。

「いやぁ。あいつら、やっぱり、ぶっ壊れてる。魔物相手だけかと思ってたが、人間相手でも容赦《ようしゃ》がねえ。クリスが関わりたくないっていうのも分かるよ」

「だよね！」

「おい、それ、問題ないのか？　剣豪《けんごう》の鬼人《ラルウア》が『ぶっ壊れてる』って言うなんざ、よっぽどじゃないのかよ」

　この日ダリルは北地区にいなかったため、貧民街での大捕り物を知らない。彼は青くなりながらエイフに聞いている。

　エイフは面倒くさそうに答えた。

「あんたらが住んでいる地域は大丈夫だと思うが、貧民街は壊滅的だな。一応、関係ない奴には逃げるよう告げて回った。そもそも無断で住み着いている奴等だ。治安維持隊も、まともに助けようとはしてない。子供は可哀想だから見つけ次第、養護施設へ連れて行ったぞ」

「……そうか」

「ダリル、気になるなら帰ったら？　お見舞いは受け取ったし」

「すまん。それと、取り逃がした奴等、貧民街が壊滅したなら北地区に潜んでるかもしれん。もう一度、手下どもと捜してみる」

「うん」

　ダリルは北地区が心配だからと急いで帰っていった。

　エイフが「なんのことだ？」と目で問いかけてくるので、ゲイスに襲われた時に一緒だったチンピラのことを説明した。

「なるほどな。そいつら、ゲイスに話を持ちかけられて、いい誘拐話になると思ったんだな」

「オリーって親玉のところに連れていくつもりだったのかも」

「なら、誘拐犯の一味じゃないか。明日は、そいつらを捜すか」

どうやら一人も残さずに捕まえる気でいるようだ。急ぐのはクリスのためかもしれないが、そう遠くないうちにガレルを出るつもりだ。

もう関わりたくない。クリスは溜息を漏らした。


エイフは昨日までは同じ部屋のソファで休んでいたが、さすがに快復してきたクリスと同じ部屋にいるのは悪いと思ったらしく、今は部屋を移っている。

クリスは引き続き広い部屋のままだ。女将さんたちの厚意で使わせてもらっている。それが申し訳ない気持ちもあって、早く出たいと考えていた。

「イサはわたしと一緒に行くんだよね？」

「ピッ！」

「プルピは万年筆ができるまで？」

「ウム。ソロソロ手ヲツケヨウト思ッテオル。終ワレバ、ワタシモマタ別ノ旅ニ出ルダロウ。ナニ、寂シガルデナイ。加護ヲ与エタ者ノ場所ハ分カルヨウニナッテイルノデナ。イツデモ会イニ来テヤロウ」

「あ、はい」

返しようがなく、クリスの返事はあっさりとしたものになった。するとプルピが腰に手を当て、首を振った。

「……前カラ感ジテイタガ、ワタシノコトヲ敬ッテオラヌナ？」

「そんなことないよ！　プルピはすごい！　大好き！」

「ワザトラシイノウ。マ、大袈裟ニサレルノハ、ワタシモ好カヌユエ構ワヌガ」

プルピは大らかな精霊だが、時々細かいことを言う。クリスがイサをぶつけても気にしていなかったのに。……最初は突然やるなと怒ってはいたが、その後は面白がって何度かせがまれたほどだ。なので、どこに拗ねポイントがあるのか分からない。

クリスは首を傾げ、笑って誤魔化すことにした。


足の怪我がほぼ治った頃、クリスは報奨金を受け取りに冒険者ギルドの本部へと向かった。

実は、誘拐犯については以前から、捕まえたら報奨金がもらえることになっていた。その分と、子供たちを助けたことで行政府からも出ることになったのだ。治安維持隊が上に掛け合ってくれたそうだ。

ギルドではクリスの姿が見えるやいなや、アナが走り寄ってきた。ワッツも後を追うようにやって来て、隣接するカフェへと案内してくれる。

第六章　誘拐事件と小さな英雄

「すぐに用意をさせるから。ところで体はもう大丈夫なのかい？」

「はい。もう、ほとんど。お医者さんも毎日来てくれるんです」

毎日少しずつ魔法を掛けてくれるおかげで、クリスの怪我はほぼ治っている。歩けないのが一番困るから、足の裏から治してもらった。今は爪も綺麗についている。

あとは細かい切り傷ぐらいだ。それも、薬草を毎日取り替えてもらっているから問題ない。

ちなみに、せっかく専門家と知り合ったのだからと、クリスは薬草の話をたくさん教えてもらった。もっとも知識的には魔女様の方が断然上だった。それでも、町で必要な薬草や売れる薬草などが知れたのは有り難いことだった。

そうした雑談を交え、奢《おご》ってもらったリンゴジュースとパンケーキを楽しんでいると、騒ぐ声が聞こえてきた。

「げっ」

「どうしたの、アナさん」

彼女らしくない変な声だ。思わずどうしたのかと口にしたクリスだったが、途中で気付いた。イサもだ。テーブルの上でお裾分けのパンケーキを啄《ついば》んでいたのに、慌ててクリスの肩に乗った。

クリスは振り返るのが嫌なような、でも見ないといけない気がしてギルドの入り口近くに視線を向けた。

「げっ」

「クリスちゃんまで真似しなくてもいいのよ」

「だって」

「言いたくなる気持ちは分かるわ。……本当は、あなたのお見舞いに行きたいって言ってたのよ。みんなで止めていたんだけど」

二人の視線を受けたルカは、嬉しそうに手を振った。


ルカは一人で来ていた。クリスはホッとした。他のニホン族に会って、万が一にもクリスが同じ日本からの転生者だとバレたくないからだ。

彼等は同族への強い執着心が有名で、時に強引なまでの勧誘を行うそうだ。まるで、今の世界のつながりなど必要ないと言わんばかりの態度らしい。そのせいで親子の絆が断たれた人もいるとか。

これはクリスが休んでいる数日の間に、世間話として聞いた。その時に改めて思ったが、エイフは彼等のことを呼び方で区分けしている。地下迷宮攻略のために来ているルカたちのことを「ニホン組」と呼び、総称として「ニホン族」と説明していた。

たぶん、冒険者グループが「ニホン組」なのだろう。

そのニホン組が魔物の氾濫《スタンピード》を押さえ込んだことで、彼等はまたも有名になった。宿の

第六章　誘拐事件と小さな英雄

食堂でも噂話《うわさばなし》で盛り上がっている。宿には冒険者が多く、彼等は「ニホン」のエピソードについて知りうる限りを情報交換し合う。クリスも一緒に話を聞いて、知った。

ニホン族の噂のほとんどは「スキルに恵まれている」「正義感が強い」「庶民の味方」といったものだ。

同時に、強すぎる正義感のせいで「勘違いから起こった事件」についても語られた。それが先ほどの「強引な勧誘事件」だ。

といっても、転生者本人から被害を訴える声はほぼない。転生前の記憶があるためか、親との関係が良くない者が多いという。そのせいで強引な勧誘については肯定されているそうだ。

クリスとて父親との関係は悪いが、だからといって彼等に自由を奪われる理由にはならない。

だから、明かす気はなかった。まともなニホン族に会えば話すかもしれないが、それも不安でしかない。

なにしろ「強引」な者が多いのだ。

「クリスたん！　良かった、無事だったーっ！」

待て。なんだ、それ。クリスの瞼が半分下がった。アナも同じような、渋い表情になっている。

ルカは全く気にせず、機嫌良くやって来ると、許可も取らずに同じテーブルに座った。

——そういうところだ！

と、喉まで出掛かったクリスである。

「俺の知らない間にひどい目に遭ったって聞いてさ。もうホント、ビックリしたんだ。俺がずっと傍にいてやってたら良かったよ。ホント、ごめんな」

「……いえ、あなたに護衛してもらうつもりは一切なかったので」

「護衛なんて、そんな他人行儀な～」

「他人ですよねっ？」

「えー。俺、クリスたんの保護者だよ～」

「はっ？　いつから？　いや、そうじゃなくて、要りませんから」

「遠慮しなくてもいいのに。そういうところも可愛いなぁ。奥ゆかしい……」

ルカは奇妙な笑顔でうっとりとクリスを見た。クリスはドン引きで、アナは目を剝いた。

「残りの誘拐犯も俺が見付けるからね！　そうだ、今から俺たちの宿においでよ。高級宿だからセキュリティも万全だし、何より俺がいるからさ」

「いえ、今の宿が好きなので」

「お風呂あるよ？　女の子はお風呂好きだよね～？」

引っかけかな？　一瞬でそう考えたクリスは、記憶が戻るまでのことを思い出してみた。

答えはスルスルと出てくる。

「そんな贅沢《ぜいたく》なこと、お姫様しかしないでしょう？　わたし、一週間水浴びしなくても平気です」

「……えっ？」

ルカがおののいた。

――あ、この顔は見たことがあるぞ。

クリスは前世での部下を思い出した。入社したばかりの青年だった。彼は潔癖の気があり、営業部長の「冬の俺は三日に一度の風呂で問題ない」という謎の宣言にドン引きしていた。

アレと同じ顔をしている。

クリスは笑いを堪えて続けざまに追い打ちをかけた。

「水浴びなんて贅沢、二週間に一度ですよ。頭が痒《かゆ》くなったら櫛《くし》で掻《か》いて、その後丁寧に梳《す》けば問題ないし」

クリスはルカに止めを刺した。

実際は乾燥しているせいか、匂いはそれほどひどくならない。乾燥ゆえに痒みは出てくるけれど、泥を塗っていれば保湿になる。

体は浄化しすぎても良くない。案外、小まめに体を洗う必要はないのだ。汗腺の多い場所だけ綺麗にすればいい。

辺境地《へんきょうち》では殺菌作用のあるサボテンから作る洗浄剤もあった。地域によっては葉から抽出するなど、それぞれだ。水がない地域では、これらを使って清拭する。お風呂に入れない庶民の知恵だ。

ルカには教えないが。

そのルカは、ぷるぷる震えている。クリスは彼に告げた。

「それと、保護者はもういますから」

「クリスたん……そんな……」

「あと、その変な名前で呼ぶの止めてくれませんか。時々、何言ってるのか分からないし、困るんです」

そこでアナが援護してくれた。

「だから、いつも言ってるでしょう？　ニホンの方々の独特の物言いは、わたしたちには通じないんです。今だってクリスちゃんが対応できているのは、わたしたちが情報を教えてあげたからですよ？　普通は、ギルド職員でもない一般人には分かりませんからね」

「あ、冒険者の先輩方も話してました。なんかすごく強いけど、話は通じないって」

クリスも乗った。すると、アナが「ほらね！」と我が意を得たりという顔になる。

「ルカさんだって、よく言ってるじゃない。『俺たちとは頭の出来が違う』って。なんでしたかしら？　そうだ、わたしたちは『エヌピーシー』というものなんでしょう？」

アナもぐさぐさとルカを刺す。

ルカは胸に手を当てて、よろめいた。どこか演技っぽい。オーバーアクションだ。

クリスは半眼のままルカを見た。アナの視線も冷たくて、ルカはキョロキョロした後に何か呟いてから離れていった。もごもごしていたので独り言なのだろう。最後まで分からない人だった。


ルカが完全にギルドを出て行ってから、クリスとアナは顔を見合わせた。

「ふふふ」

「ふはっ。アナさん、すごい」

「ピ！」

「あ、イサもそう思う？」

「ピピッ」

「やだ、クリスちゃん。……でもちょっと言い過ぎたかしら？」

「あれぐらい言わないと離れてくれなかったですよ。本当にもう何言ってるのか分からなくて、頭がおかしくなると思いましたもん」

「そうよねぇ。受付の子も心底嫌がっていたから、まだ小さなクリスちゃんなんてもっと嫌よね」

ルカはあちこちで女性に粉を掛けているらしいので、完全に嫌われているようだ。それはそうだ。あんな調子で女性が靡《なび》くのだろうか。クリスは不思議で仕方なかった。

その後はスムーズに進んだ。

ちなみに、騒ぎに気付いたワッツが急いで来てくれたのだが、その前に撃退してしまったために「今回も助けられなかった」と肩を落としていた。

しょんぼり顔のワッツは仕事を忘れず、報奨金の明細をクリスに見せてくれた。

「結構あるんですね」

「誘拐犯の一味を生け捕りにしてくれたからね。しかも赤猿の討伐《とうばつ》も行っただろう？」

「討伐証明部位は取ってないのに」

「洞窟付近を捜査した時に痕跡があったから、問題ないよ。それに誘拐された子供たちも証言してくれた。ただ、実際の数より少なく換算してしまったかもしれないんだけどね」

「それは仕方ないですから」

討伐分をもらえるだけでも有り難い。

結局、合計で大金貨二十枚となった。使いづらいため支払いは金貨だ。二百枚にもなる硬貨は、後で隠れてポーチに入れるしかない。


その前に、ワッツとアナが待ってましたとばかりに話を始めた。

彼等の話は治安維持隊にも聞かれたことだった。が、新たな質問もあった。

「洞窟の付近が焼け野原になっていたのが何故か、聞いても？」

「あー。えっと、紋様紙を使いました」

「それはどの紋様紙かな」

クリスが治安維持隊の事情聴取を受けた時は、誰もまだ洞窟に行っていなかった。いや、辿り着いた者がいたかもしれないが、少なくとも聴取時に情報は届いていない。

とはいえ、現場を調査することは分かっていたし、整合性がとれないことで変に疑われるのは困る。だから、過小申告ではあるものの、正直に話していた。

森を焼いた、と。

ところが、紋様紙を取り扱うワッツにすれば、威力の大きさに違和感を覚えただろう。何より森が消し飛んだ。

アナは調査隊の冒険者から聞き取りをして「威力がおかしくない？」と気付いたはずだ。だから二人はこうして「こっそり」とクリスに聞いてきた。

もし大事にするのなら、治安維持隊と一緒に再度取り調べがあるはずだ。つまり、二人はまだ違和感を誰にも伝えていない。

はたして。

「ここだけの話でいいんだ」

「ニホン族に目を付けられないかが心配なの」

「もうすでにルカ君には目を付けられているけどね」

「ちょっと、ワッツ」

そんな二人に、クリスは小声で告げた。

「とっておきの紋様紙を使いました。あの、本当に内緒でお願いします」

「分かってるとも」

「もちろんよ」

「実は、わたしに魔術紋を教えてくれたのは大魔女様なんです」

「……もしかして大魔法士スキルを持っていたりするのかな？」

クリスが頷きもせずに黙って二人を見ていると、真実だと気付いたようだ。ワッツの顔が驚愕に変わる。アナはポカンとしてしまった。

何故なら、大魔法士スキルは最上級と呼ばれるものだからだ。

ニホン族に勇者や聖女というスキル持ちがいることは、ルカからも聞いて知っている。そのニホン族でさえ、最上級のスキルを得ることは珍しい。

それほどすごいスキルなのだ。大魔法士スキルというのは。

「辺境で、父親に虐待されていたわたしに、魔女様は生きるための術《すべ》を与えてくれたんです。紋様士《もんようし》スキルなんてないけど、地道にじっくり描けば紋様紙になる。それは何のスキルも持たないわたしにとって大事な生命線だったんです」

第六章　誘拐事件と小さな英雄

これは本当だ。口の悪い魔女様だったけれど、そこにはクリスを憐れに思う気持ちが確かにあった。

その魔女様に言われた。もしも誰かに、魔女様が教えてくれた魔術紋や紋様紙について聞かれたら「こう答えな」と。

「スキルのないわたしが描く紋様紙のレベルは知れてます。そんな状態で、辺境の地を旅するのは無理があるでしょう？　魔女様は餞別《せんべつ》に『専用の攻撃用紋様紙』をくださったの。もしもの時に、一度だけ使えるものです」

「それほどのものを？　なんて優しい方なの」

「大魔法士の作った専用紋様紙、なんてすごい……」

大魔法士がくれた「専用の攻撃用紋様紙」と聞いて、二人は言葉を失った。

二人が「優しい」だとか「すごい」というのは、もしかするとクリスが思う以上に「すごい」ことなのかもしれない。

実際には、魔女様はクリスに魔術紋を教えただけだ。彼女が描いたものはもらっていない。でも、どちらにしても二人が驚くほどだというのはクリスにも分かった。

クリスは演技過多にならないよう、努めて淡々と続けた。

「あの時は使わなきゃいけなかった。でも、まさかあれほどのものとは思ってなくて」

「いや、うん。確かに途轍《とてつ》もない状態だったそうだからね」

「わたし、何度も聞き直したもの。山の上部が二つ分、吹き飛んだそうよ」

山二つとはクリスも知らなかった。びっくりしたものの、神妙な表情を保ったまま続ける。

「治安維持隊の聴取では『上級の紋様紙を隠し持っていたから何枚も使いました』って答えたんです」

「うん、まあ、そう答えるしかないよね」

「だって、魔女様の、その餞別の紋様紙はもうないものね？」

「はい。使ってしまいました。ずっと大事に持っていたのに」

泣き真似をしようとして、本当に涙が出てきた。あれを描くのに、どれだけの時間がかかると思っているのか。盗賊たちには本当に腹が立つ。

そう、クリスは「報奨金の金貨二百枚では割に合わない」と気付いてしまった。

――なんてことだ。

クリスは更にとんでもない事実に気付いた。他にも【身体強化】など、たくさんの紋様紙を使ってしまった。それなのに！

「ああ、泣かないで。ごめんなさい。まるで疑うような聞き方だったわね。ごめんなさい」

「そうだね。大事な餞別だったんだよね。可哀想に。ごめんよ」

クリスの涙が本物だったせいか、二人は信じてくれたようだった。

しかも。

「クリスちゃんが使った紋様紙の分、討伐に必要だったということにして上に掛け合ってみるよ」

「そうよ。報奨金としては少ないもの。ワッツ、わたしも計算書を出すわ」

と、良い方に転んでくれた。クリスは嬉しくて、また泣いた。


落ち着くと、二人には改めてお礼を言った。そして、迷宮都市ガレルを出て行くと改めて伝えた。

「寂しくなるわ」

「そうだね。君の紋様紙には本当に助かっていたから、残念なんだけど」

「すみません。でも、今度こそ本職の方々に頑張ってもらってください」

クリスが笑うと二人は苦笑した。魔法ギルドとの話し合いは少しずつだが、なんとか進んでいるそうだ。ニホン組が迷宮の最下層で必要だと訴えていることから、増量できそうな雰囲気らしい。

「異動届、提出しておきますね」

「分かったわ」

「受付に小さな踏み台を用意してくれて、ありがとう」

「あら」

「西区のギルドにも踏み台があるの。そうだ、ユリアさんにも挨拶しないと」

「ユリアはいい子でしょう？」

「もしかしてアナさんが何か言ってくれたんですか？」

「ええ。だって、クリスちゃん、可愛いもの。小さいのに一生懸命頑張ってて」

アナはクリスの手を握って言った。

「無理しちゃダメよ。本当は引き留めたいけれど、冒険者を引き留めるのは御法度だわ。だから、わたしはクリスちゃんに、こう言うわね。絶対に死んじゃダメ。命を大事にね」

「はい」

優しい言葉に、クリスは素直に頷いた。

{第七章}

迷宮都市の最悪と最善

Episode.7

Leitsukuri skill de isekai wo ikinobiro

ギルド本部に何度も足を運んだクリスだが、これでもう最後だろうと、感慨深く見回した。大きく立派な建物で、室内も清潔だった。今までの旅で立ち寄ったギルドとは雲泥の差だ。冒険者の数も多い。カフェでジュースを奢《おご》ってもらったこともある。

アナを筆頭に、ギルドの職員にも良くしてもらった。

クリスが見納めていると、追加で計算してくれた紋様紙《もんようし》の支払いに許可が下りた。アナがその場ですぐに清算してくれる。おかげで、クリスが改めて受け取りに来る必要はない。もういつでもガレルを出て行けるのだ。クリスはアナとワッツに最後の挨拶をして、席を立った。

その時、また入り口が騒がしくなった。ルカが戻ってきたのかと咄嗟に回れ右をしかけたクリスは、男の叫び声を聞いた。

「近くで火事だ！　手伝いを頼む！」

中央地区に住む商人らしきの男の叫び声に、ギルド内で待機していた冒険者たちが立ち上がった。これは依頼でもある。依頼者は迷宮都市《めいきゅうとし》の行政府だ。

火事や魔物の氾濫《スタンピード》などの災害が起こった際、自動的に発動するシステムである。ほぼ強制参加となるが、自分たちが住まう場所を守るためだ。当然のことだった。しかし、これには穴がある。クリスには当てはまらないのだ。異動届を出したクリスには当てはまらないのだ。けれども冒険者の一員として、クリスは皆と一緒に外へ出た。

そこで煙を見た。

――意外と近い。

ガオリスの木材加工所の方角だ。クリスは嫌な予感がした。

クリスも他の冒険者たちに遅れまいと、煙の上がる方に向かって走った。ギルドから出てきた冒険者、たまたま近くを通りがかった男性たちも一緒になって駆けていく。彼等に追い抜かれながら、クリスの中の不安がどんどんと増す。

近付けば分かる。火元がガオリスの木材加工所ではないと。

燃えやすい木材加工所ではない。それなのに、離れていても分かるほどの火柱が立っていた。広がって燃えているようには見えない。

そう、クリスが山の中で使用した「業火《ごうか》」のようなものではない。もっと狭い範囲だ。

狭い範囲で、火柱が上がっている。

「そんな……」

――嘘だ、嘘だ、嘘だ。

クリスは慌てふためく周囲の人間を搔《か》き分け、馬車の預かり所に辿り着いた。馬や人の手で、預けられていた馬車が引き出されている。

その混乱の中、燃える馬車を見付けた。

クリスの家馬車だった。

呆然《ぼうぜん》と、ふらふらとしながら、近付いた。誰かが止めようとするのを振り払う。

燃え盛る家馬車の近くで、エイフが男を締め上げていた。近くにはルカがいる。ルカも別の男を取り押さえていたが、どこかぼんやりした様子だった。

「どう、して？」

「クリスか……」

エイフが痛ましそうにクリスを見た。どうしてここにいるんだ、そんな視線でもあった。

ルカはクリスから目を逸らした。それがどういう意味なのか、そもそも目の前の光景が一体どういうことなのか、クリスにはさっぱり分からなかった。

けれど、目の前では大事な自分の家が燃えている。それだけは隠しようのない事実だった。

「わたしの、家、なのに……」

呆然と呟いたクリスに男が気付いた。

「はっはー、やっぱりな、これがそうだった！　……くっ、離せ」

「黙れ、くそったれが！」

エイフの下でひしゃげていた男が叫んでいる。その顔は汚れていて判別できなかった。

けれど、ルカが取り押さえていた男の顔には見覚えがあった。クリスは彼の顔を覚えてい

た。ゲイスと一緒にクリスを捕まえようとした男だ。

「まさか、あの時の？　なんで、ここに」

「へっ、ざまーみろ。俺たちの住処を奪いやがって！」

「そうだ！　だから、お前の家を燃やしてやったのさ」

罵る男を、ルカが慌てた様子で押さえ込もうとした。

「おい、黙れよ！　ぶっ殺すぞっ！」

ぶっ殺すと言ったルカは、クリスを一度も見ようとしなかった。ちょうど目の前に、クリスが立っているというのに。ルカが顔を少し上げたら目を合わせられる位置なのに、彼はいつものようにクリスをジロジロと見ない。

まるで何かを隠しているように。まるで男たちに喋らせたくないかのような……。

何かが頭の隅をよぎる。クリスは思い付くままに口を開いた。

「どういうこと？　ねえ、どうやって分かったの。これがわたしの家馬車だって、どうして気付いたの」

「コイツが話してたんだよ！」

「この男が俺たちの住処を壊し回っていた時になっ。くそ、お前のせいで！」

コイツ、と言った時に男二人はルカを見た。

そう言えば、エイフが話していた。「あいつら、ぶっ壊れてる。魔物相手だけかと思ってたが人間相手でも容赦《ようしゃ》がねえ」と。クリスは思い出した。更にエイフは、貧民街が壊滅したという話もしていた。彼自身がやった、という感じではなかった。

ニホン族、いやニホン組がやり過ぎたのだ。

……彼等は正しいことをしたのかもしれない。

違法に住み着いた貧民街の人々を、なんとかしたい行政府の意向もあったのだろう。だから彼等は容赦なく暴れた。

もちろん、それに対して逆恨みする方が悪い。悪事を働いたのだから相応の罰は必要だ。それに伴って迷惑を被った人もいるだろう。でも、男たちが逆恨みする権利などない。

分かっている。ニホン組は悪くない。

けれど、肝心の悪人を取り逃がしたせいで、不用意にクリスの情報を話したせいで、こんなことになった。

だとしても、犯罪者を捕まえようとした彼等をクリスは責められない。

だからこそ行き場のない悲しみがクリスの喉から迸った。

「ふっ、ふぐ、う、うわぁぁぁんっ！」

自分でもわけが分からない。どうしていいのか分からない。どこにぶつけたらいいのか。どうして今叫んでいるのか。何故こんなに苦しいのかも。

でも、止められなかった。

「わっ、わだしのっ、馬車ーっ！」

「クリス、おい……」

「だっ、だいじ、なっ、家、だった、のにっ」

喉がひくりと音を立てる。止められなくて、ひくひく言いながら、クリスは当たり散らした。

「もう、やだっ！　こんな町、嫌いっ、大っ嫌い！　やっと定住っ、できるって思って、来たのに、ダメで！　頑張ったのに！　いっぱいいいっぱい頑張ったのにぃぃ」

周りがシンと静かになった気がした。燃えていた家馬車は誰かが水魔法を使ってくれたようだ。いつの間にか煙だけになっている。

けれど、クリスの叫びは止まらなかった。

「なんでっ、いっしょ、けんめー、頑張ったのに！　ゆーかい、されて！　怖かった、けど、頑張ったのに！」

座り込んでワンワン泣きながら叫んだ。


誰かが、何か言った。

誰かの声がクリスの耳に入った。

最初はイサだ。

「ピィィ……」

クリスと一緒になって泣く、鳴き声だった。

「そうだよな。お前、頑張ってた。俺に頼らず、一人で山の中入っていったもんな。お前はすごいよ」

エイフだ。エイフの声がクリスの近くで聞こえた。すぐ後ろにいる。クリスはぐずぐずと泣いた。

少し離れた場所からルカの声も聞こえた。

「ごっ、ごめん、クリスたん。俺のせいで。俺が余計なこと言ったから」

「そうだぞ、お前が軽率に喋ったせいだ。大体、下っ端がＮＰＣに声を掛けるなって言ってあっただろうが。ルールを守れよ、ルールをよ」

「分かったよ……」

クリスの耳にぼんやりと聞こえる声は、ルカの仲間のニホン組だろうか。

他にも、徐々にざわめく声が聞こえてくる。

「あの子が誘拐犯《ゆうかいはん》を一人で捕まえて、子供たちを運んで戻ってきたんだろう？」「あんなに小さい子だったのか」「そりゃあ、頑張っただろう」「子供三人も助けたんだぞ？　なのに、これって」「可哀想すぎるじゃねえか」「こんなのってない」

ざわめきは、どこか物悲しい。

「町の英雄だぞ。子供たちを守ってくれた小さな英雄に、これでいいのか？」

「この都市を大嫌いって言わせてしまったな」

「そんな思い出だけにしていいのかよ」

エイフがクリスを引き寄せて、抱き上げた。子供みたいに抱っこする。よしよしと何度も背中をポンポンと叩かれ、クリスはぐずぐずと泣いたままエイフにしがみついた。

イサもクリスにしがみついているのが分かる。

頭の上に、プルピの気配もした。いつ来たのか分からないけれど、彼もクリスの髪の毛にしがみついているようだった。

エイフが言う。

「なあ、聞いてみろよ。お前のこと、みんなが心配してるぞ。クリスのために何かできないか、みんなで話し合ってる。聞こえるか？」

「うん……」

「俺にもできることがある。な？　だから、もう泣くな。可哀想で見てられねえよ」

エイフは本当に困ったような声音で、クリスは思わず顔を見た。想像したとおりの、困惑顔だ。クリスは笑って、それから涙を袖で何度も拭いた。


クリスが泣き止んだ頃にはたくさんの人が集まっていた。

治安維持隊の隊員たちは痛ましそうにクリスを見て、男二人を引きずるように連れていった。

冒険者ギルド本部からも人が来ていた。ワッツとアナだけでなく、他のギルド職員もいる。ガオリスと従業員の皆も一緒だった。他にも、クリスが手伝いをした魔物素材取扱店の人たちが来ていた。彼等は騒ぎに気付いて駆け付け、その中心にクリスがいると知って残ったらしい。

近所の人も残っている。その皆が口々に話す。

「うちは木材を提供しよう」

「だったら、俺たちは使っていない馬車がないか当たってみよう」

「素材は任せてくれ」

「わしらは加工が専門だ。木材はこっちへ回しな。すぐに使えるよう加工してやる」

「布は？　あたしらのところにゃ、端切れがたくさんあるんだ。馬車ならクッションやカーテンがいるんじゃないかい」

「そりゃいい。そうだ、この馬車は家でもあると言っていたぞ。そうだったな、ガオリス」

「そうさ。二階が寝室でな。とても居心地のいい部屋だったんだ。ベッドも特製のものさ。布団はまだいいものを揃えられてなかったが」

「それなら仕立ててやろうじゃないの。あたしのところにゃ、良い綿が集まるんだ」

クリスはポカンとして皆を眺めた。

エイフに抱っこされたまま話し合う皆を見ていると、アナがやって来た。その目は赤く、涙ぐんでいる。けれど泣くことはなかった。クリスの傍まで来て、彼女は無理矢理に笑顔を作った。

「ね、クリスちゃん。もうちょっとだけ、ガレルにいてほしいの」

「アナさん」

「こんなところ、嫌よね。だけど、最後まで嫌な思い出のまま行ってほしくない。これは、わたしの我が儘よ」

クリスは首を振った。プルピが飛んでいった。イサも、クリスのお下げに当たって落ちる。頭の隅で「ごめんね」と思いながら、でもクリスの思考の大半はアナや皆に向かっていた。

「クリスちゃん、わたしたちに償いのチャンスをちょうだい」

「アナさん、そんなの、ずるいよ……」

断れるわけがない。

断るわけがない。

嬉しいに決まってる。

有り難いに決まってるじゃないか。

クリスは、またぐずぐずと泣いた。エイフの服を握りしめたまま泣き笑いで皆に頭を下げる。

「ごめんなさい、ひどいこと言って」

皆、慌てて「そんなことない」だとか「謝んなくていいんだ」と言う。女性の中には泣く人もいた。

少し離れた場所からは聞き慣れた声がした。

「くそー、クリスたん、健気かよ！」

「おい、お前ホント止めろよ」

「そうよ。大体あなたがＮＰＣにちょっかいかけるから、こんなことになったんでしょ。反省しなさいよ」

「わ、分かってるって」

情けない声を出すのはルカだ。彼と話すのはニホン組の人たちだろう。地下迷宮ピュリニーの最下層到達を目指してガレルに来た……。

ルカに対して思うことはあるけれど、彼等に何かされたわけではない。クリスは、もし顔を合わせるのなら、ちゃんと挨拶しようと思った。けれども、この騒ぎの一端を担ったということでギルドの職員が連れて行ってしまった。

クリスは残っていたアナに伝言を頼んだ。

「ルカに『不幸な巡り合わせだから怒ってない』って、伝えてくれます？」

「あなたがそれでいいなら。でも、その伝言はクリスちゃんがガレルを出てからにするわ」

「あ、そうですね。……ふふ、さすがアナさんだぁ」

思わず笑うと、アナはまじまじとクリスを見つめた。それから、ホッとしたように微笑んだ。

「あなたを最後まで守るわ。あなたが子供たちを助けた町の英雄だからじゃない。クリスちゃん、あなただからよ」

クリスは笑いながら、また泣いた。

エイフが頭上から溜息《ためいき》を漏らした。

「おい、これ以上泣かせるんじゃない。目が溶けるだろうが」

「まったく、男って女の涙に弱いんだから」

「アナさん、女の涙って、こういう時に使うんじゃないよね？」

「あら、クリスちゃん。もうしっかりしてきたじゃない。さすが、小さくても女の子ね」

周りにいた女性たちは大笑いだ。男性は聞こえないふりをしていた。


その日の夜、クリスは熱を出した。

心配したエイフがまた医者を呼び出したが、診察の結果は、興奮したせいだろうということだった。

問題ないとお墨付きをもらったのに、エイフはずっと看病してくれた。

プルピは精霊界に行ってしまった。町の人がクリスのために何かしようとするのだから、自分も何かしてあげようと思ったらしい。楽しみにしておけ、と偉そうに宣言して出て行った。

イサはエイフと一緒にクリスの看病係だ。いい匂いの花を摘んできて枕元に飾ったり、小さくカットされた果物を食べさせたりしてくれた。ただ、彼に作ってあげた爪楊枝型の剣を使うものだから、ちょっと怖かった。くれぐれも落とさないでねと、ぼんやりする頭で考えた。


宿にはたくさんの冒険者が泊まりに来た。

もう取り逃がした犯人はいないだろうが、万が一を考えて来てくれたそうだ。冒険者ギルドからの依頼ではない。彼等は自主的に来てくれたのだ。

治安維持隊も見回りを強化した。精霊の止まり木亭にまで被害が及んではいけないとの配慮だった。

ガヤガヤとした空気が、熱でぼうっとした頭にはちょうど良かった。

もし一人で寝込んでいたら、きっと落ち込んだだろう。悲しくなったり寂しくなったり。自分の不幸を呪って、ひどい怨嗟《えんさ》の言葉を吐いたかもしれない。

でも、クリスにはイサがいた。エイフもだ。

隣室にはクリスより強い、上級の冒険者が張り込んでいる。

階下からはクリスの武勇伝を話す声。噂《うわさ》を知らない人に話しているようだ。

だから大丈夫。

クリスは安心して眠りに就いた。

夢を見た。

まだ幼い頃のこと。

体の弱い母親が珍しく起きていた。クリスが熱を出したからだ。

母親の方がよほど青白い顔をしているというのに、クリスを心配そうに見ながら何度も頭を撫でてくれた。

「あなたはわたしの宝物よ。あなたが生まれてきてくれたから、わたしは幸せだった。愛しているわ。ずっとよ。だからお願い。生きて。強く生きるのよ。諦めちゃダメ」

父親がクリスのことを好きではないと、母親は知っていた。だからだろう。ことあるごとに、彼女はクリスを宝物だと言った。望んで生んだ子なのだと繰り返した。

両親の間に何があったのかは知らない。

けれど、母親は確かにクリスのことを愛してくれた。

その記憶があるから、クリスはこの世界で生きていける。

転生だろうが何だろうが変わらない。クリスの世界は確かにここにあるのだ。

三日後、クリスはガオリスの木材加工所に来ていた。

家馬車の材料が揃ったと連絡をもらったからだ。この材料費を払おうとしたら、ガオリスに怒られた。「皆の厚意なのだから子供らしく素直に受け取りなさい」ということだった。

クリスは感謝して有り難く受け取った。

前回頑張って集めた材料よりもワンランク、どうかしたらそれ以上の品に変わっているのが嬉しいような、それでいて悲しい気持ちになったが。

この微妙な思いを理解してくれる人はいないだろう。クリスは胸の中にひっそりと留めた。

ちなみに、プルピは昨日戻ってきて作業を始めている。もちろん、万年筆の製作だ。その時に、万年筆の軸となる素材が何かをようやく教えてくれたわけだが――。

「精霊樹《せいれいじゅ》？　今、精霊樹って言った？」

「ソノ通リ。ペン先ダケガ素晴ラシクテモ仕方ナイ。全テヲ完璧ニ揃エルベキダト思ッテナ」

クリスは目を剝いたが、軸については彼が最初に決めていたらしいから、まだいい。それに精霊樹の成り立ちを聞けば、まだ問題ないと思えた。

そもそも精霊樹とは、高位の精霊が体を休めるために留まったことで「木」の格が上がったものである。木にも進化があるのだ。案外簡単に精霊樹は出来上がるらしい。というのも、プルピの観光の内容を聞いて思った感想が「休憩場所多いな！」だったからだ。そんなに休憩していたら、そりゃあ進化するよね、とプルピに突っ込んだこともある。

問題はそれよりも「もっと驚くもの」を明日にでも「仲間の精霊たち」が持ってくるという件である。

プルピは律儀に、北区の踊り橋の補修に関するお礼と、先日のクリスの家馬車焼失事件に同情して「あるもの」を仲間に頼んだらしい。

彼等の連絡方法がいまだに分からないのでクリスはなんとも言えないが、どうも今回は時間がかかっているようだ。

「全ク！　何ヲモタツイテイルノヤラ。仕事ノ遅イ者タチメ」

「それはまあ、分からないんだけど。物が何かは教えてくれないの？」

「フフフ。見テノオ楽シミダ。驚クガヨイ」

「あ、うん」

それ以外になんと言えただろうか。

クリスは「引っ張るな～」と思いながら待つことにした。多少嫌な予感がしないではないが、精霊樹と同等程度のものだといい。案外、ものすごく、くだらないものかもしれないし。そんなことを口にしたら、またプルピが拗ねそうなので言わないけれど。

そうしたわけで、プルピは精霊の止まり木亭のクリスの部屋で作業中だ。ガオリスのところへはイサだけが付いてきてくれた。

更に、エイフも一緒だった。

彼が家つくりスキルに興味があるというので、だったら護衛をしてほしいとお願いした。クリスがスキルを発動している間は無防備になる。ガオリスたちがいるとはいえ、先日のこともあるため万全を期したい。

残党はもういないだろうというのが治安維持隊の話だったが、クリスはもうトラブルに巻き込まれるのは御免だ。

ということで二代目の家馬車をつくる。

材料は揃っていた。あらゆるものがガオリスの倉庫に積み上げられている。

まずは、一番大事な部分、家馬車の土台となる馬車だ。

実は当初、ちょうどいいサイズの中古馬車はなかったそうだ。肝心要の土台がどうしようもないと判明し、皆は頭を悩ませたらしい。

その話を聞いたニホン組の一人が、領主との会食で愚痴を零《こぼ》した。

まずは、迷宮都市ガレルに住む幼子《おさなご》たちを、流れの冒険者の「少女」が救ったと話したそうだ。ところが、犯人の残党に逆恨みされて「少女」の大事な馬車が燃やされてしまった。憐れに思った町の人々が有志で材料を集めているが、どうしても馬車だけが見付からない――。

領主というのは貴族である。しかも公爵という立場だ。そんじょそこらの人間が会えるようなものではない。

たかが冒険者が、たとえ地下迷宮の最下層到達を競うトップランカーだとしても、簡単に会えるわけがなかった。冒険者が領主と会食し、なおかつ、こんな些末な話をするというのは「通常有り得ない」ことだ。

けれど、ニホン組は各国の上層部に多大な期待を持たれている。主に、戦力的な意味合いで。

また、無法なことをしでかさないよう「首に縄を掛ける」必要があった。そのためには「常から繫がって」いなければならない。国や貴族といった上層部の人間たちは、あらゆる手管でニホン組と関係を結ぼうと躍起になっているそうだ。

それほどまでに彼等の持つ力は期待されているし、恐れられている。

そんな相手が会食中に愚痴を零す。

すると、どうなるだろうか。

迷宮都市ガレルの市長でもあり領主でもある公爵は、自身専用の馬車以外なら、どれでも好きなものを下賜《かし》しようと言ったらしい。

名目は「幼き英雄への礼」として。実際は、ニホン組に良い顔をしたいからだ。

独立を目論む公爵にとって、ニホン組と繋がれるなら馬車の一両など大したことがないようだ。

かくして、クリスの家馬車の土台となる部分は、ほぼ新品に近い大型の馬車が使われることになった。

下げ渡された馬車は、竜を運ぶほどではないが、貴族の大事な荷物を運ぶのに使われる立派なものだった。王都に店を構える商人なら欲しがる程度に、しっかりとした造りである。

おかげで随分《ずいぶん》と重い。

クリスには奥の手があったが、これではもうペル一頭で引けない。いや、引けたとしても、一頭で大型の馬車を引いていたら目立ってしまうだろう。

後で、同じ重種の馬を探すしかないとクリスは考えた。重種ならば多少おかしいと思われても「体が大きいから」だと勘違いしてもらえる。

ともあれ、家馬車の完成が先だ。クリスは家つくりスキルを発動させた。

以前作った家馬車の土台よりも大きくなった分、図面は変わる。しかし、敢えて手を入れることはしなかった。

家つくりスキルが発動するのに合わせ、クリスの頭の中で図面が自動的に修正されていくからだ。

どうすればいいのか頭の中で勝手に動いていく。それが理解できる。

底の補強は要らない。外側壁面も不要だ。壁も元から付いている。この馬車は本来、貴族の荷物を運ぶためのものだった。雨風を避けるためのしっかりとした造りである。

クリスが行うのは窓を作るための穴を開けること。重みを軽減するために内側の壁を少し削ることなどだ。

屋根も取ってしまった。寝室を作るために高さを調整する必要があるからだ。高すぎてもいけないが、中の部屋自体が低くなりすぎてもいけない。ちょうどいい高さを作るために屋根は作り替える。

丸みを帯びた屋根天井にして、以前と同じく天窓を付けるつもりだ。

前回作り付けだった家具は、今回職人の手によって用意されていた。貴族が使うような素晴らしい木を使っている。

家具職人はガオリスに聞かされていたのだろう。小さな抽斗《ひきだし》をたくさん作ってくれている。全部、奥行きが浅い。また、裏面は薄い板で塞がれている。元々あった家具の裏面を張り直してくれたようだ。

そのまま家馬車の壁に設置できるよう考えられていた。

　窓ガラスは軽く頑丈な素材でできている。地下迷宮で狩れる一つ目岩という魔物の目玉ガラス製だ。生きたまま捕らえて刳《く》り貫《ぬ》くと、平たく延ばすことができる。やがて固まるのだが、その時には防弾ガラスほどの強度を持つ。多少の攻撃魔法ならなんなく弾くという優れものだった。何よりも軽い。普通のガラスと違って子供が手で持てるほどだ。

　集められた素材には良いものが多い。「軽く」するために工夫を凝らす必要があるからだった。

　たとえばランプシェードに使う七色飛蝗《なないろばった》の後翅《こうし》も、とても軽い。こちらも細工師が作ってくれた品を飾ることになった。それだけを見たら、どこの貴族の持ち物かといった立派さだ。

　馬車が少しだけ長くなった分、玄関代わりとなる予備室も作る。これにより、中の部屋と完全に部屋が仕切れるようになった。もしも客人を招く場合、荷物を置いてもらうことも可能だ。また、収納式のテーブルも作ったため、それほど親しくない人を中の作業部屋兼居間に入れなくて済む。

　二階部分の狭い寝室も広くなった。天井を少し高くできたので、クリスが大人になっても十分使える広さだ。もちろん、立って歩くことはできない。けれど、大人でも座っていられる高さなら問題はない。

　ベッドや布団なども布製品は全て用意されていた。しっかり目の敷き布団に、ふわふわの上布団、軽くて手触りのいいシーツもセットになっている。枕もあった。

全て、布屋の女性たちが突貫で作ってくれたものだ。布の端には小さな鳥の刺繍《ししゅう》がある。

イサを模しているようだった。時間がない中、それでも女の子用だからと可愛らしくしてくれたらしい。

女性たちは他にも、クリスのために服を作ってくれていた。

特に下着は有り難い。良い生地というのはなかなか手に入らないものだ。辺境《へんきょう》の地で

は柔らかい布など見たこともなかった。

ところが、迷宮都市には素材を生む魔物たちが地下迷宮にたくさんいる。

肌触りの良いシルクのような糸を吐く蜘蛛《くも》の魔物などだ。これらは高級生地だが、地元

迷宮産として市民は相場より安く手に入れられた。とはいえ、庶民が手を出すには「年に

一度の贅沢《ぜいたく》」ぐらいに大変なものだとクリスは聞いている。

そんな贅沢な布地で作られた下着を、たくさん用意してくれた。

多少、体型が変わっても問題ない、ブルマ型のウエスト部分を紐《ひも》で縛るパンツだ。裾《すそ》に

はフリルがあしらわれている。大人の女性には野暮ったいかもしれないが、少女が穿くの

なら可愛い。クリスは気に入った。

胸当ては見本の品が一つあっただけで、残りは布で用意されていた。型紙もセットだ。

つまり、今のクリスには必要ないが、いずれ要るだろうから自分で作れということだ。

「……まだまだ発展途上なだけだよ」

スキル発動中だったので怒りはしなかったが、ちょっぴりムッとしたクリスである。

次は馬車の屋根だ。屋根には小さな柵を作って物が置けるようにした。臨時の荷物置き場にもなる。防水加工の施された板を張り付け、その上に防水布も貼った。これで魔物を狩っても捨てなくて済む。

屋根に登るには御者台《ぎょしゃだい》の背後にある梯子からか、あるいは馬車の後部にある扉を開けて梯子を引き出せばいい。

馬車の外側に梯子を付けないのは、盗賊たちに「この馬車は防犯対策をしている」と分からせるためだ。

御者台も過ごしやすく改造する。なんならお昼寝だってできるぐらい、広めだ。雨避けを付け、クッションが敷けるようにする。ただし、視界を遮らないように横壁は作らない。本当はサイドミラーを付けたいが、そんな馬車をクリスは見たことがない。今ここで目立つのは避けたいため、後付けできるよう細工だけ施しておく。

御者台は昼の移動中、ほとんどの時間を過ごす場所だ。それを考えると馬車の内部よりも快適に作らなくてはならない。足が伸ばせるような造りにしたり折りたたみ式のテーブルを作ったりと、工夫を凝らした。

また、二頭でも引けるように轅《ながえ》と軛《くびき》も作り替えた。

ペルなら、頑張れば一頭立てでも大丈夫かもしれない。元々一頭立ての予定だった。実は裏技として考えていたのが【身体強化】の紋様紙であった。

けれど、クリス自身が紋様紙を使い続けた際、まるで酔ったかのような不快さを覚えた。あの反動は怖い。いざという時に体がまともに動くだろうか。そんな不安があって、裏技は使わないことにした。

今後、自分自身に限らずペルに使う際も、続けざまの使用は控えるつもりだ。

ちなみに物を軽くする紋様紙もある。あるが、上級のため頻繁に使えるような代物ではなかった。費用対効果が悪すぎる。よって、紋様紙頼りは諦めた。

家馬車は完成に近付いていた。以前とほぼ同じ造りながら、以前よりも改良点が多い。たとえば御者台や天井の荷置き場などだ。

更に、馬車の外側に、模様に見せかけた魔術紋《まじゅつもん》を刻んだ。元々の材質が良いことから効くはずだ。特に火を防ぐ魔術紋は念入りに刻んでいる。火矢に襲われても防げるだろう。また「不壊」の魔術紋も全体に張り巡らせた。これで多少の魔物相手なら壊れない。

クリスのこれまでの旅では、夜中だけ【防御】の紋様紙を使っていた。この場合は、空間や結界魔法になるため自分自身への負担は少ない。とはいえ、毎日何枚も使用するのは痛手だ。

だから、家馬車のためだけに昼間も常時発動するのは正直厳しい。家馬車自体に刻むことにした。

魔術紋は描くのにとても神経を使う。しかし、これを家つくりスキルの発動中に使用すれば良いのではないか。そう、気付いた。

クリスはプルピに言われて踊り橋の補修をした際、家も作り直した。その時、扉にまじない程度の「保護」を彫ったことがある。あれと同じだ。

ただし、材質が木であることから紋様紙ほどに強力ではない。

紋様紙は魔法を発動させるための最適な素材で作られているから、きちんと発動する。けれども、木だからといってできないことはない。ゆるやかにしか効かないが、魔力を通さなくても「それなりに」効いてはくれる。

大変面倒な作業ではあるが、なにしろクリスのスキルは「家つくり」だ。

「これは家、家、家」

まるで呪文のように呟きながら、クリスはものすごい勢いで馬車の外側に魔術紋を彫っていく。自分でも不思議な心地だった。

彫る場所は決まっている。特別な素材を使った。地下迷宮から採れたトレントである。魔力を通しやすい素材として有名で、他の木材よりも高価だ。木製の魔道具にもよく使われる。当然、全体に貼り付けられるほどの量はない。この素材は端材として置いてあった。端材だがものはいい。これを細く切りそろえて馬車の周囲に張り巡らせた。その上を彫っていく。ぱっと見には馬車を飾る模様だ。全体に模様があるわけではない。「きっとお金がなかったのだろう」と思ってもらえる中途半端さにした。

これで【防御】の紋様紙は夜だけで済む。

他にも細かい箇所に手を入れ、「これで終わり」と思った瞬間にスキルが切れた。


前回よりも時間がかかったのは彫り物があったせいだ。でなければ、これほど時間はかからなかっただろう。なにしろ、あらかじめ棚や物入れ、ベッドなどが用意されていたのだから。


お風呂も、以前頼んだ品より良いものに仕上がっていた。素材もさることながら造りも強化されている。また少しだけ広めになっていた。

ただし高さは変わらない。クリスが使うことをちゃんと想定しているからだ。クリスが大人になっても、風呂の高さはそれほど必要ない。十三歳の女の子がこれから育ったとしても、さほど背が伸びるとは思われなかったのだろう。

ただし、広くなればゆったりと入れる。以前のお風呂は、体を縮めて浸《つ》かるだけのサイズだった。新しいお風呂は座る場所もあって広いから心地良さそうだ。

また、お風呂の底には工夫があった。五徳の足のようなものが付けられるようになっている。本来は猫脚と呼ぶのだろうが、どうしてもそうは見えない。この五徳足は、土の上に置けるよう細工されていた。お風呂の底を傷付けないための工夫である。

第七章　迷宮都市の最悪と最善

クリスは疲れていたが、心地良い疲れであった。誘拐騒ぎの時のような、力が抜けるような疲れではない。紋様紙を発動しっ放しで神経を使い続けた時とは雲泥の差だ。これがスキルなのだ。

「終わったのか？」

「相変わらず、すごい」

「この間よりもレベルが上がってないか」

「なんて速い動きだ」

見ていた人たちの声が背中に届き、クリスは振り返って笑った。すぐそこにエイフがいる。彼は驚いた様子で家馬車を眺めていた。

エイフの後ろにはガオリスたちだ。ガオリスの奥さんもいる。彼女は前回と同じように手を叩き、皆にクリスを休憩させるよう注意した。

「さあさあ、落ち着いて。クリスちゃんは今、頭がいっぱいの状態なのよ。休ませてあげないとね。クリスちゃんには飲み物を持ってくるわ」

「ありがとう」

「ほら、鬼人《ラルウア》の兄さんも。座って座って。ずっと立ったまま見ていたでしょう」

「あ、ああ」

エイフはどうやら、感動しているらしい。口をポカンと開けたまま家馬車に見入っている。それがクリスには何やら恥ずかしい。しかし、同時に誇らしい気持ちにもなった。

喉を潤した後のエイフは、クリスを褒め続けた。

「すごいじゃないか！　なんだ、あれは。俺はあんなスキル発動を見たことがない。すごい集中力だったし、誰も寄せ付けないようなオーラを感じた。まるで結界を張っているような状態だった。しかも、たった一人でこの作業をやり終えたなんて、すごすぎる。それに、細かい作業でも手を止めずに同じ勢いで続けるんだな。本当に驚いた！」

まあ、あまりに手放しで褒めるものだから、恥ずかしくなって途中で止めたが。


この時、クリスはエイフのことを「大袈裟な」と感じていた。

実際、ガオリスが「エイフさんは職人のスキル発動を間近で見たことがないんだね」と微笑ましげに語っていたからだ。

大工スキルの持ち主の動きも、今日のクリスと同じように見えるはずだった。

ただ、エイフが言いたかったのは少しだけ違っていたのだが――。

それが分かるのは、もっと後になってからだった。


さて、何もかもが新調されたクリスの家馬車がこれで完成となった。

余った素材は、もらっていいという。

「え、でも本当にいいんですか？」

「構わないさ。皆も返されたって困るだろう。馬車の荷物置き場は空いているよね？」

とガオリスに言われて、有り難く受け取ることにした。

ただ、屋根には馬の食事を積むつもりだ。二頭になるなら倍の量の餌《えさ》が必要となる。クリスの持っているポーチには到底入りきらない。というか、元々、クリスの非常食だってそれほど入れていないのだ。

余った素材は、家馬車の裏扉側に作った玄関スペースに詰め込む。椅子の下が物置になっている他、天井部分にも吊り戸棚を作ればなんとかなるだろう。クリスなら頭を打つこともない。なんなら椅子じゃなく、両サイドは完全な物置にしてもいい。

馬車の下側にも若干の余裕があったため、そこに片付けてしまう。御者台の下の物入れには重めの食材を詰め込む予定だから、他にはもう場所がなかった。

一息つくと、ガオリスが語りかけてきた。

「完成したね。すぐに出て行くのかい？」

「そのつもりだったんですけど、馬車が大きいから馬を一頭買おうと思ってます。その分の餌が増えるので、追加で頼まないといけないし」

「そうかい。じゃあ、まだ少しは滞在するんだね。良かった。お別れパーティーを開きたいからね」

「えっ」

「皆で計画してるんだ。ただ今日明日というのは難しいねと話していたから」

クリスは、どんな顔をしていいのか分からずに眉を寄せた。それを見たガオリスの奥さんが苦笑する。

「泣かないで、クリスちゃん。ね、わたしたちに最後にいいところを作らせて」

「……いいところ、もう、いっぱい見たよ」

「ふふ。クリスちゃんたら。本当に良い子なんだから」

奥さんは泣きそうになったクリスを大きな胸に抱き締めた。

クリスの向かいでは椅子に座ったエイフが立ち上がって、おろおろしていたところだったのでちょうどいい。彼は何故か、クリスが泣くのを嫌がるからだ。


翌日、クリスが馬を見に行こうとしたらエイフが止めた。良い馬がいると言う。

「良い馬って、エイフの？」

「もらった馬だ。乗っていないからな」

「……幾ら？」

嫌な予感がして聞いたのだが返事をしない。まさかタダでくれるというのだろうか。クリスは半眼でエイフを見上げた。

タダより怖いものはないのだが、昨日も市民たちによる差し入れを受け取ってしまっている。実は、家馬車の素材以外にもいろいろともらっていた。

たとえば、精霊の止まり木亭で毎食付いていた果物は青果店からの差し入れだった。クリスが以前、害獣駆除を引き受けた依頼者の、親族がやっている店かららしい。知らない仲ではないと、毎日宿に持ってきてくれる。依頼者のおじさんも野菜を持ってきてくれた。だから精霊の止まり木亭に「宿代がタダでも十分に元は取れてるんだよね」と苦笑いされたぐらいだ。

他にも、ギルド職員のアナとユリアから髪飾りをもらった。「せっかく長い髪の毛なんだから町にいる間はオシャレしてね」と言われて。

しっかりした生地の、冒険者用の上下揃いの服と、それに合う編み上げのブーツも届けられた。これは治安維持隊一同からだ。誘拐事件の時に着ていた服がボロボロになっていたのに、彼等は気付いていたようだ。代わりにとプレゼントしてくれた。チュニックもセットになっており、女の子向けらしい刺繍が施されている。

普段着ももらった。ダリルが持ってきたものだ。クリスが北区の家を補修した際に知り合った女性たちが、作ってくれた。クリスの野暮ったい服装が気になっていたそうだ。

ダリルが広げて見せてくれた服は、可愛らしいブラウスやスカート、ワンピースばかりだった。防御力はゼロである。けれど、オシャレしたいと密かに考えていたクリスは嬉しかった。

ダリルは長老たちからの見舞金も持参しており、断っても頑として譲らない。ダリル自身、残党を見付けられなかったことを後悔していて、クリスは何度も謝られた。しかも、彼が以前、地下迷宮で狩った幻想蜥蜴《げんそうとかげ》の舌までくれた。一番の大物だったので記念に取っておいたらしい。そんなものをもらっていいのか悩んだが「使い道がないから」と言うので有り難く受け取った。ちなみに舌には麻酔の効果がある。とても貴重な素材だ。

というように、いろいろもらっているため断り難い。何より、エイフにはすでにたくさんのことをしてもらっている。クリスが「絶対に断るぞ」という顔でエイフを見続けていると、彼は目を逸らした。

「……金額は後で計算する。割り引く程度ならいいんだろ？」

「うん、まあ、それなら」

「とりあえず見に行こう。ついでに餌の宛てもある」

「分かった。あ、ペルちゃんも連れていくね。相性もあるから」

そりゃそうだと、エイフは納得したようだ。

ペルは気難しいところがあるためクリスとしては心配で仕方ないが、なるようにしかならない。最悪はペルの一頭立てで行こうと腹をくくった。

ところが、だ。

ペルはその「竜馬《りゅうば》」を気に入った。いや、手放しで喜んだわけではない。むしろ最初は戸惑っていた。きっと「なんだこの竜馬」と思ったに違いない。それなのに、相手が押せ押せだったものだから……。

そう、戸惑うペルを余所に竜馬が愛情を示したのだ。やがて、ペルが満更でもなさそうに変化していったことがクリスには驚きだった。

「ペルちゃん……」

「いやぁ、良かったな！」

「うん、まあ良かったんだけど。でも、母親が突然現れた男に口説かれているのを見てしまった気分でね」

「なんだそれ」

「こっちの話だからほっといて」

もちろん、独身の母親の恋路を邪魔するつもりはない。クリスはそこまで子供でもない。

いや、そうではなく、ペルは馬だ。クリスの母親ではない。

分かってはいるのだが。

「嬉しいような、寂しいような」

「なんだよ。取られたと思っているのか？」

「あー、それに近いかも」

「大丈夫だって。ペルも主のことは忘れちゃいないさ」

エイフに頭を撫でられ、クリスは慰められていると知った。これはこれで気恥ずかしい。

クリスの内面は大人だ。それがどうだろう。先日から、子供じみた部分ばかり見せている。

しかし、今は十三歳だ。見た目はもう少し幼い。

クリスは数秒ほど考え、結論を出した。

――子供でいよう。便利だし。

好《い》いとこ取りをしてもいいではないか。もう少し賢く生きるのだ。先日から賢いとは言えない正反対ばかりをしているが、そこは気にしないことにした。


問題は違うところにある。

「竜馬って、聞いてないんだけど」

「今、見せた」

「……竜馬って高いよね？」

「だろうな。でも、これは領主が持つ竜馬の孫世代だからな。一応、竜馬になってるらしいが。どのみち、ガレルにいる間は乗る機会がない。預けっぱなしで面倒を見てもらってばかりだ。可哀想だろ？　仕事させてやってくれ」

「盗賊に狙われるよ！」

「あー、な？」

「なにそれ。大体、竜馬って高いんだよ？　女の子の一人旅に、なんてもの押しつけようとしてるの」

「それな。うん。いや、策はあるんだ」

「一体どんな策だよ」

——ご老公の印籠《いんろう》でも見せるのか！

などと、内心で突っ込んだものの、もう一人の自分が「紋所を見せて、それで引いてくれる悪人がいたら見せてほしい」と突っ込み返しをした。盗賊が引くわけがない。それなら最初から「なかったこと」にしてしまうだろう。より、始末が悪いのだ。

クリスは溜息を零した。プロケッラという仰々しい名の竜馬を気に入ったらしいペルには悪いが、やはり断ろうと決めた。

しかし、そうは問屋が卸さなかった。エイフがとんでもない発言をしたからだ。

「そろそろ、ガレルを出ようと思っていたところでな」

「は？」

「で、渡りに船というか」

「待って、誰の話？」

「俺の話」

「……待って待って」

「待たない」

きっぱり言い切ると、エイフはにやりと笑った。

「俺も一緒にガレルを出ようと思っているんだ。異動届はもう出した」

一緒に、という台詞からも、クリスに同行するつもりなのは明白だった。だからずっと態度がおかしかったのだ。

「幼い女の子と一緒に旅したい――」

「それはない！」

「速攻で返事しなくてもいいじゃない！」

「お前が変なこと言い出すからだ」

「まだ言ってない！」

「ルカと一緒にされたくないんだ、こっちは」

「でもだったら余計におかしいじゃない」

「なんでだよ！」

「それ目的でない大の男が、何のメリットもなしにだよ？　微妙な年齢の女の子と一緒に旅する理由がないの！」

理由が欲しいのだ。明確な理由が。

クリスの真剣な眼差しに、エイフは深い溜息を漏らした。

エイフが語ったのは、彼の役目についてだった。

そもそもエイフは、迷宮都市ガレルの出身者ではない。流れの冒険者としてガレルにやって来た。

仕事を受けて、だ。

　エイフは中央政府の依頼で調査に来ていた。内容は言えないらしいが、本来ならもう仕事を終えて帰っている頃だったそうだ。

　しかし、イレギュラーな事態が発生して残ることになった。

　イレギュラーとはニホン組のことだ。中央政府から受けている依頼とは別に、ニホン組と出会ったら、なるべく彼等の動向を調べるよう「とある人」から命じられているらしい。

　ニホン組の地下迷宮最下層アタックに誘われたこともあり、エイフはこれ幸いと参加した。彼自身も、依頼とは別に最下層更新を楽しんでいたから「良い依頼」でもあった。

　けれど、もう十分に調査した。その上で、エイフなりに思うことがあったらしい。

「冒険者の一人行動にはいろいろと制限があるんだ。それに、政府の依頼はもう受けたくない。ちょうどそこにお前が、クリスが現れた」

「どういうこと？」

　エイフはにやりと笑った。

「俺の娘ってことにしてだな」

「年齢が合わないよ。わたし、そこまで小さくないから」

「……俺の妹？」

「種族的に無理がある！」

「まあ、とにかく。連れができたとなれば断れるだろ。『新しいパーティーで冒険者をやる』と言って足抜けするんだ」

「なんか、頭いいこと言ったみたいに話してるけど、相当頭悪いこと言ってるからね？」

「お前ホント口が悪いな！」

「お互い様だよ！」

やいのやいのと言い合ったが、結局、互いに一人旅をするよりは一緒の方が便利だろうと丸め込まれてしまった。


クリスにとって「迷宮都市ガレルの調査」云々は割とどうでもいい。国として独立するに当たっての事前調査だろうと予想が付くからだ。問題はニホン組の方だった。

ニホン組の何を調べるのか。ひょっとすると、クリスが転生者だと疑っている可能性だってある。「とある人」とやらの目的も分からなかった。

一番怖いのはニホン組への恨み辛みがある場合だ。もしそこでクリスが転生者だとバレたら、どうなるだろう。ニホン憎しの気持ちをクリスにぶつけやしないか、とまで考えた。


それでもエイフの同行を受け入れたのは、イサがいたからだ。

クリスには人を見る目がない。なにしろ、前世では婚約者に裏切られてしまった女だ。あれは痛かった。

……それはともかく、イサなら信用できる。イサは妖精だ。善なるものを見分ける力があった。気に入らない相手、たとえばルカからは隠れていたし、魔物相手では威嚇していた。そんなイサが、エイフに対して警戒するような態度は一度も見せなかった。

　だから、信用してみようと思った。


　エイフは竜馬系統馬――つまり、ほぼ竜馬――と共にクリスの旅の仲間になった。

　どうせならパーティーを組んだ方が後々便利だというので、増えたプロケッラの分の餌も確保してから冒険者ギルドに届けを出した。

　ちなみに、クリスが隠れて行こうと頼むのを不審がっていたエイフだが、ギルド本部でルカを見付けた瞬間に「あー、あれか」と笑っていた。

　当事者には笑い事ではないのだが。

「仲間の女にこっぴどく叱られていたから、大丈夫だろ」

「エイフは、じっとり見つめてくる異性を恐怖には思わないんだね？　言葉が一切通じない感じの恐怖も知らないんだね？」

「……悪かった。もう言わない。だから、頼むから俺までおかしな人間みたいに見るのは止めてくれ」

　という、やり取りの後、西区のギルドに行って届けを出した。

　そのうち、このデータが赤い実《み》水晶《すいしょう》を通して登録されるのだろう。精霊樹がデータのやり取りを媒介し、世界樹が統括しているらしい。クリスは何度聞いてもコンピューターシステムとしか思えなかった。世界樹がサーバーだ。

精霊たちは自由に飛んで回り、休憩場所という名の中継地点を選んで「精霊樹」にしているわけで――。

異世界だと分かっていても不思議なシステムだ。

そもそも、厳めしい竜みたいな顔の馬がいる世界なのだ。前世のことで役に立ったのは人生経験ぐらいだろうか。それすら上手く使えたとは思えない。

クリスは考えるのを止めた。今、大事なのはそれじゃない。

馬が問題だ。


ペルは竜馬の血を引いているとはいえ見た目はただの重種である。しかし、プロケッラはそうではない。体の大きさが一回り以上も大きく、顔はごつい。どう見ても竜馬である。

盗賊に襲ってくださいと言っているようなものだ。

クリスは、ものは試しとばかり、ある品が欲しいとエイフに頼んでみた。

「おー、いいぞ。買ってくりゃいいんだろ。いや、持ってたかな。でも薬にしないとダメなのか。頼んでくるかな」

「え、幻想蜥蜴を持ってるの？」

「入ってたはずだ、たぶん」

収納袋に詰め込んでいるらしい。クリスは目を剝いた。

「ちゃんと整理しなよ。もー、お屋敷サイズの収納袋持ちはいいなあ！」

「お、おう」

「あと、魔法薬はこっちで作るから。頼んだらお金かかるじゃない。時間もだけど」

「そうか。じゃ、クリスに頼む。で、それを使って何するんだ？」

「目玉に幻覚作用の効果があるの。紋様紙を使うより長時間使えるし、反動もないから。何よりも自分で作ったら安上がりで済むんだよ」

しかも、たくさん作れる。副作用もないため大変便利なのだ。これで、竜馬とはバレないだろう。その上、エイフの様子ではタダでもらえそうだ。クリスは内心でぐふぐふ笑って皮算用をした。


翌日も必要な食料の買い出しなど、やることがたくさんあって走り回った。

幻覚作用をもたらす魔法薬も大量に出来上がり、ほとんどはエイフに預けた。ついでに「収納袋の中を整理したら」と勧めてみた。空いた場所に馬の餌を入れてもらうつもりでだ。ところが、整理しなくても彼の収納袋は「お屋敷」サイズだから問題ないらしい。

羨ましいと思っているクリスにエイフが悪気なく、

「狩った魔物を適当に放り込んでるが、まだ余裕があるぞ」

と言った。それを聞いたクリスはイラッとして、追加で食料も預かってもらうことにしたのだった。

その翌日も、買い出しした荷物を片付けて家馬車に積み込んだり、大事なものはクリスのポーチに入れたりと作業が続いた。整理するだけでも大仕事だ。それでも夕方にはなんとか終わった。

となると後は出発である。

その前にお別れ会が待っていた。あまり大事にしたくないというクリスの意を汲んで、精霊の止まり木亭の食堂を使う。

それほど大きくない宿の食堂だ。参加者は入れ替え制である。

最初にやって来たのは誘拐された子供たちだった。両親や親族と一緒に来てくれた。

「お姉ちゃんっ!」

「おねーちゃ」

「あう!」

上の女の子二人はクリスを覚えていた。食堂に入ってすぐに抱き着いてくる。

特に一番年上の女の子は、誘拐されたことを思い出したのか泣いている。泣きながら、ありがとうとお礼を言うのだ。クリスまで泣きそうになった。

下の女の子は見知った顔を見付けてやって来た、という感じだった。トラウマは感じられないが、まだ分からない。後ろで見守る両親を見たらホッと安堵する様子だった。心配していたのだろう。

一番下の子はつられて挨拶したらしい。可愛くて、クリスは彼を抱き上げた。

「来てくれて、ありがとう。二人もだよ」

それに彼等の親たちにもだ。それぞれの親にクリスは会釈した。ここへ連れてくるのに躊躇しなかったとは思えない。せっかく落ち着いた子供たちが、事件のことを思い出すかもしれないのだ。

それでも彼等は連れてきた。クリスにお礼を言いたいがために。

事実、両親は子供たちを促してクリスにお礼の言葉を告げた。一番下の子は分かっていないけれど、母親の言葉を追うように「ありあと」と言った。

「あなたのおかげで、この子は助かりました。本当に本当にありがとう」

「ありがとう、お姉ちゃん」

「この子から聞きました。あなたがどれだけ大変だったのか……」

「わたしたちも、ステラちゃんの話を聞いて知ったんです」

「うちの子は何があったか喋れないから、ステラちゃんのご両親に伺いました。あなたの怪我については維持隊の方から教えてもらいました」

三組の親子が次々に語る。最初は子供のことが心配でそればかりだった。子供のケアについて頭がいっぱいで、助けてくれた人には後でお礼をと思ったらしい。

しかし、一番年上の女の子ステラが、クリスがどれだけ大変だったのかを必死で語ったそうだ。

治安維持隊から聴取を受けた際にも、クリスの「活躍」を聞いて申し訳なく思ったらしい。

口々に語る内容に、クリスは首を振った。申し訳なく思う必要はない。

「助かって良かったねって、それでいいじゃないですか」

「クリスさん……」

「せっかく来てくれたんだもん。美味しいもの食べよう？　ねっ、こっちおいでよ」

「おいちーの！」

子供三人は用意されたお菓子を食べ、帰っていった。一番上の子だけは最後まで気にしていたけれど、クリスがイサを見せてあげると最後にようやく笑顔になってくれた。

そして、両親たちとその親族を含めた一同という形で謝礼を置いていった。


ギルド本部の職員で顔見知りの人も来た。アナやワッツたちだ。西区のユリアもいた。治安維持隊の隊員もだ。他にガオリス夫婦と職人たち。クリスがギルドの仕事で関わった人のほとんどが来てくれた。忙しい人は顔出しだけだったけれど「気をつけて行くんだぞ」と明るい別れの挨拶だ。ダリルも長老と一緒に来た。

クリスは皆に、もらったものへのお礼と共に、あの日大声で泣き叫んだことを謝った。住んでいる人たちの前で、その場所が嫌だと言ったことを。

誰も気にしていないと答えるが、クリスはとても恥ずかしかった。自分が嫌な思いをしたからといって、他の何かを貶めていいはずがない。

完全な八つ当たりだった。

クリスの思いが籠もった謝罪を、皆が受け取ってくれた。それだけで十分に彼等は精神が大人なのだ。

翻って、クリスはどうだろう。前世では三十間近の社会人だったが、彼等ほどに人間ができているとは思えない。

――でも謝ることはできた。今はそれでいい。これからを大事にしよう。

お別れ会は楽しいようで悲しく、恥ずかしかったり嬉しかったり、いろいろな感情と共に終わった。

明日出発だと知った皆が早めに切り上げていく。そうしたところにも彼等の優しさを感じた。


最後の夜、クリスは精霊の止まり木亭の一番良い部屋で寝ていた。

家馬車デビューは明日だ。すでにペルたちと繋げて動くことは確認している。相棒のプロケッラとの相性も良く、問題はない。

もう少し様子を見てもいいが、ガレルの近くには宿場町があるから大丈夫。きっと、問題なく進むはずだ。

たくさんの人と話をしたせいか、クリスは寝られなくて困った。布団の中で今後のことを考える。

旅は、エイフだけでなくイサも一緒だ。プルピもまだ付き合うらしい。

プルピはクリスが起きていると知ると、何やら話し始めてしまった。彼が愚痴を零すのに、クリスは相槌を打って聞いてあげる。半分聞き流していたが。

「アヤツラ、ワタシノ家ヲ見テ嫉妬《しっと》シタノダ」

「はあ」

プルピの知り合いの精霊たちが彼の家を気に入ったらしい。すぐ近くまで来ているのに精霊界から出てこないという。必然的に、プルピが頼んだものもクリスの手元には届いていない。

どうやら彼等は、自分たちにも家を作ってもらいたいと言っているようだ。クリスは精霊たちの持ってきたものが何か知らないため、プルピほどプリプリしていない。精霊ってマイペースなんだな、と思うだけだ。

ただ、家を作ってほしいというお願いは受けてもいい。小さい家を作るのは楽しかったし、クリスの作った家をそこまで気に入ってくれたというのも嬉しい。

とはいえ、今は無理だ。旅の間の暇な時間にと、プルピに告げた。彼は「オ礼ノ品ヲ吹ッ掛ケテオコウ」と、悪い笑みを見せていた。


そんなことより、クリスには万年筆の方が大事だった。

万年筆は紋様紙を描くのに必要だ。紋様紙はクリスの身を守る大事なものである。しかも、お金になる。

その万年筆はすでに完成していた。お別れ会が始まる前だったので試し描きしかできていない。けれど、軽く描いた魔術紋なのにしっかりと描けていた。頼んだ通りの仕上がりだ。いや、むしろ細字なのに滑らかで、想像以上だった。使っていくうちに更にクリスの手に沿って育つだろう。

ペン先は美しく、金と銀のバイカラーだ。銀色がメインで金のラインが入っている。金のライン上には細かな模様が刻まれていた。精霊が好む模様だそうだ。

精霊樹でできた軸の持ち手は、クリスの手にピッタリとはまった。流線型の軸は元々の木の色合いが絶妙に美しい。使い続けるうちに軸もまた、素敵な色合いに変化していくだろう。それが今から楽しみで仕方ない。

本来、軸の内側には元々インクが染み出さないような処理が施されている。それでも普通の万年筆は数年で修理や調整、あるいは交換しなければならない。今回は精霊ドワーフの技術でもって、最高の撥水処理を施してもらった。一応、修理も承るとの言質は取っている。

本当は、前世で使っていたようなインク吸入器があればいいのだが、そこまでの構造は出来上がっていない。クリスが残念がっていたら、プルピがやる気になった。どういう形かも説明したため、そのうちできるかもしれない。

プルピがインク吸入器を開発するまでどれぐらいかかるのか分からないが、せっかくの精霊樹の軸が交換となるのは勿体無い。大事に使うつもりだ。そのためにもプルピにはマメに調整してもらいたい。

それと、精霊の作った万年筆を人間のクリスが解体できないようでは困る。なにしろ万年筆ときたら、掃除が必要な道具なのだ。

プルピは自分がやってやろうと簡単に言うが、必要な時にいるかどうか分からない。ということで、クリスでも組立解体ができるような構造にしてもらった。

こうした細かな注文があり、製作に時間がかかったというわけだ。

その分、大満足の仕上がりとなった。

夕方に紋様紙を描いた時の感動を思い出し、クリスは布団の中でぐふぐふと笑った。そのせいかどうか。クリスは楽しい気持ちで、いつの間にか眠りに就いていた。

エピローグ

Epilogue

Zetsukuri skill de isekai wo ikinobiro

翌朝、女将さんが豪勢な朝ご飯の他に、昼のお弁当まで作ってくれた。エイフの分もある。彼ももちろん喜んだ。

ところで、エイフが一緒に出ることについては皆が驚いていた。

昨夜もそうだった。宿にいた冒険者たちが一番驚いていたかもしれない。剣豪《けんごう》の鬼人《ラルウァ》が、まさかクリスとパーティーを組んで一緒にガレルを出て行くとは思っていなかったようだ。

ギルドでも職員に驚かれていたが、冒険者が町に定住しないのはよくあることだからと納得はしていた。

ただし、昨夜、アナはこう言っていた。

「絶対に、ルカさんには教えられないわね」

エイフがクリスとパーティーを組むのなら「俺も」と言い出しかねない。クリスはゾッとして体を震わせた。とにかく第一印象から良くないままなので、申し訳ないがお断りである。

ニホン組とは結局、顔を合わせないままだ。ルカ以外とは直接関わっていないのだから問題ない。ルカとも本当は関わり合いになりたくなかったが。

後のことは全てアナに任せた。

家馬車は昨夕のうちに、外壁近くの預かり所にお願いして置いてもらっている。普通の荷馬車の二台分を支払うからと頼んだら、お代は要らないと断られた。

エピローグ

クリスがガレルに泊まった最初の、馬の預かり所と同じ管理人が経営しているところで、管理人も厩務員《きゅうむいん》もクリスのことを覚えていた。そして、あの誘拐《ゆうかい》事件を知っていた。

クリスの家馬車が燃やされた事件についてもだ。

「誘拐された子の一人、ステラちゃんは俺の妻の親族になるんだ」

「俺たちもよく知ってる子でな」

「だから、これは礼だ。お前さんの馬車のことも聞いた。良いのができたじゃないか。俺たちができるのは、これぐらいだ。祝いだと思ってくれよ」

彼等は口々に応援してくれた。頑張れよ、無理するなよ、と。「剣豪の鬼人がいるなら大丈夫さ」とも言った。

馬を繋ぎ、動きを確かめる時も手伝ってくれた。ちゃんと動くか心配らしい。少しだけ指南もされた。

「大丈夫だよ。荷馬車の経験ならあるもの」

「そうか？　でも心配だなぁ。剣豪の鬼人さんよ、ちゃんとお嬢ちゃんを見てやってくれよ」

「ああ、分かってる」

「あんたが操ればいいんじゃないのかい？」

「俺は交代要員だ。クリスが疲れたら替わるさ」

「なんでだよ。こんな小さい女の子に」

確かに、エイフなら自ら御者《ぎょしゃ》をやりたがるのではないかと思っていた。腕利きの冒険者だ。ソロが多いとも聞いている。そうした人間は、自分で御したいのではないだろうか。

クリスも不思議に思って彼の答えを待っていると――。

「自分で作った大事な乗り物だぞ。真っ先に自分で操りたくないか？　よほど疲れてない限り誰にも任せたくないだろ。思い入れがあるならあるほど、誰にも渡したくないもんだ。要は女と一緒さ」

「あー、なるほど」

「そりゃーそうだな」

最後のたとえがなんとも言えないが、クリスはエイフの答えに納得した。彼はちゃんとクリスの気持ちを慮《おもんぱか》ってくれたらしい。

まだエイフのことを知っているとは言い難い。どんな性格なのか。本当に裏はないのか。気になることだってある。

けれどエイフの中に「クリスが心配」だと思う気持ちがあるのは確かだ。全面的に信じるには至ってないけれど、彼に感謝している気持ちも本当なのだった。

先ほどの彼の答えが、クリスを後押しした。

「エイフ。『寝る時は御者台だからね』って言ったけど、雨や風が強い時は中にある椅子を倒して寝てもいいよ」

エピローグ

「おっ、どういう風の吹き回しだ」

「ていうか、剣豪の鬼人を外で寝かせるつもりだったのかい。お嬢ちゃん、強いなぁ」

「おじさんたちだって言ってたじゃない。『都会は怖い、お嬢ちゃんみたいな小さい女の子を狙う悪い大人もいる』って」

クリスの言葉に、全員が酸っぱいものを食べたみたいな顔になった。

エイフもだ。「また言ってる」と、ぼやきまで出た。クリスは笑った。

「冗談だよ。でも、わたしも年頃の女の子なの。いきなり同じ部屋で一緒に過ごすっていうのは無理なんだから」

「はいはい。分かってるって。アナにも注意されたよ。女の子は小さくたって女の子、だろ？　だから外で寝るって言ってんだ」

エイフは肩を竦《すく》め、御者台にひょいと飛び乗った。クリスは梯子階段を使う。

昼の移動中は、こうして一緒に御者台で過ごす予定だ。

彼はクリスの「家」馬車に対して敬意を払ってくれている。決して、勝手に入らないと約束してくれた。

プルピは敬意を払っていないので、勝手に中で寛いでいる。イサはクリスの肩に止まったままだ。

「さ、見送りはもういいだろ」

「うん。出発！」

門には、剣豪の鬼人がガレルを出て行くと知った人々が見送りに来ている。門兵も手を振っていた。エイフは苦笑だ。

クリスは手綱を握ったまま前を向いて門を通った。


街道を走らせ始めて少しの間、クリスは緊張していた。けれど、道は真っ直ぐだ。すれ違う馬車もなくなった。前世では車の運転もできたクリスだ。やがて緊張は消えた。

道が緩やかに曲がっていくと迷宮都市《めいきゅうとし》ガレルの頑丈な外壁が見える。

クリスは最初に外壁を見付けた時の気持ちを思いだした。早く着きたいと、ペルを急がせた。

到着しても、長蛇の列が一向に進まずやきもきしたものだ。

その後のことは――。

「ま、いっか。いつまでも、ぐだぐだ考えたって仕方ないもんね」

「何がだ？」

「独り言。あ、わたし一人旅が長いから独り言多いの。ごめんね」

「いや、そりゃいいんだが。じゃあ、俺は返事しない方がいいのか？」

クリスは首を傾げた。イサが肩の上で飛び跳ねている。何か言いたそうだ。クリスは考えた。考えて口を開いた。

「……返事はしてほしいかも。お話は、したいな」

「おう、そうか。じゃ、遠慮なく話すとしよう。イサ、お前もな」

「ピッ、ピピピッ！」

「ヒヒーン！」

「ペルちゃんも話そうね」

「ブルルル」

プロケッラも鳴いた。俺も仲間に入れてくれという意味だろうか。

クリスとエイフは顔を見合わせて笑った。イサも嬉しそうに飛び跳ねている。これが正解だったらしい。

クリスは素直に答えた恥ずかしさを隠しながら、手綱を握り締めた。

あとがき

初めまして、小鳥屋《ことりや》エムと申します。

この度は拙作「家つくりスキルで異世界を生き延びろ」をお手に取っていただき、誠にありがとうございます。

こちらのお話は元々、小説投稿サイト「カクヨム」で公開していたものです。趣味に走った内容をねちねち書いていたところ、ファミ通文庫さんに拾ってもらいました。

主人公の女の子を可愛く書き切れてない気もしますが（可愛く書いたつもりらしい）、そこはイラストでカバーされてるかと思います。なんてったって、クリスめんこい。

イラストを担当してくださったのは文倉《あやくら》十《じゅう》先生です。最初お名前を聞いた時「え、そんなすごい先生いいの？」と返した記憶があります。

そのすごい先生に、わたしはヤバい下絵を送りました。ヘタウマ画伯系《がはくけい》ならまだ笑えただろうに、中途半端な下手くそさ。それを「資料」として渡したんですね。

……まずいですよね！

でも、その下手くそな資料絵と補足資料（壊滅的に読めない字と破綻《はたん》した文章）にもかかわらず、超素敵なイラストに生まれ変わらせてくれたのです！

表紙のクリスとイサの可愛いこと、そしてペルちゃんですよ。カッコイイ！　ゴォォッという文字がついていてもいいぐらい男前に描いてくださってるのだ。しかし、ペルちゃんは女の子。だからでしょう、さりげないオシャレまで！（ペルちゃん好きすぎて主人公より語ってしまった）

他にも、いただいたイラストに感動しまくりです。プルピとかたまらんですね。

文倉十先生に心からの感謝を。ありがとうございます！

もちろん、お買い上げくださった皆様には最大の感謝です。応援してくださる読者様と編集Iさん、本作に関わる全ての方々にお礼申し上げます。いつもありがとうございます。

今後も頑張って参りますので、どうぞこれからもよろしくお願いいたします！

小鳥屋エム

宣伝◇　同じファミ通文庫さんから「魔法使いで引きこもり？」という異世界ファンタジー小説が出ております。少年シウが主人公で、相棒のモフモフ猫型《ねこがた》騎獣《きじゅう》フェレスとマイペースに異世界を楽しんでいる物語です。よろしければ「魔法使いで引きこもり？」もチェックしていただけると幸いです。

彼女が髪を下したら、
という感じで。
毎朝編み込み大変そう
ですよね…
ありがとう
ございました！

設定資料

Extra

Tetsukuri skill de isekai
wo ikinobiro

Character
キャラクター設定画
クリス
髪
仕事の時は
髪を編み込んで
まとめている
服装
機能性重視で
ポケット多め
胸ポケット
紋様紙を入れている
ヨコ
ペル
たてがみ
クリスとお揃いの
編み込み
イサ
背中
大事なものは背中に
刺して持ち運ぶ

エイフ
角
鬼人族の血を引く
立派な角
装備
『剣豪』だけど
普段は軽装
髪留めと
耳のピアス
派手すぎないけど
モテるためのオシャレ
プルピ
ルカ
身体
サイズは子供の
手のひらくらい

Chris's house

家馬車の見取り図

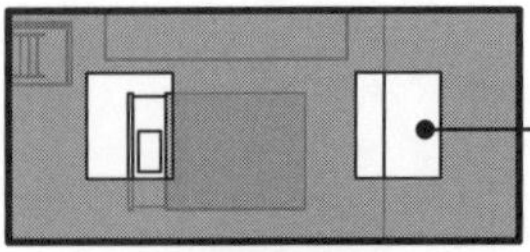
天井
天井には四角い天窓

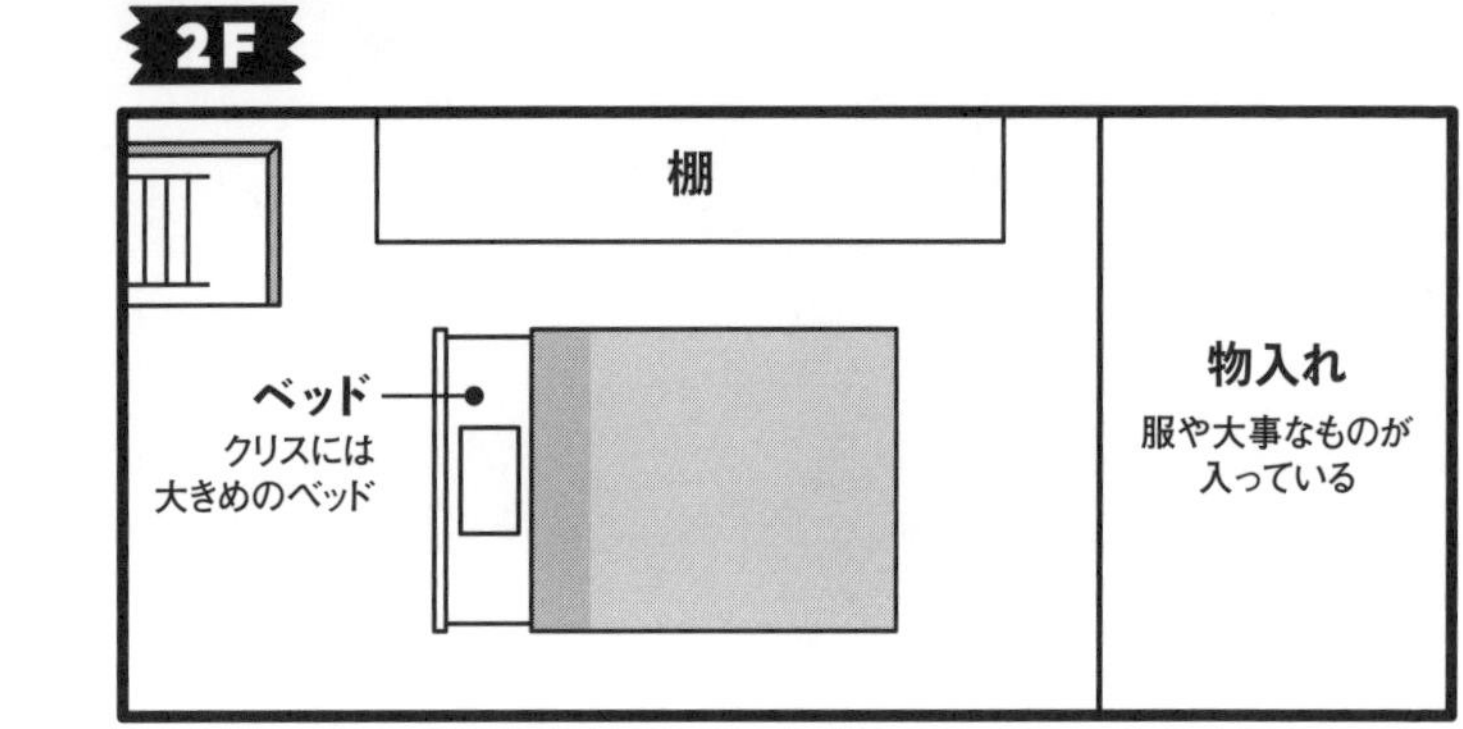

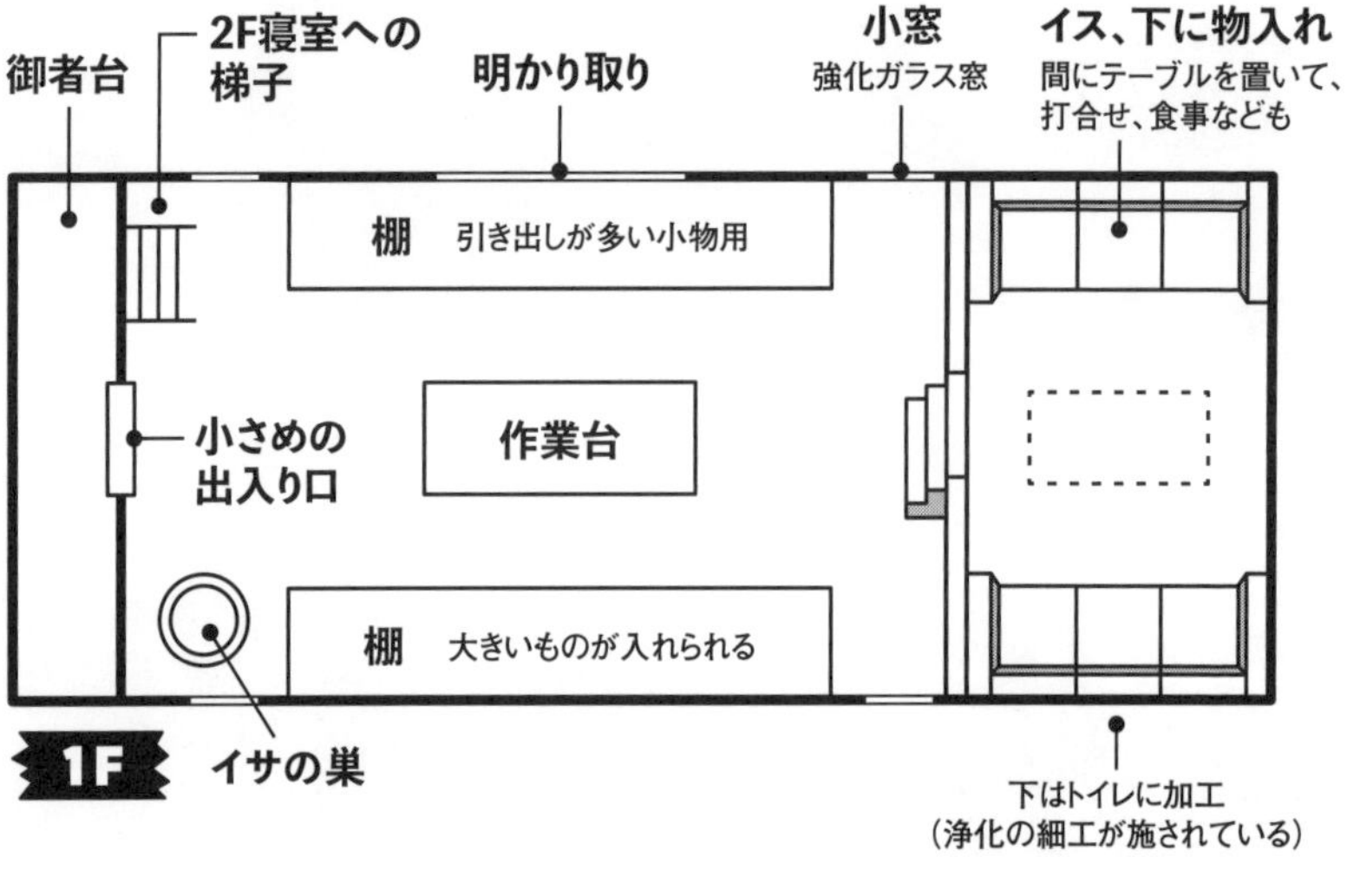

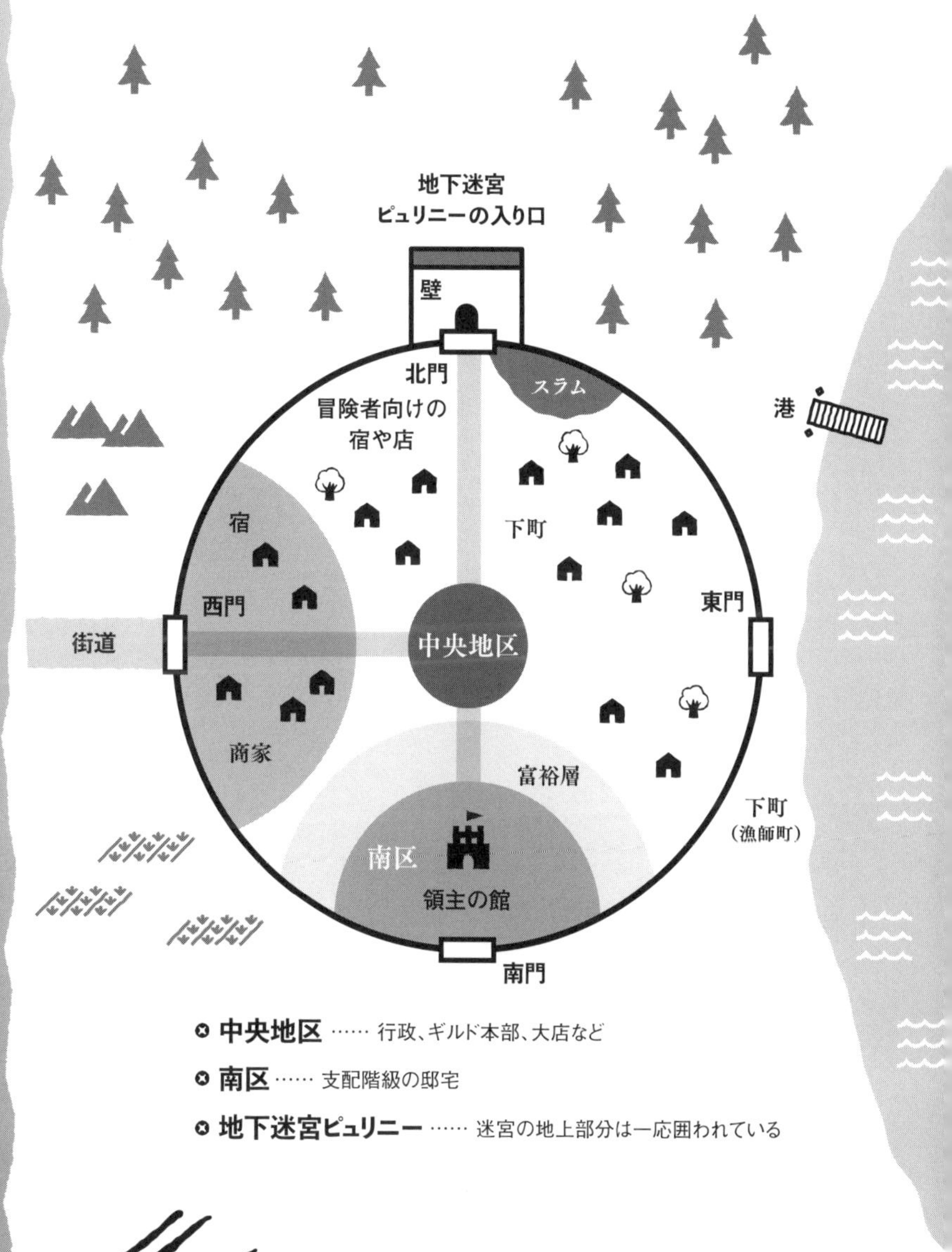

- **中央地区**…… 行政、ギルド本部、大店など
- **南区**…… 支配階級の邸宅
- **地下迷宮ピュリニー**…… 迷宮の地上部分は一応囲われている

Map

迷宮都市ガレルの地図

Ietsukuri skill de isekai wo ikinobiro

家《いえ》つくりスキルで異《い》世《せ》界《かい》を生《い》き延《の》びろ

2020年5月29日　初版発行

著者	小鳥屋《ことりや》エム
イラスト	文倉 十
発行者	三坂泰二
発行	株式会社KADOKAWA 〒102-8177　東京都千代田区富士見2-13-3 電話 0570-060-555（ナビダイヤル）
編集企画	ファミ通文庫編集部
デザイン	百足屋ユウコ+豊田知嘉（ムシカゴグラフィクス）
写植・製版	株式会社オノ・エーワン
印刷	凸版印刷株式会社
製本	凸版印刷株式会社

●お問い合わせ（エンターブレイン ブランド）
https://www.kadokawa.co.jp/（「お問い合わせ」へお進みください）
※内容によっては、お答えできない場合があります。
※サポートは日本国内のみとさせていただきます。
※Japanese text only

●定価はカバーに表示してあります。
　ISBN978-4-04-736049-5 C0093

魔法使いで引きこもり？

He is wizard, but social withdrawal?

Author 小鳥屋エム
Illust 戸部 淑
好評発売中!!!

重版、続々!!!

チート能力《スキル》を持て余した少年とモフモフの異世界のんびりスローライフ!

女神により転生することになったお爺ちゃん。望んだのは「健康な体」だけだったのに、チート能力までも与えられてしまう！転生後にその力を持て余していた少年は、女神の「冒険者になって人生を楽しみなさい」という助言により、冒険者として王都へ赴く。様々な人々との出会いを通して、彼の世界は広がっていく――。

コミカライズ
月刊コミックアライブWebにて毎月27日連載中!

eb! enterbrain

異世界のんびりなスローライフコミカライズが
月刊コミックアライブ&
Web(ComicWalker・ニコニコ静画)で
連載中!
魔法使いで引きこもり?
He is wizard, but social withdrawal.
~モフモフ以外とも心を通わせよう物語~
YUI
原作
小鳥屋エム
キャラクター原案
戸部 淑
コミック1~3巻、
好評発売中!

漫画版も！
デンプレコミック
ComicWalker
ほかで
好評連載中
!!!!!!!!!!!!
ちびっこ賢者、
Lv.1から異世界でがんばります！
The Small Sage Will Try Her Best In The Different World From Lv.1!
小さな最強賢者の、
まったり奮闘ファンタジー！
彩戸ゆめ
ill.竹花ノート
重版出来！

MONTHLY DENGEKI PLAYSTATION COMIC
月刊デンプレコミックにて好評連載中!
Comic Walker［異世界コミック枠］他でも掲載中!!
今すぐ読むなら
DENGEKI PLAYSTATION COMIC
WEBデンプレコミックで!
https://denplay-comic.com/
※アクセス時に発生する通信費は、お客様のご負担となります。
※一部、非対応の機種がある場合があります。
マンガでもちびっこユーリの冒険が読めちゃうのおおお!?
ちびっこ賢者、Lv.1から異世界でがんばります!
The Small Sage Will Try Her Best In The Different World From Lv.1!
漫画 みさき樹里
原作 彩戸ゆめ
キャラクターデザイン 竹花ノート

航宙艦が墜落した先は――
剣と魔法の世界!?
KADOKAWA
enterbrain

エステルドバロニア
著：百黒 雅 イラスト：sime
B6判単行本 KADOKAWA/エンターブレイン 刊
最強の魔物国家を統べるは人間の王！
非力な王の苦悩の物語が今始まる!!
STORY
VR戦略シミュレーション『アポカリスフェ』の頂点に君臨する男はある日、プレイ中に突如として激しい頭痛に襲われ、意識を失ってしまう。ふと男が目を覚ますと、そこはゲーム内で作り上げてきた魔物国家エステルドバロニアの王城であり、自らの姿は人間でありながら魔物の王である"カロン"そのものだった。このゲームに酷似した異世界で生きていくことを余儀なくされたカロン。彼は強力な魔物たちを従える立場にありながら、自身は非力なただの人間であるという事実に恐怖するが、気持ちを奮い立たせる間もなく国の緊急事態に対処することになり……!?
特別短編
『王の知らなかった彼女たち』収録！
KADOKAWA
enterbrain

最弱のアンデッドVS
最凶のネクロマンサーVS
最強の終焉騎士団
昏き宮殿の死者の王
昏き宮殿の死者の王
槻影
メロントマリ
KADOKAWA
eb! enterbrain
著：槻影 イラスト：メロントマリ
B6判単行本 KADOKAWA/エンターブレイン 刊
STORY
病に苦しみ、命を落とした少年が再び目覚めた時――彼は邪悪な死霊魔術師【ネクロマンサー】の力により、最下級アンデッドと化していた。念願の自由な肉体を手に入れ歓喜する少年エンドだが、すぐに自らを支配するものが病から死霊魔術師に代わっただけであるという事実に気づく。彼は真の自由を勝ち取るために死霊魔術師と戦うことを決意するも、闇に属する者をどこまでも追い詰め、滅する事に命を賭ける終焉騎士団もまた彼の前に立ち塞がり……!?
「勝つのはロードでも終焉騎士団でもない。――この僕だ」

リアデイルの大地にて
目覚めたのは200年後の未来!?
かつて自らが成したこと、そして仲間たちの軌跡を辿る旅の果てにあるものは——。
STORY
事故によって生命維持装置なしには生きていくことができない身体となってしまった少女“各務桂菜”はVRMMORPG『リアデイル』の中でだけ自由になれた。ところがある日、彼女は生命維持装置の停止によって命を落としてしまう。しかし、ふと目を覚ますとそこは自らがプレイしていた『リアデイル』の世界……の更に200年後の世界!? 彼女はハイエルフ“ケーナ”として、200年の間に何が起こったのかを調べつつ、この世界に生きる人々やかつて自らが生み出したNPCたちと交流を深めていくのだが——。
著:Ceez
イラスト:てんまそ
B6判単行本
KADOKAWA/エンタープレイン 刊
KADOKAWA enterbrain